新 潮 文 庫

呪殺島の殺人

萩原麻里著

JN172775

新 潮 社 版

11303

終章	第四章	第三章	第二章	第一章	序章
	秋津真白	呪いの系譜	密室の殺人	孤島の殺人	
353	263	186	103	11	7

目 次

呪殺島の殺人

序章

それはひどく肌寒く、凍《い》てついた外気が空の星々まで氷らせるような、そんな夜。

着古したコートの上からブランケットを巻きつけた私達は、皆が寝静まった後に施設を抜け出し、ジャングルジムの上に並んで座っていた。空はどこまでも暗く広がり、そこに浮かぶ星々は、凍えた空気の中でぞっとするほど鮮明にチカチカと輝いていた。

……思えば私達は、いつも一緒に過ごしていた。雨の日も、風の日も、晴れの日も、そして孤独にさいなまれ、押しつぶされそうになった日でさえも。

けれど、春が来ればそれも終わりだ。私達にとっての旅立ちの日は、もう目前まで迫っていた。別れに慣れていた筈《はず》の私達は、けれどあの時、思った以上にその日を恐れてもいたのだ。

「あと数か月で独り立ちかぁ。実感ないよね、ホント」

「別に、住む場所が変わっても変わらないだろう。私たちは」

「あははは、そうだね。古陶里《ことり》らしくていいな、そういうとこ」

会話はすぐに途切れたけれど、それは苦ではなかった。私達はいつもそうだったから。

言葉を交わさずとも、ただ、そばにいるだけで安心できるのだ。

家族とも友人とも違う、いわば魂で繋《つな》がっている、とでも言うべき存在。それが私達だった。

「まあ確かにそうだね。実際、施設を出ても大学は同じなんだし。古陶里は例のあれ続けるの？　ほら、あの悪趣味な『日本の呪術《じゆじゆつ》』についての調査」

「……む。悪趣味とは聞き捨てならんな、呪術とは日本の歴史そのものと言っても良いのだぞ？　先日も民俗学の論文で興味深いものを見つけたところだ、呪殺島《じゆさつじま》、というのだが」

「呪殺島ぁ？　なにその不気味な名前」

「正式名称は『赤江島《あかえじま》』と言う。古来より呪術を執り行って来た一族の『島流し先』と言われた場所所で、明治維新の後もその末裔《まつえい》が領主として治めているらしい。領主一族は長く呪術に関わっていたせいで、今なお早逝《そうせい》する者が多く、今では二人しか残っていないそうだが」

「え、じゃあその島、二人だけしか住人がいないってこと？」

「いや、末裔以外の住人もいる、普通の島だ。しかし領主一族のほとんどが島で謎《なぞ》の死を遂げているのも本当らしく、それが積み重なって『呪殺島』と呼ばれるようになったとか」

「……不気味だな。先祖のせいで早死にとか、とんだとばっちりだよ」

「しかもこの話には続きがある。その生き残りの領主一族の一人が、結構な有名人でな。誰だと思う？」

「……もったいぶるなよ、そこまで話しといて」

「では言うが、ベストセラー作家の赤江神楽《あかえかぐら》なのだよ。例の、断筆宣言したことで話題になった」

「…………」

「彼女の著書には呪術をテーマにしたものが多いから、私も何冊か読んだことがある。公表されている出身地こそ東京となっているものの、そもそも赤江島は東京都だ。ペンネームもそのまま島の名前と同じだし、本人もさほど隠してはいないのかもしれない……真白《ましろ》？　どうかしたのか」

「……え？」

「先程から妙に顔色が悪いぞ。いや、今日だけじゃないな、ここしばらくずっと気になっていた。最近の真白はどこか変だ。もしや……」

「ぶへっくしょい！」

静けさの中に響き渡る音。驚いて、ジャングルジムから落ちそうになる。

「おい！　私は今、真面目《まじめ》な話をしているんだぞ！」

「ごめん。でもダメなんだよ、ほら、僕ってこーゆー雰囲気ちょっと苦手だし」

「だからって君はそういう……！」

「……今の話だけど。あのさ、その呪殺島の件、実は僕なんだよ」

「え?」

「だから、赤江島の領主一族の生き残りのもう一人。つまり神楽伯母さんと僕とが、古陶里の言う、一族最後の生き残りってわけ」


空には星があった。今にも降ってきそうなほどの満天の星が。

私達は、何の力も持たない非力な私達は、その時、ただ静かに空を見上げることしか出来なかった。あの時の彼の言葉には、確かに深い悲しみがあったのに。

……今にして思う。

彼の言葉の意味を、あの時、もっと良く考えていたら。

そうしたら、あんな事件は起きなかったのではなかったか、と。

……彼が赤江一族の呪いの通り「早逝」するのは、それから数か月後の事である。

第一章　孤島の殺人

「前略
事情を知る貴方《あなた》にだけは正直に伝えておくべきだと考え、この手紙を書いている。

あの恐ろしい知らせが届いた日の事を、私は未《いま》だにはっきりと思い出す。また一人、赤江の血を引く者が命を落とした日だ。

やはり赤江家の呪《のろ》いは、島から離れても消えないものなのか。

島を出て、家族を持った彼女の事を不憫《ふびん》に思う。自ら赤江の家と縁を切り、外に幸せを求めた彼女ですら、島の血の呪いから逃れることができなかった。

罪とは、どれだけ突き放そうとしても必ず己の前に再び現れる。

それが分かっていたからこそ、私はその罪と向き合おうと決めた。

だが、すべてを受け入れたわけではない。私の罪の重さを彼は知らないし、今後それを伝えるつもりもないからだ。

恐らく彼は、私の唯一《ゆいいつ》の肉親であり、赤江家の呪いを継いだ存在でもある。

家から離れることで、もしその呪いの輪から解き放たれるのであれば、私はこの命を懸けても彼を守りたいと思っていた。島の外から届いた死の知らせを聞くまでは。

それなのに、彼はすべてを知ってしまった。

私の行動に、彼は憤《いきどお》りを抱いている。

けれど認めてしまえば彼を呪詛《じゅそ》に近づけることになるのだ。それだけはできない。叶《かな》うのであれば、死という呪いのくびきから彼を隠してしまいたい。


彼を屋敷に招待することにした。

できれば説得したいと思う。だが、彼の望むものを与えることはできないだろう。それこそが彼を守る唯一の方法だからだ。

できれば貴方にも参加して頂きたい。

遺言書の書き換えの必要はないと考えている。いずれにしても、私の願いはただひとつ、彼を守ることだけだ。

貴方は反対するだろう。

けれどあえて、他でもない貴方にお願いしたい。

何があっても、何が起きても、彼を助けるため、彼を説得するための協力を。

草々
赤江神楽」

1

……深淵《しんえん》の闇《やみ》のような夢の底から、無理やり腕を引っ張られ、引きずり上げられたような目覚めだった。

意識が浮上して最初に気付いたのは、割れそうに痛む頭。目から星が出る、なんて漫画的な表現があるけど、実際、瞬《まばた》きすると痛みが黄色い光になって、ちかちか瞬《またた》いているように見えた。その点滅するものに混じってキーンと耳鳴りのような音が響いていたけれど、すぐにそれは形を結び、重い振動音になる。ドン、ドン。音に合わせて頭の後ろが脈打つように疼《うず》き、痛みはますますひどくなった。

一体、何なんだ。

数回瞬きして息を吸い込み、途端に聞こえていた振動の正体に気付く。ドン、ドン。誰かが扉を叩《たた》いているのだ。それも、ひどく乱暴に。

静かにしてくれ、と泣きたい思いで呻《うめ》くと、僕はようやく身体《からだ》を起こした。途端に激しくなる痛みに、思わず頭を抱え込む。

「いっ……てぇ……」

それだけじゃない。薄い部屋着一枚で転がっていたせいか、ひどく身体が凍えていた。節々が痛いのは多分、不自然な姿勢で倒れていたからだろう。

咄嗟《とっさ》に手を付くと、からみつくような毛足の長い絨毯《じゅうたん》に掌《てのひら》が沈み込む。僕が寝転がっていた場所だけ薄く毛が寝ていて、うっすらと人の形を残していた。あと、ほんのり暖かい。すん。と、僕は鼻を鳴らした。これだけ柔らかな絨毯の上でも、長時間眠っていれば身体はカチコチになるものなのだ。そう思った途端、ようやく僕は今の状況に違和感を覚えた。

「ん？」

なんで床？　僕、いつの間に眠ってたんだ？

そもそもここはどこなんだろう。一体、何がどうして、どうなって……。

「……あれ？」

くらりとめまいを覚えて頭に手をやると、後頭部がぽっこり丸く腫《は》れていた。何だこれ。もしかして、どこかに頭でもぶつけたのか？　そう思いながらしっかりと目を開いて、ようやく、気付いた。

部屋の中には僕だけじゃない。もう一人、女性がいたのだ。歳《とし》の頃は四十代くらい、どんよりと濁った目で虚空《こくう》をにらみ、僕と同じように床に転がっている。

……非常事態だ。それだけは理解できる。その癖、今、僕はものすごく落ち着いている。

改めて、辺りを見渡す。そこは海外のホテルの一室のような、淡い緑を基調とした洋式の部屋だった。

くすみのない綺麗《きれい》な鶯色《うぐいすいろ》の壁紙に白の柱。綺麗に整えられた寝台に一人用の小さな丸机、それからティーカップがセットで置いてあって、小さな椅子《いす》もやっぱりふたつ。

さほど広くはないのに、必要最低限の家具しかないせいか狭さを感じない、センスの良い部屋だと思う。むしろ生活感がないくらい綺麗に掃除されていて、唯一散らかっているのは奥の壁一面に備え付けられた書棚と、そこに繋《つな》がる机くらいだろうか。そこだけやたら本だの書類だのが散乱していて、小さなノートパソコンが開いた状態で置かれているのだ。その横には、スリムな形の電話機と、ファミレスなんかで見る黒くて丸い呼び出しボタンみたいなものがちょこんと見える。

見上げれば、壁にかかったカレンダーが視界に入った。七月、二十四日まで日付にバツがついているから、今日は二十五日かな？　そのすぐそばには、八時三十分を指し示す掛け時計もある。八時……午前か午後、どっちだろう。

……駄目だ。やっぱり分からない。ここ、どこだ？

「え？　は？」

頭が状況に追いついていない。冷え切った身体にようやく暖かな血が巡り始めて、そうしたら身体が震えてきた。僕は改めて目の前に転がる女性を見る。見覚えのない人だ。というか、知っているのかいないのか判別がしにくい。

何故《なぜ》なら……、

「いい加減にここ開けろ、バカ野郎っ！」

その時だった。

　どん、という鈍い音とともに何か金具のような物が吹き飛び、さっきから乱暴に叩かれていた扉が弾《はじ》けるように開いたのだ。と同時に、部屋に見覚えのない連中が飛び込んで来る。

　ごつい腕時計をしたがっしりした体つきの壮年の男に、学生服姿の少年、それから初老の紳士に、あとは若い女性が三人……勢いよく飛び込んできた割には、みんな、こっちを見てぽかんとしていた。

　……まあ、無理もない。僕だって実際のところ、ものすごく動揺している。

だって、目の前に倒れている女性は明らかに生気を失っていて。

辺りは鉄錆《てつさび》の匂《にお》いのする、血の海になっていたのだから。

「……し、死んでる……？」

　誰かがそう呟《つぶや》いた途端、僕は自分の手を見下ろす。さっきから妙に冷えるなと思っていたら、何とそこには鮮血に染まったナイフがあった。黒々とした血は既にかたまり、ナイフと僕の手を接着するように包み込んでいる。

　ああ、何だこれ。本格的に意味が分からなくなってきた僕に対し、部屋に現れた人達はと言えば、

「ちょっと……何よこれ、本物？　冗談じゃなくて？」

「まさか赤江島の呪い……」

「やめなさい、不謹慎な。それより医者を呼ぶべきです」

「バカね、どう見ても死んでるじゃない。医者じゃなくて、警察に連絡すべきよ」

「おい、お前が殺したのか？　赤江《あかえ》神楽《かぐら》を‼」

　勝手に耳に入ってくる言葉の数々を呆然《ぼうぜん》としたまま聞き流していたら、急に怒鳴られて驚いた。顔を上げると、さっき部屋に飛び込んできた人達の先頭にいた体格の良い男が、真っ青な顔で僕を睨《にら》みつけている。

「その、ナイフ。お前が殺したんだな⁉」

「え？　ぼ、僕、ですか？」

「とぼけるな！　部屋の扉には内側から鍵《かぎ》がかかってて、中にはお前と赤江神楽しかいなかった。しかも凶器まで持ってる癖に、今更言い逃れができるかよ！」

「ちょっと新政《あらまさ》さん、落ち着いてください。こんな……こんなこと、不自然ですよ、ねえ、皆さん」

　いきりたって僕の胸ぐらをつかんだ男は、どうやら新政と言うらしい。そして今にも殴られそうになっていた僕を庇《かば》うように間に入ってくれたのは、眼鏡をかけた、多分、三十代くらいのスーツ姿の女性だった。

　他の連中はと言うと、やっぱりというか当然というか、呆然とした顔で僕と床に倒れた女性（皆の言うところの、赤江神楽さん？）を見ている。女性……顔色や出血の様子からして、多分、息をしてなさそうな彼女と、刃物を握ったまま倒れていた僕。

　……うん。これ、どう考えても僕が犯人だよな。

「とりあえず、秋津《あきつ》くんに話を聞きましょう。だってやっぱりおかしいです、殺人犯がこんなところで呑気《のんき》に凶器を持ったままでいるなんて……」

「本当に中から鍵がかかってたのぉ？　確認したのって新政さんよね、その後すぐに扉を蹴破《けやぶ》って鍵を壊したから、もう調べようがないけど」

ほら、あれ、と部屋の扉を振り返ったのは、どうにもこの場にそぐわない肉感的な美女だ。ボディラインくっきりのワンピースを身にまとった彼女は、色っぽいしぐさで部屋の扉を振り返ると、壊れて金具が外れた鍵部分をすいっと指差した。銀色の鍵穴のある部分……だろうか？　ドアから外れて斜めになっている。

「最初から鍵なんて掛かってなかった。なぁんてこと、ないわよね？　本当は開いてるのにドアノブをがちゃがちゃさせて、後は扉を壊して誤魔化したっていう可能性も……」

「なんだと？　あんた、まさか俺が犯人だって言いたいのか？」

「待って。鍵なら僕が確認したよ、さっき、確かに掛かってた」

険悪な雰囲気が漂う中、そう言いながら制服姿の少年が扉口に立った。あれ？　部屋の中にいたと思ったのに、いつの間にかどこかに行っていたらしい。整った顔立ちは真っ青ではあるものの、僕らを見る眼差《まなざ》しや会話に割って入ったその口調なんかは随分としっかりしている。

「だから、その人、嘘《うそ》はついてないよ」

「ふぅん。まあ、紫宝《しほう》が言うなら間違いないわね。電話、どうだった？」

「つながった。桃川《ももかわ》さんが出て、事情を説明したら、今からすぐに向かいますって」

聡明《そうめい》そうな顔を上げて答えた彼に、ようやく気付く。そうか。この子、警察に連絡してたんだ。

この部屋にも電話機があったと思ったけど、僕とこの人の遺体の真横を通らないと使えないし、ちょっとそれは気が引けたのかな……ん？　そもそもスマホじゃダメなの？

とか何とかぼんやり考えていたら、少年が「姉さん」と周りを気遣うように呟いた。

「大島《おおしま》の家にも連絡した方がいいのかな。あと、他に連絡しなきゃいけないところとか」

「あ！　それなら私も、編集部に連絡しなきゃ」

「まずいんじゃないの、それ」

状況に戸惑っていた面々が、ようやく自分の役割を見つけたように色めき立つ中、それを制止するように、さっきカギ云々《うんぬん》と言っていた美女が鋭く言って僕と遺体とを見比べた。

「普通の状況ならともかく、これ、殺人事件っぽいし。そういう時はまず最初に警察の指示を仰いだ方が良いんじゃない？　どう見てもおばさまはもう助からないし、そうなると私たちに出来ることって、彼を捕まえておくことくらいだもの」

「ですけど……本当にそうなんでしょうか、これ。秋津くんが犯人だなんて、安易に決めるのもどうかと思います。だって何だか妙ですよ、この状況。どうして秋津くんがこんな」

「ああ？　あんたが言いたいのは、赤江神楽を殺した理由が分からんってことか？　ふん、どうとでも言えるだろうよ。甥《おい》が伯母を殺しちまうなんて、まさに赤江家にふさわしい身内殺し、あんたがさっき言った呪いにぴったりだろ？　とにかく犯人ははっきりしてるんだから、このまま……」

「あの」

犯人と思《おぼ》しき僕が口をはさむのも何だけど。

どんどん話が進んでいくのを止めたくて、僕は至極冷静に声を上げた。

途端に皆の会話がぴたりとやみ、その場にいた全員の視線が、一斉に僕に向かう。

「すみません。僕もこの状況について、詳しく説明できればいいんですが……ちょっと、よく分からなくて」

「分からない？」

その時、部屋に集った面々から少し距離を置いて立っていた幼い顔立ちの女性が、真《ま》っ直《す》ぐ僕を見つめて呟いた。咄嗟にビクッとしたのは、彼女がそこにいたことに、それまで気付かなかったからだ。

まるで存在感のない、気配を殺すようにして立っていた四人目の女性は、時代錯誤な着物姿だった。おまけにきっちり切りそろえられた長い黒髪、特にぱっつん切りの前髪なんかが、童顔ってのも相まって、もうリアルな日本人形そのものなのだ。

ついでに言うなら周りとは違う、どこか冷めきった眼差しも人形っぽくてちょっと怖い。

「分からないというのはどういう意味だ、真白《ましろ》」

「ましろ……って、僕の名前かな。秋津真白っていうの？　僕」

「は？」

ぼんやり繰り返す僕に、誰かがあきれたような声を上げた。どうやら僕がとぼけていると思ったらしい。

「何言ってるの？　あのねぇ真白クン、冗談でごまかせる状況じゃないのよ、これ」

「そうなんですけど……僕も今、気付いたところなんで、ちょっと戸惑ってるんです」

「だから、何が！」

「思い出せないんです。自分がどうしてここにいるのか」

言って、僕はゆっくりと背後を振り返った。そこには相変わらず、目を見開いたまま息絶えている女性の姿がある。

「ここは一体どこなんでしょう。それから、僕は誰なんですか？　この女性のことも……さっきから考えてるんですけど、ほんとに何も思い出せないんです」

言って、ナイフを握ったまま首を傾《かし》げる僕に。

その場にいた全員が、今度こそ、言葉を失った。

2

記憶喪失。ドラマや小説で見聞きしたことがあるそれを、実際に経験する羽目になるとは思わなかった。本当に、人生って何が起こるか分からないものである。

「で？　記憶喪失になったっていうのは、フリなのか、それとも本当なのか」

……衝撃の目覚めから数十分後。

僕は、遺体のある部屋の真下辺りに位置する、応接室と居間がセットになったような広々とした場所に連行されていた。

連行。そう、この言葉は決して大げさなものではなく、状況からして恐らく「殺人犯」と予想される僕は、部屋に駆け付けた面々に取り囲まれるようにしてここまで移動していたのだ。

ちなみに持っていたナイフは、最初に怒鳴りつけてきた筋肉質な男性が、顔に似合わず几帳面《きちようめん》かつ丁寧にハンカチで包みながら回収してくれた。強引に奪い取られたもんだから、正直、固まった血ごと剝《は》がれてちょっと痛かったんだけど。

殺人犯の証拠や痕跡《こんせき》が消えないように、と最初に注意をしたのは例の着物の女の子で、ぱりぱりに乾いた血で僕の手に接着されたナイフを見て、よくもまあそんな冷静な事が言えたものだと思う。僕ですら、ちょっと目を逸《そ》らしたくなったのに。

とはいえ、既に警察には通報済みだから、僕らにできるのは現場を出来るだけそのままの状態にしておくことくらい。そこで「ひとまず遺体には触れないようにして」なんてドラマのワンシーンみたいな会話を済ませた後、殺害現場となった部屋を出て来たものの……どうやら僕らがいるこの家は、警官が駆けつけるには少々時間のかかる場所にあるらしい。

おまけに今日は夕方くらいから天候が荒れて、外は台風並みの暴風雨になっているそうで……確かに移動途中にあった窓は全部ガタガタ音を立てながら揺れていたから、あー、風が凄《すご》そう。という感じではあった。実感はないけど。

ちなみに、この流れから明らかではあるんだけど、現在の時刻は二十一時……つまりは夜。外は真っ暗だ。

台風みたいな状況で、そのうえ視界もはっきりしない夜ともなれば、下手をすると警官本人が事故る危険性もある。うん、早く来いなんて無理強いはできないよな、これ。

とまあ、そこまで状況を確認し合ったうえで、じゃあ、このまま立ち話を続けるのも何なので……ってことで、僕らは全員揃《そろ》って、今、この広々とした応接室の、やたらと高そうな弾力のあるソファの上に座っていたわけである。

「参ったわねぇ。この分じゃ、今夜中におさまりそうにないわよ」

溜《た》め息《いき》交じりに呟きながら、例の色っぽいおねーさん……美女が、窓のカーテンを覗《のぞ》き込む。その隙間《すきま》からは暗がりの中、激しく揺れる木々と叩きつけるように降る雨が見えていて、そこで僕もようやく「暴風雨」って今の状況を理解できた。

「警察が来るのは明日の朝かもね。これから連続殺人でも起きそうな状況だけど、ここじゃ携帯も圏外だし、どうしようもないわ」

「ですが、ものは考えようですよ。先生が殺されたのは二重の密室……嵐《あらし》という自然の力に囲まれたお屋敷と、その一室にある先生の私室という、内側から鍵のかかった部屋になるわけですから、少なくとも犯人は、嵐がおさまるまでここから逃げられない」

「だから、犯人はこいつなんだろ？　さっきは赤江島の呪いって騒いでおいて、今度は二重の密室か。随分と呑気なもんだな、あんたらは」

怒鳴るように言ったのは、さっきから一人でイライラして僕に突っかかってくる……扉を蹴破った男性だ。その言葉に、密室発言をした人……最初に僕を庇ってくれた？　眼鏡の女性がしょんぼりとうなだれる。

「すみません……そうですよね、先生が亡《な》くなったのに、私、不謹慎でした」

再び、沈黙。何だか僕まで叱《しか》られた気がしていたたまれないな、コレ。

……見渡せばこの部屋は、さっき僕が目覚めた個室の十倍以上の広さがあった。

ソファの正面には本格的な薪《まき》ストーブ（さすがに今は火が入ってないけど）、そして壁沿いに綺麗なグラスや食器なんかが並ぶ棚と、ワインセラーが並んでいる。全体的にブラウンを基調とした上品で落ち着いた空間になっていて、多分、ここが応接室兼客間スペースと思われる。

反して右手には、木の素材を生かした大きな長テーブルがあり、両側に五つずつ、つまりは全部で十脚の椅子が並んでいた。その奥には簡単なカウンターが設置され、ここからじゃ見えないけど、多分その奥にはキッチンがあるはず……この二つのスペースが、何の区切りもなく広がっている次第。

ちなみに僕らがいるのは薪ストーブのある応接室側で、小さな丸テーブルをコの字に取り囲むよう、三か所設置されたソファにそれぞれ腰かけていた。

中でもストーブを正面にしたソファの中央部分に腰掛けていた僕は、その周りに座ったり立ったりしている皆に包囲されている状態だ。さりげない配置ながらも、僕が逃げ出せばすぐに誰かにぶつかるような、そんな間隔で皆がいる。

もちろん、僕には逃げ出すつもりなんてさらさらない。ただ血まみれの手だけでも洗わせてもらいたいのに、証拠隠滅される危険性がある、とか何とかいう理由で、乾いた血でかゆくなってきた手をこすりながら吐息するしかないのは、すごくつらいぞ。

「おい。溜め息ついてる場合じゃないだろ。何とか言えよ、秋津真白」

誰もが次の言葉の接《つ》ぎ穂《ほ》を失ってうつむく中、相変わらず苛立《いらだ》ちを顔に出したままの男が、僕を責めるように言った。だけど何も覚えていない僕は答えに迷い、部屋に集まった人々をゆっくりと見渡す。

ここにいるのは、さっき扉を破って現れた面々……僕を含めて全部で八人の老若男女《ろうにゃくなんにょ》だ。何というか、共通点の見つからない、どういう関係なのか良く分からない面々が集まっている、という感じ。

「……すみません」

「何だよ、そりゃ。先生を殺しちまってすみません、って言いたいのか？」

「いや、あの……それも覚えてないんです。僕も自分で良く分からないんですけど、さっきの部屋で目が覚めた時、とにかく頭がガンガンしてて」

「あ、ちょっと待って」

　遮るようにそう言うと、男に叱られて落ち込んでいたはずの眼鏡の女性が、僕の隣から
すっと立ち上がった。

「どれどれ。あら本当。ここにすごく大きなたんこぶが」

「頭をぶつけたのか、殴られたのか……のどちらかね。でも、自作自演の可能性もあるんじゃない？　自分が殺人犯であることをごまかすために」

　そう言いながら続いて僕の頭を覗き込んできたのは、近付かれると目のやり場に困ってしまう、例の肉感的な「綺麗なおねーさん」だ。よく見るとこの服、胸元の開きもすごくて、ぴったりラインのワンピースも雰囲気もスタイルも、全部込みで「女王様！」なんて呼びたくなる感じ。

「ね、真白クン、どう？　このままだと貴方、本当に警察に連れてかれちゃうわよ？　ほら、鼓動がものすごーく早くなってる」

　いやいや。上目づかいの美女にイキナリ胸に手を当てられたら、誰だってドキドキすると思うんですけど。記憶ないからって僕、一応は健全な男子ですからね？

「紅玉《こうぎょく》お姉さま、やめてください、みっともない」

「あーら、何がみっともないのよ白珠《はくじゅ》。貴方だって知りたいでしょう？　誰が神楽おばさまを殺したのか」

「……だからって不潔です。紫宝がいるんですのよ？」

そう言って、ちょっと顔を赤くさせている制服姿の少年をぎゅっと抱きしめたのは、ワンピース姿の女性とは対照的な清楚《せいそ》な和風美女だった。綺麗に編み上げた髪は一筋の乱れもなく、その顔立ちは一片の狂いもなく描かれた絵画のように作り物めいていて、唯一、右目にある泣きボクロが人形に生を与えたような印象がある。とにかく、彼女もかなりの美人さんなのだ。タイプはまったく違うけど、今の会話からしてこの二人、姉妹ってことか。

とすると、この男の子……紫宝くん？　は、弟さんになるんだろうけど、よくよく見ると確かにこの子も綺麗な顔をしてる。雰囲気がある、っていうか。

なんて呑気に考えてたら、おい、とさっきから一人ピリピリしてる男に怒鳴られた。あ、そうか、ここは僕が答える番だ。

だけど本当に、何をどう答えれば良いのか分からない。考えれば考えるほど頭がずきずき痛むし、気を失う直前に、果たして何が起きたのかすら思い出せないのだ。

すると、不意に僕の耳元で「仕方ないな」という呟きが聞こえた。その響きにはっとして顔を上げると、僕の真横からすっと人影が現れて、

「……真白はそこまで器用なヤツじゃない。どちらかというと天然だし鈍くさいし、推理小説では真っ先に殺されるタイプの人種だ」

庇っているのかけなしてるのか良く分からない口調で言ったのは、例の日本人形みたいな着物女子だった。

「だから、記憶喪失だと言うのならそうなんだろう。大学の友人であるこの私が保証する」

「え？　君、友達なの？」

咄嗟に言ったら、彼女は何故かひどく傷付いた表情になった。それこそ僕が罪悪感を覚えてしまうくらいに。

「あ……えーと、ごめん、僕」

「……私は古陶里《ことり》。三嶋《みしま》古陶里だ。君とは幼馴染《おさななじ》みであり、同じ大学に通う同級生でもある」

「大学……あ、僕、大学生なんだ」

そんなことまで忘れてしまっている。でも不思議なもので、自分がどこに所属しているのか、その一端が摑《つか》めただけで地に足が着いたような安心感が生まれた。

そんな僕らのやりとりを、その場にいた全員が不審そうな表情で見つめる中、実は僕はそれに焦《あせ》るどころか、ひそかに感動してしまっていたのだった。

何せ彼女はここにきて初めて、僕のことを信じる、と言ってくれたのだ。

残念ながらこの子が本当に友達なのかどうかすら思い出せないけど、何となく心強く思ってしまうなんて、単純すぎるだろうか。

「友達が保証してもねぇ……ま、いいか。じゃあ真白クンが実際に記憶喪失だと仮定して、皆はこの状況をどう思うの？　神楽おばさまは本当に殺されたのか、それとも事故死したのか」

「何を馬鹿《ばか》なことを。紅玉お姉さまだって見たでしょう？　おばさまは胸を刺されて死んでいたんですのよ。しかも、この子が凶器を持っていた。事故死のわけがないわ！」

「だが、どうして真白が赤江神楽を殺す必要がある？　真白にとって彼女は唯一の身内、わざわざこんな島にまで会いに来たのに、殺した挙句、密室の中に取り残されるなどと……間抜けにもほどがあるな。いや、確かに真白は間抜けだが、そもそもそんな馬鹿なことをする理由がない」

「君さっきからさりげなくディスってるよね僕のこと」

うんざり呟くと、着物女子……じゃない、古陶里さんは、そうか？　とわざとらしく首を傾げた。この子の毒舌が本気なのか天然なのか良く分からないのが怖い。

「……彼が間抜けかどうかはともかくとして、おばさまを殺す理由ならあるでしょう？　だって多額の遺産が……」

「赤江家の財産の事を言っているのなら、ますます妙だな。遺産目当ての殺人で、こんな分かりやすく事を実行するものだろうか。自分が犯人だと暴露するようなミスを……いや、真白ならやりかねんか？　アホだから」

「ああもう、ちょっと、ちょっと待ってくださいよ。ええと」

もう駄目だ。訳の分からない状況にいよいよ我慢できなくなって、僕は勢いその場に立ち上がった。途端に皆が警戒しながらこっちを見る。

その視線たるや、とにかくもう「殺人鬼」を見るような目なのだ。まあ、仕方ないけどさ。

改めて自分の立場を自覚しつつ、僕は慎重に切り出した。

「すみません。こんな状況で言って良い事かどうか分からないんですけど……僕、本当に何も、何一つ覚えてないいんですよ。ここがどこなのか、自分が誰なのか、殺されていたあの女性が誰なのか……それなのに遺産だとか伯母さんだとか言われても困るっていうか……差し支えなければ、どなたか説明していただけませんか」

「……良いだろう。確かに記憶がない状態では、いつまでたっても話が進まないだろうから」

言って、古陶里がするすると足音も立てずに僕の前に立った。

「まずは場所の説明から。ここは東京都から船で三時間ほどの距離にある『赤江島』で、君の名前は秋津真白。この島には君の伯母さんが住んでいて、それが先ほど殺されていた赤江神楽だ」

「伯母さん……あの人が、僕の」

「君は赤江神楽に呼び出され、夏休みを利用してこの島に来た。それに同行したのがこの私だったという訳だ。何しろ君は、この島に来ることをひどく恐れていたからな」

恐れて、いた？

「なんでそんな、単に伯母さんに会いに来ただけのことじゃないの？　恐れる、なんて」

「ここはただの島じゃない。別名『呪殺島《じゅさつじま》』……君と赤江神楽にとって、呪われた、恐ろしい地なんだ。だからこそ君のご両親は島を離れて本土で暮らしていた」

そうして。

彼女の口から語られたのは、僕にはまったく身に覚えのない、まるでどこぞの迷信かつ伝承めいた、信じられないような物語だった。

＊＊＊＊＊

東京都の南の沖合に浮かぶ孤島・赤江島。

現在では東京都に属する小さな島として知られるが、実はもともとは「呪法《じゅほう》」を用いた一族が、その穢《けが》れを背負って島流しにされたという流刑地《るけいち》のひとつだった……らしい。

日本に伝わる呪法には様々な種類や流派があり、例えば人を呪い殺したり、苦しめたり、陥《おとし》れたり……と、とにかくそうした魔法じみたことに携わっていた人々が、昔の日本には沢山いたそうで、だけどこれにはリスクもあった。呪法を執り行えば、それは必ず術者に「返って」くるのだ。それこそが世の理《ことわり》であり、古来より伝えられる「業《ごう》」だった。

仮にそれが術者本人のためではなく、誰かに頼まれて行ったことだとしても……否《いな》、だからこそ、なのか？　業を負った術者たちを、人々はそのままにはしておけなかった。つまりは自らが巻き込まれぬよう、穢れた呪術者たちを島に流し、隔離したのだ。

実はこうした島は全国に五つほどあり、それらを総じて「呪殺島」と呼ぶらしい。だけど地図に記されるのは流罪となった一族の名であり、そのいわれもまた、ごく一部の者たち以外には隠匿《いんとく》されてきた。

赤江島は、そうした島のひとつなのだ。

こんなふうにして島で暮らし始めた呪術者の一族たちは、やがて領主として島を守り、栄えさせた。現在でも呪殺島と呼ばれる島々では、例外なく彼らの末裔《まつえい》が領主としてあがめられているのだけれど、かといって呪いが完全に消え失《う》せたわけじゃない。彼らは誰一人として平穏無事な最期《さいご》を迎えられなかった……何故なら呪術者たちは、いずれも呪詛《じゅそ》を行った代償として短命であり、その末裔にも呪いが受け継がれていたから。

そして、赤江島を統治した赤江一族もまた、そうした穢れを負った呪術者の血統だったのだと言う。怨霊《おんりょう》や邪気《じゃき》を使って人を呪う「外法《げほう》」と呼ばれる法力を持つ術師であった彼らは、「子々孫々に至るまで、決して平穏な死を迎えることはできない」と言われるほどの穢れを受けており、事実、一族の血統を継ぐ者はいずれも夭逝《ようせい》、あるいは不気味な死を遂げている。

こんな状況下ではさすがにすべてを「迷信」で片付けるわけにもいかなかったのだろう。呪殺島に暮らす末裔たちの中には、ひっそりと島を出る者もあったそうで、秋津真白……つまりは僕の母親もまた、そうした人々のうちの一人だったらしい。

「君の母親は東京の地で知り合った男性と結ばれ、君が生まれた。だが、赤江島では変わらず一族の死が相次ぎ、現在では、赤江神楽ただ一人が残されるのみ……その彼女も昨日、鬼籍に入ってしまったのだがね。真白、君は昨年に両親を亡くし、その後に赤江神楽から手紙をもらったんだ。一度、島に戻って欲しいと」

そうして、秋津真白……もとい僕は、母の生まれ故郷であるこの赤江島に戻ってきた。これがつい三日前のことらしい。

「赤江神楽は君の母親の姉だった。だが彼女が亡くなった今、赤江一族の生き残りは真白ただ一人。その唯一の血統が伯母殺しの容疑者とは、まったく、一族の呪いとは恐ろしい」

他人事《ひとごと》のように言って……いや、まあ実際に他人事なんだろうけど……古陶里は簡潔に説明を締めくくった。

「どうだ、理解できたか。というか思い出せたか？」

「うーん……僕のことなのに、ちっともピンとこないなぁ」

言って、僕はテーブルに広げられた地図をぼんやりと見下ろす。

そこにあるのは、僕たちがいる「赤江島」の地図だった。四国をもう少し丸くしたような形の島の西端には港と町らしきものがあり、そこから川と森を挟んだ反対側、つまりは島の東端に屋敷の印が入っている。つまりはここが、赤江邸だ。

島の東側の海岸線は崖《がけ》になっていて、赤江邸はその上に建てられているらしい。そのためお屋敷の近くに船を停泊させることは不可能で、島にある港は西端にある場所ひとつきり。何というか、港や町のある場所と赤江邸のある森は、同じ島にありながら、大きく横たわる川で分断されている、という……。

「なんでこんなに孤立してるの、このお屋敷」

「それはさっき話した呪殺島の由来に関係してるのよ。古くこの島に移り住んだ赤江一族は、自分達の穢れを他に移さないよう、人里離れた場所で暮らしていたのね。昔は『赤江一族に関わった者も早死にする』なんて言い伝えがあったくらいだから……この屋敷が集落から離れた場所にあるのも、その名残というわけ」

そう言うと、仕草ひとつとっても色っぽいワンピース美女は、にっこりと微笑《ほほえ》んだ。

「一部の親族もこのお屋敷のあたりで暮らしていたそうなんだけど、二百年くらい前から川の反対側にある集落に移ったと聞いたことがあるわ。島のこちら側は携帯の電波も届かないし、おまけにおばさまが騒音嫌いでテレビもラジオもない上、屋敷に入る時は電化製品の持込みは基本的に禁止。スマホは例外だけど圏外じゃ意味ないし、デジカメなんかは大丈夫なんだろうけど……とにかく面倒だから」

そうか。そういえば僕、まだ一度もテレビらしきものを見ていない。別室にあるのかと思ってたんだけど、そもそも設置されてないのか。

……それにしても、電化製品持ち込み禁止って。物凄い神経質な人だったんだな、赤江神楽さんて。

「なるほど……ええと、じゃあ、僕らはどうやってここまで来たんですかね」

「……集落にはお屋敷まで来てくれるタクシーがあって、貴方達はそれを使ったのよ。私と白珠と紫宝はうちの車で来たんだけど、ここにはガレージがあるし」

「そうなんですか。うーん、じゃあ、警察がなかなか来ないのって」

「島に駐在所はひとつだけ、それも集落の中にあるので、警官がここに来るためには川の上にかかる一本橋を渡るしかない。とまあ、そういうことです」

今度は初老の紳士が、丁寧に教えてくれた。

なるほどなるほど……え、って言うか。

「橋を渡るしかない、って、そんなに大きいんですか、この川」

地図と言っても、高低差とかが分かるタイプのものじゃないから、これだけだと川の大きさや広さなんかがいまいち分かりにくい。あと、橋の規模も分かりづらいんだけど、何かこういうのって……。

「やっぱりこれ、ミステリーの舞台で良くあるやつですよね。橋が落とされると誰もここに出入りできなくなっちゃって、っていう」

「お前が言うな。容疑者の癖に」

わりと本気で、例の体格の良いおにーさんに怒られた。すみません。

「それにしても、赤江さんはどうして僕を島に呼んだんですかね」

「大切な話があったから、と言っていました。詳細は聞いていませんが」

続いて答えてくれたのは、眼鏡にスーツ姿の例の女性だ。話しながら気付いたのだろう、あ、と呟いて僕に一礼すると、

「失礼しました。私は赤江先生の担当編集の久保田《くぼた》です。先生とは打ち合わせや原稿の送

受信も含めてメールでやりとりをしていたので、島まで来ることは滅多になかったんですが……今回は記念パーティがありましたので」

「記念パーティ？」

「まあ、覚えていないとは思うが、赤江神楽は著書がいくつもメディア展開しているベストセラー作家でな。待望の、そして最後の新作が来月発売されるというので、その出版記念パーティが行われることになっていたのだよ」

付け加えられた古陶里の説明に、僕はぽかんとしたまま、ああ、と頷《うなず》いた。実際、まったく覚えてない。

「先生はもともと人が大勢集まる場所が苦手で、身の回りのお世話も週に二度家政婦さんに来てもらう程度、あとはこのお屋敷におひとりで暮らしていらっしゃるんです。それなのにパーティの話が出たとき、なぜか赤江島で行いたいと言われて……それで私、お手伝いも兼ねてここに来たんです。今夜も午後八時くらいに連絡があって、これから打ち合わせをしましょう、ということになっていたのに、先生の私室のドアをノックしても返事がなくて……まさか、あの内線電話のやりとりが最後になるなんて」

「内線？」

「ほら、あの部屋って電話機があったでしょう。内線専用の」

ワンピース美女に言われて納得する。確かにあった。パソコンの置かれた机の上に……

あれ、内線専用だったのか。

それなら制服姿の少年、ええと、紫宝くんだっけ？　が、警察を呼ぶために別室に行った理由もよくわかる。

「とにかく、大変だったのよぉ？　さっき部屋の内線を使って話したばかりなのに、おばさまが中にいないのはおかしいって久保田さんが大騒ぎしてね。しょうがないから皆で探し回るうち、今度は真白クンまで行方不明なことが分かって」

「そもそも、部屋の内側から鍵がかかっている、という状況も妙だったのでな。真白と一緒じゃないかと言い出したのが誰だったのかは思い出せないが、まさかそれが的中していて、おまけに赤江神楽が殺害されているとは……いやはやまったく驚いたよ」

うーん……何だか棒読みにも聞こえる古陶里の言葉に、僕は腕組みしながらうつむいてしまった。

僕が呪われた呪術者一族の末裔で。

島の名前にもなった赤江家の最後の一人で。

亡くなったのは、現在では唯一の肉親でありベストセラー作家であった伯母の赤江神楽で。

彼女は何と、密室の中で、わざわざ呼び寄せた甥っ子である僕に殺害されていた……。

駄目だ。まったく理解できない。と言うか、実感がない。まるで赤の他人の身の上話を聞いているみたいだ。

「それじゃあ、皆さんも出版関係者……」

「な訳ないでしょう」

ぴしゃりと言ったのはワンピース美女だ。

「この私が、こんな地味な女と同じ職場にいるような人間に見える？　それにさっきから言ってたでしょう、赤江神楽のことを、おばさま、って。ホントにいやねぇ、昨日自己紹介したところなのに……私は赤江一族の遠戚《えんせき》である大島家の長女、大島紅玉よ」

「……そして私が次女の大島白珠。この子は末の弟の紫宝です」

鼻で笑うように自己紹介した美女に続き、泣きボクロのある清楚系の妹さんが、自分と、それからすぐ傍にいる紫宝くんのことまで教えてくれた。ああ、やっぱり弟さんか、こんだけ綺麗な姉弟も珍しいよなぁ……なんて、改めて納得。

それで、ええと……。

「オレはフリーのジャーナリストの新政太一《あらまさたいち》だ。赤江神楽とは以前も仕事をしたことがあって、今回はインタビュー記事のために島に来た。少し気になる噂《うわさ》もあったからな、できれば時間をかけて取材したいと申し込んだらあっさり許可が出て、この赤江家に滞在している。パソコン持ち込み禁止、ラジオやテレビも禁止って妙な条件付きではあったが」

「そして私は、赤江氏の顧問弁護士をしております、笹一《ささいち》です。先ほど大島紅玉様が仰《おっしゃ》られていましたが、赤江氏には一族の残したもの、加えて長年の作家業で得た億を超える財産が有り、その管理のために十年ほど前から赤江氏に雇われております」

さっきから威圧的な態度を取るムキムキした男性と、品の良さそうな白髪のスーツ姿の男性が、続けてそう教えてくれた。

ていうか、ジャーナリストと弁護士さんか。ホントに色んな人たちが集まってるんだなぁ。

「あ、あの、笹一弁護士さん？　今、財産って言いましたけど……それってやっぱり、相続人は」

「赤江一族の最後の生き残りである秋津真白様、貴方ですね。本来であれば遠戚である大島一族の皆様にもその権利がありますが、残念ながら赤江氏は、三親等外の親族への相続を拒否しております」

……笹一弁護士の話によると、もし僕が相続を放棄する、あるいは相続できない状況に陥った場合（例えば遺産欲しさに殺人を犯したりすると「相続欠格事由」ってのになるらしい）には、遺産の全《すべ》ては某慈善団体に寄付されるそうだ。

「それだと僕、人殺しなんてしちゃまずいですよね。どうなってるんだろ」

「自分で言ってる場合？　あなたって本当に呑気ねぇ」

くすくすと、紅玉さんが意外に上品な笑い声をこぼして肩をすくめる。

「参ったわ。どうも彼、本当に何も覚えてないみたいよ」

「確かに……あくまで演技という可能性もあるでしょうけど、彼はそんなに嘘が上手なタイプには見えないです。少なくとも伯母である先生を殺して平然としているような人には」

「人を見た目で判断すると痛い目にあうぞ。俺はそうやすやすとは信じないからな」

女性陣の優しい言葉に反して、男性陣……というより新政さんの態度は厳しい。まあ、状況を考えれば当然ではあるな。

しかし、うーん。これ何なんだろう。さっきから妙に胸がもやもやしていて、それが上手《うま》く言葉にできないっていう、変な感じがずっとある。

いや、目が覚めたら記憶喪失で殺人の容疑者になっていた、なんて、これだけでも十分におかしなことではあるんだけど。

そうじゃなくて、もっと別の……あるべきはずのものがない、というか……必要なことが丸ごと抜け落ちてしまっている、とでも言うのだろうか。

多分、僕は、何か大切な事を見落としている。

だけど、そもそも自分の人生を丸ごと忘れている僕にそれが何なのか分かるはずもなくて、そうしたら、僕の視界の端で、すぅっと何かが動くのが見えた。

「……監視カメラ」

それは、静かだけれど妙に耳に響く声で。

僕らが一斉にそちらを見ると、声の主は、ひどく難しい表情をした眼鏡の編集者さん……じゃない、久保田女史だった。

「そうだ。確か、監視カメラがあったはずです、あの部屋」

「え？」

「前に聞いたことがあるんです。先生は普段、私室で執筆されていて、あそこには未発表の作品やネタ帳や貴重な資料が沢山おいてあるので、念のため簡単なカメラを設置してるんだって」

言葉に、場の空気がふっと動いた。

「それが本当ならすぐにカタがつくじゃないか！　どこにあるんだ、その監視カメラは」

「確か、執筆用の机の上です。前に部屋にお邪魔した時は、そこにありました」

「案内しろ！」

新政さんの怒鳴るような声に、でも、と久保田女史が困ったように僕たちを見る。

「もうすぐ警察の人が来るんですし、あんまり勝手なことはしない方が」

「その警察とやらがなかなか来ないから言ってるんだ。何もカメラの映像をいじろうって言ってる訳じゃない、確認だ、警察がすべきことを先にやってやるんだよ！」

「ちょっと、大きな声を出さないでください、紫宝が怯《おび》えているじゃありませんか！」

ただ事ではない雰囲気に縮こまる弟さんを抱きしめつつ、白珠さんが目を吊《つ》り上げてそう叫んだものの。

困惑と躊躇《ためら》いの表情を見せていた久保田女史は、その後、ようやく顔を上げて、こくんと頷いたのだった。

3

殺害現場に戻るのは、当たり前なんだけどけっこう勇気がいる。

ついさっきまで呑気《のんき》に寝ていたはずの場所なのに、一旦《いったん》応接室に入ってから再訪したその場所からは鉄錆《てつさび》のような死臭がした。否。これは多分、血の匂《にお》いだ。

現場保存のために残された赤江神楽さんの遺体には、もちろん姿が見えないようにという配慮もあってシーツが掛けられてるんだけど、生地が薄いから身体《からだ》の線がしっかり出てるし、何より、胸元と思われる場所からじわりと血が染《し》みているのが分かる。

つまり、どう見ても「もう死んでます」という状態なのだ。部屋の中央部に近い場所にあるその存在が、僕らの中に言い知れない緊張感と恐怖とを生む。

「真白。顔が青いぞ」

ぐいっと腕を引っ張られて、見ると、すぐそばに古陶里が立っていた。この子はいつも猫みたいに物音を立てずに近付いてくる。

「無事か？」

「とりあえず、今のところは。……本当に僕が殺したのかな、あの人のこと」

驚いたことに、僕の身体は震えはじめていた。事ここに至ってようやく「人が死んだ」という現実と、自分が加害者かもしれないというずしりとした疑念がリアルになったのだ。

「どうして覚えてないんだろう。頭のたんこぶは、もしかして抵抗した赤江さんにやられて出来たのかな」

「抵抗なら後頭部は殴らないだろう、普通は正面から反撃するだろうし。そもそも真白、君はさほど運動神経が良くないから、もしかしたら自分で転んでぶつけた可能性もある」

な、なるほど……。

妙に納得して俯《うつむ》くと、僕らの会話を聞いていたのか、一番最初に部屋に入った新政さんが「バカバカしい」と吐き捨てた。

「監視カメラを見れば全部はっきりするんだ、ここで四の五の言う必要はないだろうがよ。それで、肝心のカメラはどこにある？」

「あそこです。ほら、パソコンの横の」

言ったのは、びくびくしながらも遅れて部屋に入ってきた久保田女史だ。その指差す先には確かに、ノートパソコンのすぐ傍に設置された監視カメラが……。

んん？　あれ、ないぞ？

「どこにあるのかな、カメラ」

「だから、あれです。あの黒いドームタイプの」

ドームタイプ？　黒？　久保田女史に言われてまじまじと机の上を見渡した僕は、次の瞬間、ものすごい衝撃を受けて叫んでいた。

「ええぇ!?　あれ、呼び出しボタンじゃないの？　ファミレスに置いてるやつ！」

なんとそれは、僕が最初に目覚めたときに見た、黒くて丸いボタンみたいな物体だったのだ。

いやいや、違うでしょコレ。監視カメラってもっと天井からぶら下がるいかにもなヤツだよね、ね？

「……この位置にあるなら殺害現場も映ってるはずだ。サイズ的に無線でもＨＤＤ内蔵でもなさそうだし、モーションで録画か」

「なるほど、画面に動きがあった時のみ録画するタイプだな。ふむ」

しかし、新政さんと古陶里は思い切り僕をスルーして話を始めた。

ええ……と、何？　やっぱりコレ、カメラなの？　てゆーか普通に皆理解してるけど、監視カメラに詳しいのって普通？　僕が常識ないだけ？

「こんな小さいの、カメラだってわかんないって……」

「うるさい真白。いいからちょっと黙ってろ」

呟《つぶや》いただけなのに、カメラに向かって歩き出していた古陶里にいきなり突っ込まれて、さすがの僕も鼻白《はなじろ》む。

「何だよ、別に騒いでないでしょ、僕」

「心の中の不満が全部表情に出ている。その顔がうるさい」

顔がうるさいって……。

がっくりうなだれる僕を横目で見ながら、古陶里が監視カメラを調べている新政さんに近付いた。同時に久保田女史や紅玉さんたちもぞろぞろとそちらに移動する。

「ふぅん、これが監視カメラ？　インテリアみたいで可愛《かわい》いじゃない。でも、どうやって中の映像を見るの？」

「本体に映像記録用のＳＤカードが仕込んであるはずだ」

何故《なぜ》かカメラの存在を知っていた久保田女史より的確に言葉を返しつつ、新政さんが丸いドーム状のカメラの側面を調べ始めた。その隣では「私はこっちを調べてみます」と久保田女史がノートパソコンの電源を入れている。

「あれ、パソコン、開いたままですね。先生が直前まで使用されてたんでしょうか？」

「……あ、そういえば」

そうだった、と思い出す。ここで目覚めて室内を確認した時、パソコンは開いたままだった。それにもうひとつ、一人用の小さな丸机の上に……。

記憶を頼りに寝台のそばにある机を見ると、そこにはまだカップが二つ並んでいた。覗《のぞ》き込んだ僕に、久保田女史も眼鏡越しの視線をぎゅうっと細める。

「ティーカップ、二つありますね。はっ、もしかして先生が秋津くんにお茶を出した際、それに毒が投入された、なんてことも」

「出してもらったお茶に、僕が毒を入れたってことですか⁉　つまり僕が毒物を持っていた、と」

「っていう推理です、すみません。まあ毒物なんて日常生活の中にたくさん混じってますから、所持していたとしても不自然ではありませんけどね……煙草《たばこ》のニコチンでもマニキュアの除光液でも何でもアリですし。でもどちらも口をつけた様子がありませんね……」

どのみち毒物が混入しているのかどうか、ここに閉じ込められている間は調べる方法もないですが、とあっさり意見を翻《ひるがえ》して、久保田女史はパソコンに視線を戻した。いや、切り替え早いな。

「何かありますかな」

「うーん、やっぱりパスワードが必要ですね」

「編集さんなら何か思いつかない？　おばさまが使いそうなパスワード」

いつの間にか、笹一弁護士と紅玉さんも一緒になってパソコンを覗き込んでるけど、そこに出ているのはパスワードを要求する画面で、久保田女史もどうしようもないみたいだ。

「そうですねぇ……ここにあるＰＣは執筆用なので当然ロックがかかってるんですけど、実は私、先日パスワードを伺ってたんです。先生は神経質で、私達編集の人間もパソコンの持込みを禁じられていますから、スマホも使えないわけでしょう？　どうしてもという時には先生のものをお借りするしかなくて。でも……」

「使えないの？」

「はい……先生、月に一度はパスワードを変えるとおっしゃられていて、私が聞いたのもつい一週間前に変えたばかりのものなのに」

「ふぅん。それなら今回はたまたま早めに変更したのかもね。作家なら何かの拍子にアイディアや原稿データを盗まれる可能性もあるんだし、そりゃ用心するでしょう。ここには通いの家政婦さんだっているんだもの」

久保田女史と紅玉さんの会話に、なるほどなぁと思う。個人情報にうるさい昨今、気軽にホイホイ開けるパソコンなんて置いておくわけがないか。

「こっちはあてにならなそうね。じゃあ、後は監視カメラの映像を……」

「ない……」

「え？」

生真面目《きまじめ》な表情で監視カメラの表面を調べていた新政さんの呟きに、話しかけていた紅玉さん、そして部屋にいた全員が、ぽかんとそっちを振り返った。

「何がないんですか、新政さん」

「カードだよ、入ってないんだ。まさかセットし忘れたのか？」

「なにそれ。じゃあ、おばさまが亡《な》くなった時刻の映像は？」

「確認できるわけがないだろう、カードがないんじゃ」

「でも変ですよ、先生はこういう、うっかりミスをされるような方じゃないのに」

記録用のカードをセットしないでカメラを使っていた。なんてことはあり得ないと久保田女史が言い募る。

そこで何だか嫌な予感がした途端、いきなり新政さんが僕を振り返った。

「お前……俺たちが入ってくる前に隠蔽《いんぺい》したな⁉」

予感的中。思い切り胸ぐらをつかみあげられた。あわわ足が浮いてるってちょっと！

「く、くるし……」

「どこに隠したんだ。出せ！」

「し、しらない、しらないってば」

「待て、そこの筋肉バカ。真白はこの部屋に監視カメラがあることを知らなかった。おまけにこれがカメラであることにすら気付いていなかったのだから、SDカードを抜き取ったとは考えにくいぞ」

慌《あわ》てて古陶里が仲裁に入ったけど、駄目だってソレ、余計なひと言くっついてるから！

案の定「筋肉バカ」と呼ばれた新政さんは、炎のような怒りをその瞳《ひとみ》に宿しつつ、摑《つか》みあげた僕の首元をぐっと締めた。

「どうせ演技だろ、こいつの！　カメラの存在に気付いていなかったことを大げさにアピールしてごまかして……だが、俺たちが来る前に撮影されていることに気付き、カードを抜き取ったんだとしたら……おい、服を脱げ！」

知らない、いや、演技じゃなくてホントに何も知らないんだって！

もう息も絶え絶えで首を振る僕。そうしたら紅玉さんが走り寄ってきて「どこに隠したのかな？」と楽しそうに僕の全身をまさぐり始めた。

しかしSDカードみたいな小さいものがそう簡単に見つかる筈《はず》もなく、そうこうするうちに僕の意識は遠のくし、紅玉さんちょっとアレなところまでさわさわしてくるし、あーもうだめだ、色んな意味で僕、二番目の犠牲者になりそう……。

とは言え、薄目にも僕を摑みあげる新政さんの手がぷるぷる震え始めているのが見えていたので、果たしてどちらの限界が先か、なんて悲壮な決意をしていると、古陶里がひどく冷静に口を開いた。

「あんな小さなもの、捨ててしまえばわからないのに、わざわざ持ち歩く筈がない。そもそも本当に真白だけが怪しいのか？」

「……どういう意味だ？」

「真白がSDカードを抜き取り、素知らぬふりをして部屋の中に倒れていた……と考えれば確かに話は早いが、そもそも赤江神楽がセットし忘れた可能性も捨てがたいし、何より、カードを抜き取ることができたのは真白だけじゃないだろう。さっきここに突入した時、我々は誰も監視カメラに注意を払っていなかったのだからな」

ああ、そうか。そうなんだ。

古陶里の言葉に、僕は首を絞められながらも激しく心の中で同意した。途端に悔しそうに唸《うな》りつつ新政さんが手を放してくれたので、そのまま床にへたり込み、涙目で咳《せ》き込むしかなかったのだけれど。

確かに僕は疑われても仕方のない立場ではあるし、記憶がない以上、新政さんの疑いを完全否定もできない。

……それでも、もし監視カメラの映像が小さなカードに入っているなら、それを抜き取ることは僕以外の誰にでも可能だったはずなのだ。何しろさっきは全員が僕と赤江さんの姿に気を取られていて、誰がどんな行動をとったのか、ほとんど覚えてないんだから。

例えば僕は、警察を呼びに、紫宝くんが部屋を出て行ったことにも気付かなかったし、その後、現場を保存したまま部屋を出よう……って皆で動き回った辺りなんかは、もうホントに全員が自由行動みたいな状態だった。

さすがに遺体に何かした人間はいなかったけど（赤江さんの遺体は僕の目の前にあったから、それくらいは分かる）、部屋の備品がどうなっているのか、なんてことには誰も注意を払っていなかった……と思う。

「だが、こいつ以外の誰がカードを盗むんだ。殺害現場の映像だぞ、犯人が盗んだとしか思えないだろう！」

「呪《のろ》い……」

その時、地を這《は》うような声が聞こえて、僕らは思わずぎょっとした。

まるで死者の声のような、或《ある》いは呪詛《じゅそ》そのもののような響きは、この嵐《あらし》の中に佇《たたず》む屋敷の中にあまりにも相応《ふさわ》しくて。

咄嗟《とっさ》に、まさか亡くなった赤江神楽さんが……と遺体を振り返った途端、声が再び、今度はきちんとした生者のぬくもりを伴って室内に響き渡った。

「呪い、かも知れないよ。だって昔からおばさま良く言ってたもの、自分はいつか赤江の呪いに殺されるだろうって」

「し、紫宝くん？」

「なんて声出すのよ紫宝。ああ、びっくりした」

驚いた。声の主は神楽さんではなく、それまでじっと室内の様子を眺めていた大島紫宝くんだったのだ。

「……勘弁してくれ。まさか、こいつまで呪いごっこか？」

「ごっこじゃないよ。赤江家の人間は本当に、夭逝するか、身内に殺される運命にあるんだ。おばさまが言ってた、自分がこの歳《とし》まで生きられたのも、赤江の家が自分の代まで続いたことだって奇跡で……だから」

「およしなさい、紫宝！」

まるで憑《つ》かれたように語りだした紫宝くんに、その時、白珠さんがたしなめるような鋭い声を発した。

途端に場には沈黙がおり、僕も気まずくなって紫宝くんと白珠さんの美形姉弟を見る。

それなのに、

「確かに、呪いだろうな。これは」

……いたよ。空気を読まないやつが一人。古陶里だ。

「どんな事情や要因があったとしても、赤江家の当主が亡くなったという事実に変わりはない。そして、そのように続く不幸な死の連鎖を『呪い』と言うのではないか？」

「……屁理屈《へりくつ》だな、そいつは。大体、今は何で監視カメラのデータが消えたのかって話をしてるんだぞ」

「確かに。呪いのせいで消えた、というのは通用しないだろうが。ＳＤカードを抜き取った誰かが存在していることは確かだし」

「だから、こいつがやったんだって……」

「真犯人がいるのだとしたら？」

苛立《いらだ》たしげに怒鳴る新政さんに対し、古陶里はさらりとそう言った。

「もし、犯人が真白ではなく、別にいるとしたら？　そいつがこのまま真白を犯人に仕立てあげるために、カードを盗んだ可能性がある」

4

とんでもない事になってきた。

いや、最初からとんでもない状況ではあるんだけど、事ここに至って僕以外の……しかも監視カメラの映像を抜き取る、なんて悪意のある行動に出た人間がいるかもしれない、という可能性が浮上するなんて。

「警察は一体何してるんだ、クソッ！」

出会ってからこっち、イライラしてる姿しか見たことのない新政さんが、やはりというか何というか、今回もそう言って壁を蹴《け》りつけた。

「犯人が他にいるかもしれないだと？　それならなぜ、赤江神楽は密室で殺されていた？　真犯人はどうやって外に出たんだ!?」

「そんなふうに怒鳴りつけたって、誰にも分かりゃしないわよ。現場にいたはずの真白クンが覚えてないんだもの……もし彼が犯人じゃないのなら、真相を知っているのはこの子に罪をかぶせようとした張本人くらいよね」

「つまり私たちの中に犯人がいる、ということですの？　推理小説やサスペンスドラマじゃあるまいし、そんな手の込んだ真相より、明らかに犯人らしき人を調べる方が正しいと思いますけど」

姉の言葉をたしなめるように言った白珠さんが、ちらりと僕を見ながら言った。うん、そうだよね。僕もそうは思うんだけど、何しろ記憶がね……。

「ええと、じゃあ、持ち物検査してみるとかどうでしょう。今すぐ部屋の中を調べれば、誰かの部屋からぽーんと出てきたりなんかして」

「冗談じゃありませんわ！　プライバシーの侵害です、持ち物を見せるなんて！　大体、さっきその子が言ってたじゃありませんの、あんな小さい物、捨ててしまえば分からないって。そもそも一番怪しいのは貴方《あなた》で……」

僕の提案に、またしても白珠さんがブチ切れた。僕なんか有無を言わさず身体検査されたのにさぁ、と思ったけど、まあ仕方ない。立場が違う。

「あ、あの、お気持ちは分かりますが、落ち着いてください。持ち物検査が無理なら、まずは皆さんのアリバイから考えてみる、というのはどうでしょう。警察の方に調べて頂く必要がありますが、今回は簡単な方法で先生の死亡推定時刻が判断できますし」

そんな提案をしたのは、どこか生き生きとした表情の久保田女史だ。相変わらず、自分が担当していた作家さんが殺された割に落ち着いている。

なんて視線を周りからも感じたんだろうか。久保田女史は「あっ」みたいな顔をして、取り繕《つくろ》うように手をバタバタさせた。

「すみません、私、もともとミステリー作品を担当することが多いもので、殺人事件の後の流れ、みたいなものがつい頭に浮かんでしまって」

「……まあ、呪いだ何だと言われるよりはマシだろうな。じゃあ、あんたがまとめてくれ。赤江神楽の死亡推定時刻と俺たちのアリバイとやらを」

「あ、ちょっと待ってください！」

咄嗟に僕が手を上げると、全員の視線がギラッと僕に集中した。うわ、怖《こわ》っ！

「なんだ！」

「どうせアリバイについて話し合うのなら、皆さんの部屋割りも教えていただけませんか。どこにどの方が宿泊されてるのか、僕、記憶がないんで」

「……誰か、紙とペンを貸してくれ。私が説明しよう」

言って、古陶里が片手を上げる。すると久保田女史と笹一弁護士がほとんど同時にペンを差出し、続いて新政さんも「チッ」と舌打ちしつつ、ポケットから取り出したメモ帳みたいなものから一枚、紙をビリッと千切って古陶里に渡した。

そこで古陶里が書いてくれたのが、次の通り。

【赤江家屋敷図】

〈1F〉

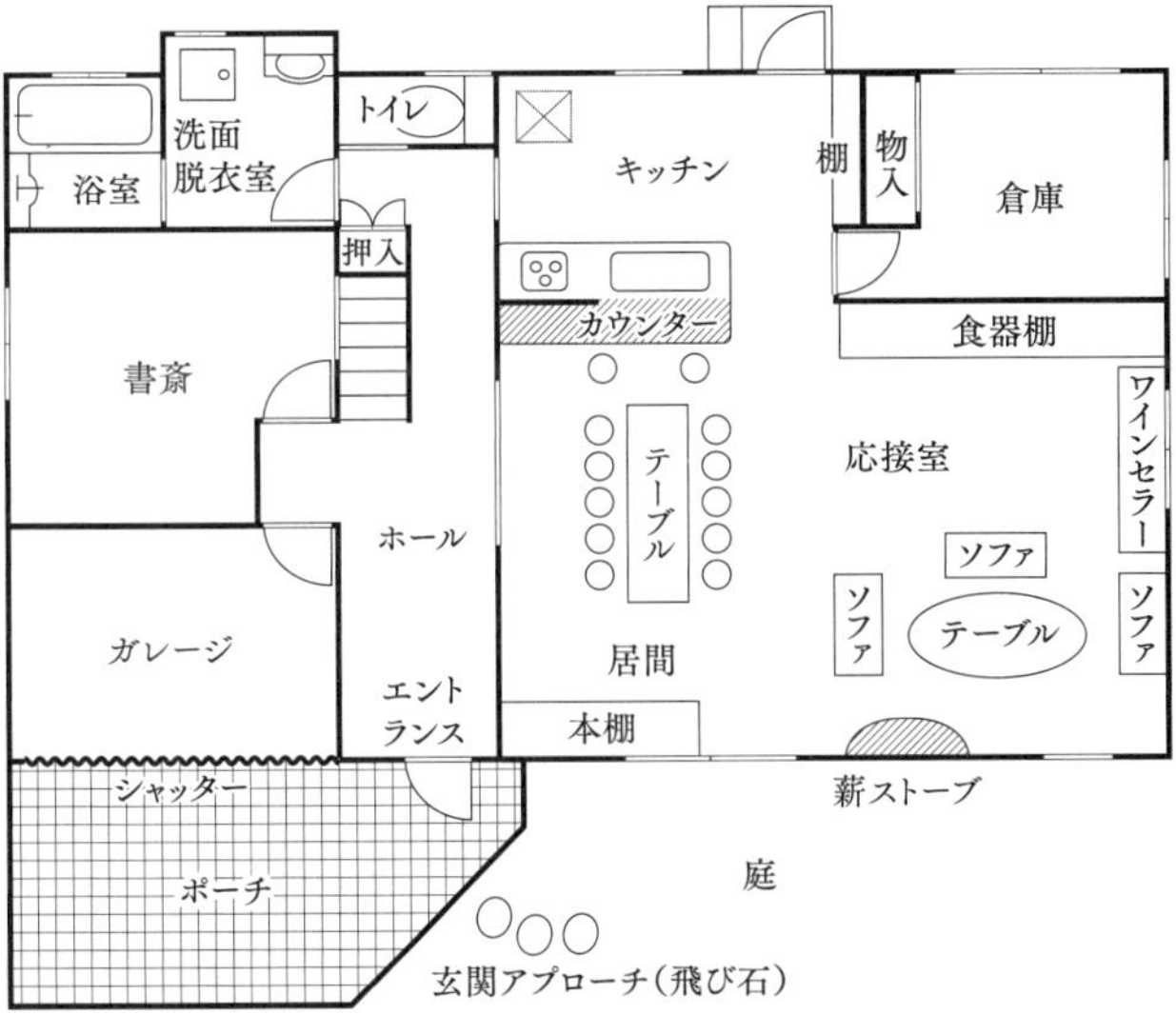
浴室
洗面
脱衣室
トイレ
キッチン
棚
物入
倉庫
押入
カウンター
食器棚
書斎
ワインセラー
テーブル
応接室
ホール
ソファ
ソファ
テーブル
ソファ
ガレージ
居間
エントランス
本棚
シャッター
薪ストーブ
庭
ポーチ
玄関アプローチ（飛び石）

〈2F〉

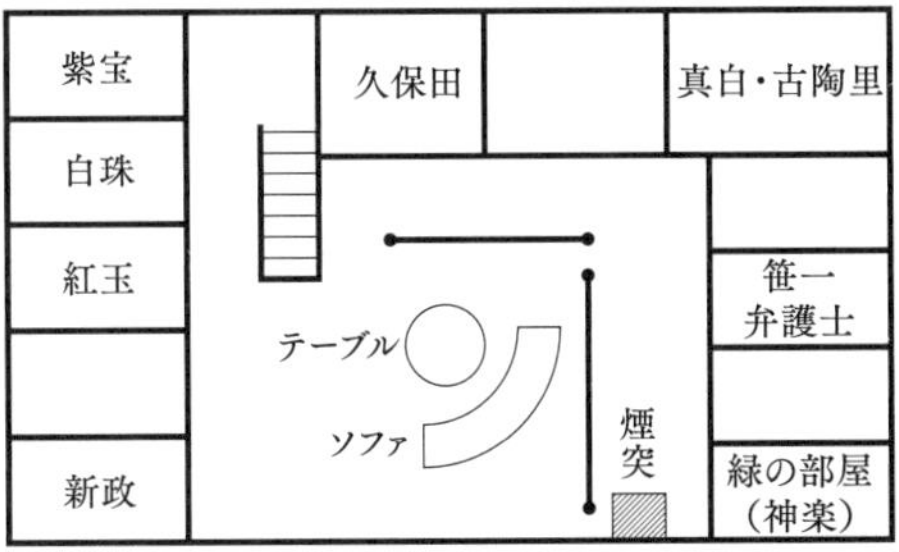
紫宝
久保田
真白・古陶里
白珠
紅玉
笹一
弁護士
テーブル
ソファ
煙突
新政
緑の部屋
（神楽）

「は、はい、では、準備は良いですか？　私、久保田からお話しさせていただきます。分かる範囲内で……今夜、私が部屋で先生からの内線を受けたのが午後八時十分頃。多少の誤差はあれど、だいたいそのくらいでした。その後、資料をまとめた私が部屋を出たのが午後八時十五分頃、そこから二分ほど後に先生の部屋の扉をノックしました。この時点で先生の応答はなく、部屋は中から鍵がかかった状態でした」

「つまり、おばさまは貴女《あなた》に電話を掛けた午後八時十分から十七分くらいの間に殺された、というわけね」

「そうなると思います。もちろん、私が部屋に行った時点ではまだ生きていた、という可能性もありますが……部屋が密室であったことは確かだと思います」

「じゃあ、アリバイ確認はその短い時間に限られるわけだな」

自分の腕時計をチラリと見つつ頷《うなず》いた新政さんが、まず一番に声を上げた。

「それなら簡単だな。俺はその時間、応接室で笹一弁護士と話をしていた。午後六時の夕食の後、二人でソファに座ってからずっとだ。ですね？」

「ええ、はい、その通りです。途中、大島紅玉さんも来られましたな」

「……そうね。私は妹と弟と三人で部屋にいたんだけど、午後八時を少し過ぎたくらいに応接室に移動したの」

「お姉さまの言う通り、私と紫宝はその時間、部屋にいました。血縁者の証言ですから役に立つかどうかはわかりませんけれど」

次々と皆のアリバイ証言が続く中（紫宝くんは頷くだけだったけど）、はっ、と何かに気づいたように久保田女史が顔を上げて、

「私も、先生に呼ばれる前は部屋に一人でいました。ですのでアリバイにならないと言われればそれまでですし、そもそも、先生の電話を受けたのも一人の時でしたので……音声を録音しているわけでもありませんし」

「そこまで疑い出したらキリがないだろう。細かい部分はさておき、大体の居場所がわかればいい。……それで、あんたは？」

「ふむ。私なら午後八時くらいまで真白と部屋にいた。その後、赤江神楽に用があると言って真白が出ていき、その直後にあの騒ぎだ」

「真白クンの用事って、一体何なの？」

「……それは聞いていない。ただ、すぐに戻るとは言っていた」

「あの……」

と、僕は恐る恐る手を挙げた。

「つまりそれ、僕しか赤江神楽さんを殺せなかった、ってこと、ですよね……？」

しーん、とその場の全員が無言になった。でも彼らの視線は痛いほど真《ま》っ直《す》ぐ僕に向かっているわけで。

そうか。やっぱり犯人、僕かぁ。

いや、でもこれだけ言われてもまだ実感がないのもどうなんだろう。人を殺すって、結

構な一大事だと思うんだけど。

「……何とか記憶を取り戻す方法、ないかな」

「確かにそうねぇ。専門家の意見を聞きたいけど、残念ながら赤江島には集落側に内科医が一人いるだけだし、その他の専門医が必要になる場合は本土に戻らなくちゃ」

「ショック療法とかどうでしょう。もう一度頭を殴る、なんて」

同情の眼差しで僕を見ていた久保田女史が、何故かいきなり眼鏡ごしの瞳をキラキラさせながらとんでもないことを言い出した。おいおい、何言っちゃってんのこの人、超怖いんですけど！

「いや、それはやめておいた方が良い。アホが悪化するだけに終わる可能性もある」

うん、古陶里のディスりっぷりは相変わらず潔《いさぎよ》くて、むしろ安心するな。

「とはいえこのまま尋問を続けても意味はなさそうだ。そこで提案なのだが、もう夜も遅いことだし、一度、それぞれの部屋に戻るというのはどうだろう。どのみち外は嵐、逃げようにも逃げられない」

「証拠隠滅に動かれたら、たまったもんじゃないぞ！」

「見張りを付ければいいいんじゃないのぉ？　交替でね、彼が部屋から出ないように」

「あっ、でしたらくじ引きで決めましょうか。不公平のないように」

……というわけで、見張り交替制が導入されることが決まった後、僕らは未《いま》だ到着しない警察官を待つ間、各々にあてがわれていた部屋に戻ることになったのだった。

時刻は既に午後十一時。窓の外は相変わらず真っ暗。

近付いて四角く切り取られた漆黒《しっこく》の闇《やみ》のような外の世界を覗き込むと、叩《たた》きつけるような雨の模様の向こうに、時折、雷の輝きに照らされて、雲に覆《おお》われた空と一面の海とが見えた。どうやらこの部屋は、断崖《だんがい》絶壁に面した場所にあるらしい。

「確かにここなら、窓を伝って逃げる、なんて真似《まね》もできないだろう」

そう言ったのは新政さんだけど、この部屋をあてがわれたのは島に到着した日のことだから、別に僕を拘留する目的での配置ではないらしい。本当にたまたま、なのだ。

「しかし、外はすごい嵐だな。こんなに荒れた海はなかなか見られないぞ」

「そうだよねぇ……っていうかさ、何で君と僕が同じ部屋なの？」

振り返って思わず突っ込む。そこにはベッドの上にちょこんと腰かける日本人形……もとい、古陶里の姿があった。

「おかしいよね？　いくら大学の友達だって言っても一応は男と女だよ？　同じ部屋とかありえないでしょ、ここ、他にもいっぱい部屋があるのに！」

皆が「屋敷」なんて言い方をしていたからうすうす気付いてはいたんだけど。

赤江家、ならぬ赤江邸は、僕が想像していた以上に大きい建物だった。何しろ二階だけでも寝室、浴室、トイレがついた客室が十室以上あるし、小部屋の外には皆が集まってくつろげるようなオープンスペースまで配置されているんだから、その広さたるや半端《はんぱ》ない。

背の低い仕切りで作られた廊下には高そうな花瓶だの絵画だのが飾ってあるし、何これホテル？　と言いたくなるレベルなのだ。作家って儲《もう》かるんだなぁ……。

　にも拘《かか》わらず、何故か僕と古陶里は同じ部屋にいるのである。何でだ？

　確かにここは角部屋になっていて、他より広い。でも、仮に部屋数がなかったとしても、多分こういう場合は男同士で同じ部屋を割り振られるはず。いくら室内にベッドが二つあったとしても、だ。

「これってアレなの？　古陶里さんが僕の見張りをするからってこと？」

「さん、はいらない。古陶里でいい。……事件の前から私と真白は同室だ。なんだ、昔からずっと一緒に暮らしていたのに、今更だろう」

「はぁぁぁ!?」

　思わず声を上げてしまった。途端に、バン！　と部屋の扉が開いて、

「おい、どうした、秋津真白が逃げたのか!?」

「あ、いや、すみません、声を出したの僕です」

　入り口で見張りをしていた新政さんが飛び込んできたので、僕は慌ててその場に直立不動。あたふたと言い訳すると、ものすごい目で睨《にら》まれた。

「紛らわしい声を出すな！　今度騒いだら椅子《いす》に縛り付けるぞ」

　言うと、新政さんは再び部屋の外に戻って行った。

　扉が閉まり、やがて室内に沈黙が訪れると、古陶里が呆《あき》れたように僕を見る。

「……アホだアホだと思ってはいたが」

「うるさいな……だって今のは君が変なこと言うから」

「変なことじゃない。本当に、記憶がないんだな。真白」

しみじみ言われて動揺する。どうやら今さっきの「一緒に暮らしていた」発言は、冗談でも何でもないらしい。

え、っていうことは、何？　もしかして僕と古陶里って、そういう関係だったの？　ただの友達じゃなくて？

「そ、それは申し訳ありません、すっかり忘れていて、大変失礼を」

「顔が気持ち悪いぞ、真白。何か誤解していないか」

途端に絶対零度の蔑《さげす》みの眼差しを向けた古陶里は、深々と溜《た》め息《いき》をついた。

「私達は幼い頃から同じ養護施設で育ったのだよ。私は三歳、君は四歳から入所して、それからずっと同じ施設で暮らしていた……大学に入ってようやく外で暮らし始めたが、それだって同じアパート内だし」

そ、そうなの？　いや、でも待てよ。

「僕、両親いないの？　だって赤江島を飛び出したっていう母親と、本土生まれの父親がいるとか何とか言ってなかったっけ」

「真白は四歳の時、親の経済状況が悪化したことを理由に施設に連れてこられたのだよ。その時は一時保護扱いだったが、何度か親元に帰されては戻ってきて、最終的に六歳で施設に入った。学生の頃からバイトを掛け持ちしていて、成人してもっと稼ぎが増えたら親に仕送りしたい、と言っていたが……その前にご両親を事故で亡くしてな」

古陶里の話によると、僕らのそもそもの馴《な》れ初《そ》めは、養護施設にある遊戯室だったらしい。子供のころからしっかりしててリアリストだった古陶里と、どこか間の抜けた放っておけない雰囲気のある僕は、何故か妙にウマが合って、他の児童たちの中でも特に親しくなった。

そして、小学校、中学、高校と同じ学校に進学したのち、大学受験、同じ学部で合格通知をもらい、二人そろって同じアパートに引っ越し、バイトしながら細々と生活を始め……そして今に至る、というわけだ。

要するに僕は、というか僕と古陶里は、いわゆる苦学生というやつだったのだ。施設暮らしでバイトを掛け持ちしつつ進学して……おお、結構頑張ってたんだな。

だけど残念ながら、というか相変わらず、自分の身の上話のはずなのに、聞いていて何の実感もない。どちらかと言うと古陶里が施設にいた、ってことの方が何だかズシリときた。

「ごめんね」

「何が」

「もしかしたら、話したくないこと、わざわざ説明させたのかと思って」

言うと、古陶里は虚を衝《つ》かれたような顔になって、それから、ふっと笑った。

「バカだな。君の話をしているんだろう」

「いや、まあ、そうなんだけど」

あれ、と思った。人形みたいに冷たい顔立ちだと思ってたのに、笑うとこの子、結構可愛いぞ？

いや、そもそも独特の雰囲気と毒舌のせいで誤解しちゃってたけど、最初から古陶里は僕の味方でいてくれたじゃないか。記憶はなくても彼女が僕を擁護してくれてることはちゃんと伝わってるし、友達だとか幼馴染《おさななじ》みだとか言われてすんなり頷ける自分もいる。

だとしたら、僕はもっと彼女に心を開くべきなのかもしれない……。

「……そうだよね。考えてみれば、この島とは縁もゆかりもない立場なのに、わざわざ僕についてきて事件に巻き込まれてるんだもんね。なのに文句も言わずにこうして一緒にいてくれて……」

「何だ、いきなり改まって」

「いや、有り難いな、と思ってさ。幼馴染みの存在って」

「言っておくが、何も君を心配してついてきたわけじゃないぞ。ここには私の最大の興味たる『呪い』がある、古来より続いてきた呪術《じゅじゅつ》を操る一族の末裔《まつえい》と、その血統に降りかかったおぞましい呪い……こんなネタが他に存在するか？　だからこそ私の方から頼んでついてきたんだ、ちょうど夏季休暇に入ったところでもあったからな」

ん？　最大の興味？

「君、呪いが好きなの？」

「ああ、そうだ。幼い頃から古今東西の呪術について資料を集めている。私の唯一《ゆいいつ》の、そして実益を兼ねた趣味と言っても良いだろう。そうか、君、それも忘れているんだな」

忘れてたよ。ていうか、さっきの感動、今すぐ返して。

しかし思い返せば確かにこの子、この島の過去についてやたら詳しかったな。普通は島民である大島三姉弟あたりが説明すべきなのに、率先して話してくれてたし。あれは趣味の一環として得た情報を講釈してくれていたわけか……うん、まあ、いいんだけどさ。

「おいおい。随分と呆れ顔をしているが、呪殺島《じゆさつじま》は古今東西ありとあらゆる学者や専門家が調査している、本格的な呪いの地なんだぞ？　呪いと言う不確かなものを形作る存在は貴重だし、赤江島はその代表的なものだ。興味を持たない方がおかしい」

「……そういえばさっきもそんな話になったね。呪殺島って呪術者達が島流しにされた先で、全国にいくつかあるって……もしかして、赤江島の他にも色々と調べてたりするの？」

「もちろん。赤江島を含め、全国には五つの呪殺島があると言われているが、現在その所在地が確認されているのは三つ。ひとつがこの赤江島で、あとの二つは九州のK県の離島である古秘島《こひじま》と、H県の千駒島《ちこまじま》。それぞれ赤江一族のような呪術者の末裔が今も暮らしていると聞く」

「……まさか、そこでもこんな事件が起きてるんじゃないよね……」

「どうだろうな。だが、呪殺島はその性質上、いずれも余所者《よそもの》を嫌う土地柄だと聞くから、こんな機会でもなければ泊まり込みで調査する機会など滅多になかっただろう」

「はあ……」

さすがに唯一の趣味、と豪語するだけのことはある。古陶里はこれまでにないくらい饒《じょう》舌《ぜつ》に語り出した。本当に詳しいんだ、この子。

「じゃあさ、この赤江島についてなんだけど、赤江家の祖先って島流しにされちゃうくらいひどい事してたの？　呪術者とか何とか言われても僕、ピンとこなくてさぁ」

「……呪術者の行いのすべてが悪い事、という訳ではない。もともと呪術は身を守るためにあるもので、人を苦しめる呪詛《じゅそ》は、いわば例外的なものだからな。いわゆる『呪詛《すそ》』がこれにあたる。特に赤江家は遠く賀茂《かも》家の血を継ぐ陰陽道《おんみょうどう》の血統だから……」

「ちょ、ちょょっと待って、ごめん、話が難しすぎてわかんない。そもそも陰陽道って何？」

「陰陽師《おんみょうじ》、なら聞いた事があるだろう。安倍晴明《あべのせいめい》とか、賀茂忠行《かものただゆき》とか」

「あべのせいめい……あー、何となく……平安時代のなんかすごい人だ！」

「京都にはその名を冠した神社もあるな。とにかく、陰陽道とは仏教や神道などを独自に発展させた、占いのようなものと考えれば良い。そして陰陽師は修行を積み、不思議な術を使うことの出来る存在……本当はそんな単純なものでもないのだが、話せば長くなるのでそういうことにしておこう。とにかく、赤江家はその陰陽師の中でも、ものすごく有名な一族の末裔なのだよ」

何だか面倒くさそうに言って、古陶里は溜め息をついた。な、なんだよ、知らないんだからしょうがないじゃん。

「で、話を戻すが、陰陽師の仕事は荒ぶる神の怒りや呪詛から人々を守ることにあった。もちろん時に人を呪い殺すという呪法も用いたようだが……その結果、穢《けが》れを受けて自らも呪われた。赤江家がまさにそれだな」

「え……呪詛から人を守るってのは分かるけど、荒ぶる神って言うのは何？　神様って人間を守ってくれるもんじゃないの？」

何となくだけど、困ったときの神頼みって言うくらいだしさ。神様から人間を守る、なんてちょっとイメージしにくい。と思ったら、古陶里はうむと眉間《みけん》にしわを寄せて頷いた。

「確か君、以前にもそんなことを言っていたな。宗教観の薄い日本人は誤解しがちだが、神とは人や獣の魂や、自然を対象としている。神話時代に人間を作った存在という発想とはまた別の宗教観だよ」

宗教観。なるほど、確かに僕がイメージしてる神様って、キリストとか仏陀《ぶつだ》とかそういう存在だったたな。またそれとは違うのか。

「あ、そうか、確かに罰が当たるとか祟《たた》りとか言うよね！」

「珍しく察しが良いな。その通り、神は人々から畏《おそ》れ敬われるものであり、決して人を守るだけのものではない。そして、そうした存在と戦う術師は、結果自ら呪いを受けやすいのだよ。加えて赤江家は名門の血を引くとはいえ傍流の……室町の頃には『外法《げほう》』と呼ばれていた陰陽師だったようで、人を殺《あや》めることもあったらしいから」

「呪い殺してたってこと？」

「……呪詛を行う一族は大勢いたが、島流しにあった者はそう多くはない。つまり、呪殺島に封じられた一族と言うのは『相当な呪詛』を行っていた者たち、ということになる。私が知る限りでは、赤江家は蠱毒《こどく》を使って人を呪い殺したと言われているが」

「こどく」

再び聞きなれない言葉に首を傾《かし》げると、古陶里はこくりと頷いた。

「蠱毒とは、蓋《ふた》をした壺《つぼ》の中に様々な毒虫を入れて共食いをさせ、生き残った最後の虫を用いて行う呪殺法だ。だが、赤江家の先祖は、これを人で行っていたと聞く」

「……人で？」

「棺桶《かんおけ》ほどの大きさの壺に数名の人間を閉じ込めたそうだ。数週間の後、生き残った人間を取り出して生きたまま切り刻み、それを小さな壺に封じて呪詛の元とした。特に強い呪術を行う際には赤子を、それも自分たちの一族の子供を使ったと聞く」

あまりにも生々しく残酷な話に、僕は絶句した。それは……もはや呪詛、なんて軽々しく口にすることが憚《はばか》られるほどおぞましい、信じられない内容だ。

「それ、実話なの……？」

「どうだろうな。いずれにせよその結果、赤江家は子々孫々までの業《ごう》を受けて短命になった。或いは同じ赤江の人間に殺されたり、心中したりするらしいから、かつて実際にそうした呪法を行っていたとしても驚かないな」

かなりエグい話なのに、古陶里はむしろ生き生きとそれを語った。何というか、僕なんかは聞いてるだけで吐き気がしてくるんだけど、考えてみればこれ、僕の祖先がやったかもしれないってことなんだよな。

そりゃあ……呪われても仕方ないよなぁ……。

「人を呪うって、結局自分に返ってくるって言うよね。人を呪わば穴二つ、とか言うし」

「呪いというより、呪詛だな。呪詛は石炭みたいなものだから」

「石炭？」

「ああ。石炭を握ったら、その手はどうなると思う？」

「そりゃまあ、汚れちゃうんじゃないの？　煤《すす》がついちゃうよね」

単純に答えると、古陶里はふむ、と頷いた。

「その黒い煤こそが、呪詛、と考えると分かりやすい。通常の呪いとは木であり、そこに人を貶《おとし》める気持ちが込められると黒くひずんで石炭になる。そして、石炭に触れ続けた手はどんどん黒く汚れていく……この、手に染みついた汚れこそが『穢れ』だ」

頭の中で、石炭を繰り返し持ち続ける自分の手をイメージする。最初は洗えば取れる汚れも、だんだん掌《てのひら》の皺《しわ》に入り込み、取れなくなっていく……。

「繰り返し人を呪うと、自分にも呪いが染みついて取れなくなるってこと、か」

「ああ、そうだ。正しくは呪いではなく『呪詛』だがな。やがて黒ずんだ穢れは呪術者本人をも苦しめる。島に流された一族は、そうした人々だったということだ」

なるほど、これまでの説明の中でもこれは一番分かりやすい。さすがは自称呪いオタクの古陶里さんだな。

……けど、何だろう。さっきから古陶里の目が輝きすぎなのが妙に気になるな。この子、変なスイッチ入っちゃってない？

と不安になったのを、もしかしたら見透かされたんだろうか。急に古陶里は真面目な顔になって僕を見た。

「とまあ、呪いの話はさておき。真白、このままでは君、本当に殺人犯として捕まることになるぞ。警察が到着する前に何とか真犯人を……それが無理でも、君が犯人ではないという証拠を見つけ出さないと」

よかった。どうやら心配してくれているのは本当らしい。

「うーん、そうだよね。でも正直なところ、本当に僕が犯人じゃないって保証もないし。それにさ、さっき古陶里も言ったけど、赤江家の人は短命か身内に殺されるかなんでしょ？　だとしたらさ、案外僕、呪いに操られて……なんてことも」

「何をバカなことを。もし君が犯人なら、監視カメラのＳＤカードを盗んだのは誰なんだ？　犯人以外にどんな理由があってそんな真似をする必要がある」

「それは……まあ、そうなんだけど……」

思えばさっき、本当に皆の部屋や持ち物を調べてさえいれば、案外犯人があっさり判明したかもしれない。いや、でもSDカードなんて小さいもの、簡単に処分できるし、探すのも大変だって結論が出たんだっけ？

「そもそも赤江神楽を殺したいと思っていた人間は他にもいる。だから今みたいなことは二度と言うなよ、しまいには真犯人に付け込まれる」

もんもんと考え込む僕にトドメの一言。古陶里のその言葉に、すみません、とうなだれてから気付いた。

んん？　今この子、妙なこと言ったぞ？

「ちょっと待って。赤江神楽を殺したい人間てどういうこと？　古陶里さん、何か知ってるの？」

「さん、はいらない、二度も言わせるな。……もしかしたら、ということだ。そもそも赤江神楽は相当に偏屈で、業界でも嫌われていたと聞く」

え、そうなの？

「そんなこと誰も教えてくれなかったじゃん……」

「共通認識だから今更言う必要もないし、改めてそんな発言をすれば、心理的な容疑者が増えるだけで誰も得をしないからな。とりあえず真白、君はスケープゴートにされかけていることをもっと自覚しろ」

うーん。そんなこと言われてもなぁ。

「……突然届いた赤江神楽からの手紙に、君は随分と動揺していた。初めて会う親戚《しんせき》の存在と、赤江島の不気味な伝説については母親から聞いて知っていたらしいから、できれば行きたくないと漏らしていた。何より母親が亡くなってからの招待だ、何故今更、という気持ちもあったようでな……それで私も同行することにしたんだ。先ほども話した通り、この島に残る呪いについて、興味があったからな」

そして三日前、僕と古陶里は船に乗ってこの島に来た……。

「他の人たちも、同じ日にこのお屋敷に来たの？」

「いや、新政太一と笹一弁護士が四日前、担当編集の久保田女史が二日前、それから大島家の三人が昨日の早朝にここに到着した」

「けっこうバラバラなんだね。それで、この台風みたいな天候はいつから？」

「昨日の夕方くらいだな。それからずっと外は大荒れだ」

つまり、ここにいる全員が揃《そろ》った日の夕方から嵐になった、ということか。

屋敷のある場所が場所なんで、天候が荒れてからは、全員一歩も外に出ることなく屋敷の中で過ごしていたらしい。しかしこの状況じゃ、本来の目的の「出版記念パーティ」なんて開催できないんじゃない？　と思ってたら、

「赤江神楽は人間嫌いで、パーティ会場を自分の家に指定したのも、限られた人間だけを招きたいから、だったらしい。つまり、パーティ参加者は今現在この屋敷にいる人間だけだ」

「え、嘘《うそ》、そんな少ないの？　いやいやおかしいって……僕、作家さんの人間関係なんて

良く知らないけどさ、普通はもっといるもんでしょ、関係者とか、編集長とか、営業さんとか」

「出版記念パーティと銘打ってはいるが、もともとは断筆宣言していた赤江神楽が、今回の作品を最後に正式に引退を表明する為《ため》に開く予定だったらしいぞ。ごく一部の人間だけを呼んで形だけ整え、後からマスコミ各社に通達される手筈《てはず》になっていたと聞いている」

「引退!?　え、てかそれも初耳！」

「初耳じゃない。単に君が忘れているだけだ」

いや……まあそうだよね。しかし追加情報が多すぎて大変だぞ、これ。

「でも、そんな大切なパーティなら余計に……あ、なるほど、東京でパーティすると余計な人間まで駆けつけるから、ここでひっそりやって事後報告するってことか」

うんうん頷く。有名芸能人同士が、親しい人間だけ呼んで海外で結婚式するみたいな感じだよな、多分。僕を呼んだのもそのついでで、一度は挨拶《あいさつ》しておきたいけど、あんまり社交性のないタイプの人だと余計に「口実がないと呼べない」と思ったとか。

僕が一人で納得していると、しかし、と古陶里が首をかしげて、

「この嵐で通いの家政婦が来られなくなったのは困っただろうな。小規模のものとはいえ、一人で準備するのも大変だろうし」

「あれ？　そう言えばパーティっていつ開催予定だったの？」

「明日の夜だと聞いている。ま、この状況ではさすがに中止になっただろうが……で、ど

うだ、真白。これで大体の状況は呑《の》み込めたか？」

「多分……うん、何となくは」

ベッドの上の古陶里が腕組みしながら言うのに、僕は部屋の端にある椅子に座りつつ、むむむと眉間にしわを寄せた。

しかし、どこまで聞いてもお芝居の一幕みたいな展開だ。現実味がない分、客観的に状況を見られるのが有り難いけど。

「よし、とりあえず真白、君、今わかることをメモしておけ」

「え？」

「状況整理の為にもいいだろう。意識を失う以前の記憶はなくとも、目覚めた後のことならまだ断片的にでも覚えているはず、それを今のうちに記録しておくんだ。箇条書きでもいい。あの部屋で意識を取り戻した後、君は何を見た？」

真剣な眼差しで言う古陶里に、僕は少し考え込む。

目が覚めて見えたもの。感じたこと。確かにそれならまだ記憶の片隅に残っている。

そうして、僕は古陶里のアドバイス通り、部屋の内線電話の横にあったメモに、記憶している限りのことを記し始めた。意外に細かい部分まで覚えているのは、多分、記憶喪失になった僕の頭の容量がまだたくさん残っていて、余裕があったからだろうか。

その間、古陶里はと言うと、黒地に赤と白の胞子模様の入ったバッグから『呪詛辞典』なる革表紙の本を取り出し、黙読を始めていた。ガチのやつだ。

いや、別にいいんだけどね？

この子、やっぱりクセが強いな、オイ。

5

翌朝。

相変わらず窓を揺らす強い風と、滝のように降り注ぐ雨……という、爽《さわ》やかな朝には到底似つかわしくない騒音を耳にしながら目覚めた僕は、ベッドの上に身を起こして、うんざりと溜め息をついた。

枕元《まくらもと》の時計を見ると、時刻は午前七時半。もう明るくなっても良い時間帯なのに、カーテンの隙間《すきま》から見える窓の外は灰色がかって薄暗い。眠る前から屋敷を包囲していた嵐は、未だこの島を去る気配すら見せずに暴れまわっているようだ。

果たしてこの天候の中、警察官は屋敷にたどり着けるのか。

昨日見せてもらった島の地図と、崖《がけ》に面した島の東端という屋敷の配置を思い出しながら、僕は首を左右に揺らす。途端に、くき、ぽき、と音が鳴って、柔らかいベッドで寝たはずなのに、何だかひどく体中が強張《こわば》っていることに気が付いた。

そういえば、昨日は何だか変な夢を見た気がする。ただ内容はまったく覚えておらず、変な感じ、という曖昧《あいまい》な感覚しか残ってないんだけど。

そこまで考えて、僕は再び目を閉じる。もしかしたら、夢の内容は僕の失った記憶の一端だったのかもしれない……そう思って、夢の残滓《ざんし》のようなものを辿《たど》ろうと思ったのだ。

けれどそうしていても、蘇《よみがえ》ってくるのは昨夜の出来事、つまりは僕が殺人の容疑者にされた場面だけ。

あれも僕には現実感のない変な状況だったから、もしかしたら、昨夜は今自分が置かれている状況を確認するような夢でも見ていたのかな。

どのみち、遡《さかのぼ》ることができるのはそこまで。それ以前の記憶は綺麗《きれい》さっぱり僕の頭から消え失《う》せたままだ。

うーん、やっぱ無理かー。寝て起きたら記憶が戻ってるんじゃないか、なんて思ってたのにな。

とりあえず、これではっきりした。多分だけど、僕の記憶喪失は一時的なものじゃなくて、なかなか本格的でアレなやつだ。

「このまま記憶が戻らないまま刑務所入りとか、何か悲惨だな……」

「朝からパンチの利《き》いた独り言だな。安心しろ、真白。犯人は必ず尻尾《しっぽ》を出す」

独り言のつもりがイキナリ返答があって、僕は思わず、うわぁぁっ……と叫びそうになって気が付いた。見れば真横にあるベッドの上には、すでに身支度を整え、昨日とは違う着物姿になっている古陶里の姿がある。

ああ、そうか。この子がいたんだ、そういえば。

いつの間に起きていたのか、彼女は部屋にある洗面所で簡単にお化粧まで済ませている。昨日は僕より後に眠ったみたいだし、人に寝顔（と言う名のスッピン）を見られたくないタイプなのかな？

「大丈夫だよ、古陶里、たぶん素顔でも可愛いと思うし」

「何の話だ脈絡のない。それより真白、相変わらず何も思い出せないのか」

僕の気遣いの言葉は見事に却下されたものの、こちらを見る古陶里の目は真剣そのものだ。心配してくれているのが分かる。

だから僕は素直に頷《うなず》いて、ごめんね、と謝った。

「せめて監視カメラの映像が見られたらなぁ。それがきっかけになって思い出せるかもしれないんだけど」

その時、部屋のドアをとんとん、と軽くノックする音が聞こえて「入っても構いませんか」という控えめな声が聞こえてきた。この声は、紫宝くんだな。

慌《あわ》ててベッドから出て、寝間着代わりのスウェットの乱れを整えつつ「はいはい」と返事をすると、遠慮がちにドアが開き、ちょこん、と学生服姿の紫宝くんが顔をのぞかせた。

「おはようございます……あ、よかった、やっぱり起きてらしたんですね。話し声が聞こえたので、もしかしたらって思ったんですけど」

「あーおはよう、紫宝くん。あれ、もしかしてこの時間って、紫宝くんが見張りしてたの？」

「はい。僕、いつも朝が早いので」

午前三時くらいに新政さんと紅玉さんが見張りを交替して、その後に来たのが紫宝くんだったらしい。うん、普段から早起きって言うだけあって身支度も完璧《かんぺき》だし、爽やかだなぁ。

そう思いながら改めて見ると、本当に綺麗な顔立ちをしてるんだよね、この子。どちらかというと同年代の男子よりは童顔なんだろうけど、とにかく整ってる。お姉さんたちも相当な美人だから、そもそも大島家の人たちが美形の血筋なんだな、きっと。

んん？　でも確か大島一族って、赤江家の遠縁って言ってたよね。そうなると紫宝くんは、僕にとっても身内みたいなもんなのか？

「そうか、紫宝くんだけじゃなくて、紅玉さんも白珠さんも身内かぁ。ふふふ……」

「あれ、真白さん？　どうしたんですか？」

気持ち悪い笑みを浮かべて俯《うつむ》く僕に、紫宝くんが心配そうに声をかけてくれる。それに古陶里が冷ややかな視線を向けてきたので、僕は慌てて取り繕うように話題を変えた。

「いやいや、若いのに早起きなんて偉いなぁと思ってね。紫宝くんて今、高校生だっけ？」

「はい。今年からです」

「高一かぁ。しっかりしてるなぁ」

なんだかおじさんみたいな口調になる僕に、言われた紫宝くんは随分と素直な子みたいで、ちょっとだけ頬を赤くして俯きつつ、早口で「あの」と言った。

「起きたらすぐに居間に降りるようにって新政さんが言ってました。皆に知らせたいことがあるって……僕、それを伝えに来たんです。もうすぐ全員揃うみたいなので、よろしくお願いします」

「あ、うん、分かった……あ、紫宝くん」

「はい？」

今にも出ていきそうな後ろ姿を呼び止めると、驚いたんだろうか。ぴょこん、とウサギみたいに小さく跳ねて振り返った。

こういう、ちょっとした動きに何とも言えず可愛い雰囲気が出る辺り、うーん、やたらと弟を庇《かば》っていた白珠おねーさんの気持ちが良くわかる。とにかく庇護《ひご》欲をそそるっていうのかな。男の僕から見ても、守ってあげたくなる感じ。

「可愛いなぁ……」

「真白」

「あ、はい、すみません。実は聞きたいことがあるんだけど、今、時間いい？」

ブリザード並みの古陶里の声が聞こえたので慌てて意識を切り替えると、不思議そうに扉口に立っていた紫宝くんは、すぐに気付いて、部屋の中に戻ってきた。

「あのさ、大島家って赤江神楽さんの遠戚なんだよね。つまり、僕とも親戚関係にあるっていう」

「そうですね。ここに来た時も、僕、真白さんにそう挨拶しました」

「あっ、そうだったんだね。ごめんごめん」

駄目だ、完全に忘れてる。そういう一連の会話が既にあったのか。

まあ、紫宝くんもそれは理解してくれているらしく、「いいえ」と遠慮がちに首を振ってくれた。そのまま僕の次の言葉を待つように大きな目をじっと向けてきたけど、そこにはむっとした様子も、面倒くさそうな表情もない。

古陶里も口を挟まないし、これなら大丈夫かな？　そう思って、ひとまず僕はそのまま話を進めることにした。

「ええと、僕は島から離れて暮らしていたから、神楽さんのことあんまり知らなかった……というより、記憶がないせいで分からないことだらけなんだよね。だから色んな人から情報を集めようかと思ってて……紫宝くんから見た赤江神楽さんて、どんな人だったのかな」

僕がまず一番に知りたいこと。それは記憶の中に欠片《かけら》も存在していない「赤江神楽」という人物の事だ。

僕の伯母であり、僕が殺したかもしれない人。それなのに何一つ知らないままっていうのも妙だし、まずは彼女について知らなくちゃ、死の真相になんて辿り着けるはずもない。

紫宝くんは遠戚とはいえ同じ島に暮らしていたわけで、人嫌いだっていう神楽さんがわざわざパーティに呼んだくらいだから、ある程度の交流はあったんだろう。

とすると、彼にとって赤江神楽がどんな人だったのか、聞いてみたい。何しろ僕は生きていた頃の彼女のことを全く覚えていないのだ。

「今回、赤江神楽さんが亡《な》くなったのに、皆意外とサバサバしてるっていうか……あんまり悲しんでない感じがしてね、それが引っかかってたんだ。もしかして神楽さん、周りの人に嫌われてたのかな」

ここは昨日古陶里に確認したことではあるけど、あえての質問。でも、亡くなってる人について「嫌われてたのか」なんて尋ねるのも、ちょっと無神経だよなぁ。

すると紫宝くんは困ったように視線を伏せ、それから、再び僕を見て。

「……本当に、記憶がないんですか？」

躊躇《ためら》いながらも、はっきりとそう聞いた。

「僕、よく分からないんです。人ってそんなに簡単に記憶がなくなっちゃうものなんでしょうか。しかも同じ部屋でおばさまが亡くなっていて……とんでもないことが起きたのは明らかなのに、全部綺麗に忘れちゃうなんて……あり得るのかな、って」

「うーん、どうなんだろう。僕もこんな体験初めてしたし、こういうことが普通なのかどうかもよく分かんないしなぁ」

真摯《しんし》に聞いてくる紫宝くんには失礼だけど、こんな答えしか返せなかった。自分でもおかしいと思うもんね、この状況で記憶喪失とか。でも実際に何も思い出せないんだから仕方ない……って、昨日からずっとこの堂々巡り。

だからこそ、せめて記憶の一端でもつかみたい、と思って頑張ってはいる。そもそも記憶がなくて困るのは、他でもない、僕自身なんだから。

「もしかして真白さんは、突発的におばさまを殺してしまった後、証拠となる監視カメラの映像も盗んだものの、状況的に逃げようがないから記憶喪失のふりをしてるんじゃ……」

「それ、誰かが言ってたの？」

紫宝くんの意見というより、誰かから聞いた、って感じの話し方だったから尋ねると、彼は困ったような顔で「……すみません。白珠姉さんが」と呟《つぶや》いた。

あー、なるほど、あの清楚《せいそ》系のお姉さまか……まあ、そう思うよね、普通。

「いやいや気にしなくていいよ。多分それ、皆が思ってることだろうし」

「でも真白さんは、人を殺したって感じじゃないし、なんだかのんびりしてますよね。だから僕の目には殺人犯に見えなくて、それで、すごく困ってます」

「真白のこれは天然だ。普通はもっと慌てるんだろうが、決して偽装工作の為に落ち着いた演技をしているわけじゃない」

「古陶里サンお願いだから庇うかイジるかどっちかにして」

ようやく口を開いたと思ったら案の定ディスり始めた幼馴染みに突っ込むと、そのやりとりが面白かったのか、どこか緊張していた様子の紫宝くんがぷっと吹き出した。

「仲が良いんですね、二人は」

「いやー……うん、まあ、そうなのかな」

「最初に会ったときは、何だか真白さん、緊張してピリピリしてる感じで話しかけにくかったんですけど、僕、今の真白さんは好きだな」

「……緊張？　してたの、僕が？」

「当然だろう。真白は長年会っていなかった伯母と再会する必要があったから、島に来る前から緊張していた。私が同行したのもそのためだぞ」

いやいやアナタさっき「興味深い呪いについて調べたいから」って言ってましたやん。この耳でハッキリ聞いたっつーの。

しかしさすがにそこは突っ込まずにいると、紫宝くんが「羨《うらや》ましいな」とぽつりと言った。

「僕、あんまり友達がいないから、お二人のそういうのって憧《あこが》れます」

「そうなの？　あ、もしかしてこの島、同年代の子が少ないとか」

「確かに本土に比べれば多くはないですけど、それでも五十人くらいはいますよ。ただ僕、昔はあんまり体が丈夫じゃなくて、学校にもあまり行けなくて……それもあって姉二人がものすごく過保護なんです」

あ。なるほど、確かにそうだった。と白珠さんが終始弟をがっちりガードしてたことを思い出して頷いたけど、紅玉さんに関しては、大輪の薔薇《ばら》みたいな美貌《びぼう》と胸の谷間の印象が強すぎてよく覚えてないな……。

するとと紫宝くんは、まさか僕の思考を読んだわけでもないんだろうけど（それは困る）ちょっと照れたようにはにかんだ。

「僕、大島家の跡取り息子として結構厳しく育てられてて、そのうえ姉二人が僕に甘いので、同年代の子と遊ぶ機会がほとんどなかったんです。だから時々、神楽おばさまのこのお屋敷に来る時だけが、唯一の自由な時間でした」

あ、これは神楽さんの話だ。どんどん別の方向に進んでいた話を、どうやら紫宝くん自ら軌道修正してくれたらしい。ありがたいです。

「おばさまは確かにちょっと変わった人でした。常識が通じないというか、感情の起伏が激しいって言うのかな。寛容だなって思う時もあれば、急に怒りっぽくなって物に当たり散らしたり、とにかく考えていることが全く読めないんです。だから周りの人は皆、おばさまの機嫌を損ねないように気を遣っていました」

「そ、それは……なんか面倒くさい人だね……」

「でも、僕には優しかったな。気分屋だとか、どこに地雷があるのかわからないって姉さんたちはピリピリしてたし、たまに『あんまり家に来ると赤江家の呪いがふりかかるぞ』なんて脅されたりもしましたけど、不思議と僕はおばさまに当たられたことがないんです。それにむやみに干渉されなかった。だから時々、大島の家の用事でここに来ると、なんだか解放されたような気持ちになれました。それに……」

「それに？」

「……あ、いえ。とにかく、僕は好きでしたよ。神楽おばさまのこと」

「そっか。残念だったね、こんなことになって」

ここにきて初めて、赤江神楽の死を悼《いた》む言葉を聞いた気がする。そう思って、僕が言うのも何だかなぁ、な慰めの言葉を口にすると、紫宝くんは年齢に似合わぬクールな笑みを浮かべて頷いた。

「でも、もう起きてしまったことは、どうしようもないですから」

それは、驚くほど静かな声で。

大切にしていた秘密基地を壊されてしまった子供が、もう二度と、そこにあった自分だけの世界に戻ることはできないのだと悟った時のような。そんな、諦《あきら》めにも似た何かを感じさせる声だったから。

意外な紫宝くんの様子に、この時どうしてか、僕はものすごく焦《あせ》った。この子にこんな顔させちゃいけない、みたいな感覚っていうのかな。

どうやら古陶里もそう思ったらしく、僕らはほとんど同時に何かを言いかけたんだけど、

「おい、いつまでちんたらしてるつもりだ？　もう全員、下に集合してるぞ！」

ドン、と、僕らの間に流れる空気をぶち壊すように、その時、新政さんが扉を乱暴に開いて部屋に踏み込んできた。

おっと、そういえば紫宝くんは僕らを迎えに来たんだったな。忘れてた。

「まさか、まだ寝てたんじゃないだろうな？　……さっさと下に来い、お前ら以外はもう

全員居間に集まってるぞ」

「あ、すみません。朝ごはんの時間ですよね」

「……それもあるが」

僕の呑気《のんき》な言葉に、新政さんは値踏みするような目で僕を見た。

「お前の処遇も含め、今後の為にも色々と話し合う必要がある。主役がいないんじゃ、話にならないからな」

6

新政さんの言葉通り、既に居間には屋敷に宿泊している全員が揃っていた。

昨日の夜に僕が包囲されていたソファテーブルとは別の、入ってすぐにある長テーブルの食卓の方だ。十脚分もある椅子のうち、思い思いの場所に座っている。

既に朝食らしき良い匂《にお》いが漂い始めている室内で、最初にこちらに気付いて挨拶してくれたのは、体を斜めにして何か話し込んでいる久保田女史と笹一弁護士。続いて一人仏《ぶっ》頂面《ちょうづら》で木目のある長テーブルを睨《にら》み付けている大島白珠さんが、うろんげにこちらに視線を向けてくる。

おや？　紅玉さんがどこにもいないぞ？

そう思いながら辺りを見渡した途端、まるで椅子を蹴倒《けたお》すような勢いで、白珠さんがその場に立ち上がった。

「あ、遅くなって、すみませ」

「紫宝！」

お待たせしたお詫《わ》びをするつもりが、それより先に悲鳴のような声が上がる。そのままものすごい速さでこちらに駆け寄った白珠さんは、僕の後から入って来た紫宝くんを大げさなくらいぎゅうっと抱きしめた。

「大丈夫ですの、紫宝。あんまり遅いので、この殺人犯に何かされたんじゃないかと心配でしたのよ？　そもそも昨夜の見張りをさせる事にだって反対でしたのに……過保護すぎると紫宝が恥をかくとお姉さまが止めるから、我慢していましたけれど」

そのままじろりと横に立つ僕を睨む。どちらかというと、こっちの方が殺されそうな勢いだ。

しかしまあ、殺人犯て言い方もなぁ……とは思ったけど、確かに現状では何とも言い訳できない。グサッとはきたけどさ。

「すみませんね、僕が呼び止めちゃったんです。紫宝くんのこと色々聞いてて」

「はぁ？　うちの弟の何を……はっ、アナタまさか、そっちの趣味が」

清楚系美人だと思っていた白珠さんは、どうやら思い込みが激しいらしい。おねーさんの紅玉さんよりよっぽど過激だよなぁ。

「安心してください、紫宝くんは確かに可愛いですけど、恋愛対象にはなりません。どちらかというと僕は白珠さんとか紅玉さんの方が……あれ？　そういえば紅玉さんはどちらに」

「台所」

「え？」

思わず振り返った。答えたのは最後に居間に入ってきた新政さんだ。

「だから、台所だよ。朝食を作ってる」

「ちょうしょく……って、朝ごはん？」

確かにさっきから良い匂いが漂ってはいたけど、失礼ながら紅玉さんのイメージからは程遠い単語だ。驚いて振り返ると、途端にカウンターキッチンの向こうにいた人影がくるんとこっちを振り返り、

「はいはーい。準備ができたわよ、ほら、手の空いてる人は運んで頂戴《ちょうだい》！」

カウンターの上にがちゃん、とお皿が並べられた。見れば確かに紅玉さんが、広々としたカウンターキッチンの奥で作業している。

本日の彼女は、昨日ほどエグくはない……まあちょっと派手目ではあるストライプのワンピースにエプロン姿。カウンターに並んだ皿にはそれぞれ、サラダやトースト、ポーチドエッグとソーセージ入りのプレートがふたつ並んでいて、その横にはジャムやバターらしきものの入った小皿まで見える。しかもフルーツジュースだの何だの色々と入ったコップが次々と追加で登場してくる。

なんというか、シンプルではあるものの、ちゃんとした朝ごはんだ。

「意外……紅玉さんて、料理するんですね」

「ちょっと失礼ね、真白クン。貴方、昨日も私の料理食べたじゃない」

え、そうなの？

驚いて振り返ると、すぐ傍に立っていた古陶里が静かに頷いた。

「赤江神楽は家事一切を好んでするタイプではなかったらしく、我々もここに来た直後は通いの家政婦の作り置きか、久保田女史が作ったものを食していた。その後は率先して大島紅玉が台所に立ってくれたので、安心してお任せしていたわけだ」

「おばさま、自分一人の時は通いの家政婦さんに二〜三日分作り置きを用意してもらって、それで適当に済ませてたみたいだけど、さすがにお客様にそんな対応できないでしょ？幸い、食材もきちんと揃えてもらってるみたいだし……ほら、見える？　キッチンの隣が倉庫になってて、あそこに大型の業務用冷蔵庫や食料品、消耗品なんかが保管してあるのよ。一応はキッチンにも小さい冷蔵庫があるんだけど、面倒だからこっちにはほとんど移してないのよね……とまあ、私はそういう台所事情にも詳しいし、じゃあ私が作りましょうか、って言ったわけ」

「紅玉姉さんは、ここに来る時は大抵、おばさまの分も食事を用意してくれるんです」

慌てて付け足した紫宝くんの言葉に、そうか、と頷いた。人は見かけによらない、というか、見かけだけで判断しちゃいけないんだな。

「ほら、そんなことはいいから、早く料理運んじゃって。こっちにもあるのよ」

その、紅玉さんの言葉を合図に、全員が立ち上がってカウンターや調理場に置いてある料理を運び始める。初めて入ったその場所は、かなり広めのシステムキッチンになってい
て、料理した後とは思えないくらい綺麗に片付いていた。もともとは家政婦さんがやってるんだろうけど、調理道具も既にきちんと洗われていて、紅玉さんがいかに綺麗に台所を使っているのかがよく分かる。

加えてここからだと、居間や応接室からは見えないキッチンの反対側に、個室になっている倉庫があるのが見えた。こっそり覗《のぞ》くと、倉庫と呼ぶには失礼なほど綺麗な室内に、業務用冷蔵庫や食料品や消耗品なんかがずらーっと並んでる。うん、これ、しばらく籠城《ろうじょう》できるな。

衣食住が確保されてると何となくほっとするものだ。という訳で、皆と一緒に長テーブルについて摂《と》った食事は美味《おい》しくて、そうしたら、何だか昨日の夜の出来事が嘘みたいな気がしてきた……ものの。

「皆に報告しておくことがある」

いち早く食事を平らげた新政さんが、こほんと咳払《せきばら》いして食卓につく僕らを見渡した。

「この嵐で、屋敷の電話線が切れたらしい。電話が使えなくなった」

「使えない？」

思わず声を上げたのは僕だけで、古陶里が怪訝《けげん》な顔をしてはいるものの、他の皆の反応

は特にない。

「え、皆さんもう知ってたんですか？」

「昨日の夜、大島の家に連絡しようと思ったらもう駄目だったのよ。警察も来ないし、一応は状況を知らせておいた方が良いんじゃないかって」

「私も、東京の編集部に今後のことを相談したくて……電話をお借りして連絡を取ろうとしたら、その時にはもうつながってなかったんです。あ、先生が亡くなられたことは伏せておくつもりでしたよ!?　でも私もいつ戻ることができるか分からないので」

「……実は、事務所に帰宅が遅れる旨《むね》の連絡を入れようとしたのですが、昨夜二十二時の時点で不通になっておりました」

紅玉さん、久保田女史、笹一弁護士が次々と答えて、僕は成程と納得した。まあ確かに、こんな状況下で外部と連絡を取る必要がまったくない人間なんて、記憶喪失中の僕くらいのものだ。おまけにここはスマホ圏外だし、電化製品持ち込み禁止だし、そうなると屋敷の電話を使うしか方法がない。

「昨日の夜、僕が警官に連絡した時は通じてましたから、多分切れたのはその後……ですよね。電話線」

「だろうな。外はまだ荒れてるし、警察に連絡が取れただけでもラッキーだと思うしかない」

と、新政さんが口調とは裏腹な態度で荒々しく席を立って窓の前に立ったので、のんびりとした空気が一気に引き締まった。

「しかし、その肝心の警官が来ないのはどうなってるんだ」

「……そうね。桃川くん、どうしちゃったのかしら」

島に唯一いる警察官と同級生だという紅玉さんも、ちらりと風雨で荒れる窓の外を不安そうに見ながら、緩やかなウェーブがかかった髪をさらりとかきあげる。

「確かに天候は荒れてるけど、ここまで来られないほどじゃないわよね。橋が落ちない限り」

「橋……ああ、そうか。集落とここは橋一本で繋《つな》がってるんですもんね」

昨日見たばかりの島の地図を思い出しながら僕も頷く。

「さすがに遅すぎますね。連絡したのは昨日の夜ですし、殺人事件が起きた、なんて聞いたら警官も慌てて飛んできそうですけど」

「参りましたな。いや……本当に」

久保田女史の言葉に、笹一弁護士が目じりの皺を深くしながら溜め息をついた。

「嵐がおさまるまで何もできないというのはちょっと」

「そうですよね。遺言書の事もありますし」

「遺言書？」

弁護士さんと編集さんのやりとりは、もちろん僕ら全員の耳に届いた。遺言書。その言葉に真っ先に反応したのは新政さんだ。

「あんた、持ってるのか」

「何かあった時の為に、と預かっております。その何かが起きたわけですから、出来れば警察の目のある場所で開示したかったのですが」

誰かがゴクリと生唾《なまつば》を飲み込む音がした。

赤江神楽はベストセラー作家であり、他にも事業を手掛けている資産家でもあるという。白珠さんも言っていたけど、そもそも僕が神楽さんを殺した理由も、遺産目当てじゃないのか……ってことだった。

つまり、遺言書にはそうしたことが記されているはずで。

唯一の肉親であるはずの僕が遺産を相続するのか、あるいは状況によって相続できなくなるのか、そして、その場合、遺産はどうなってしまうのか。

遺言書の開示というのは、それらの事情がすべて明らかになることを意味していた。

「いずれにしても、その内容って真白クンがおばさまを殺した犯人かどうかで変わっちゃうってことよね？　だとしたらやっぱり、桃川くんに来てもらわなきゃ話が進まないわよねぇ」

「……もし本当に橋が落ちていたとしたら、嵐が治まっても警官はここには来ない。開通までしばらくかかるだろうから、それまで俺たちは赤江神楽の遺体と一緒にここに閉じ込められるってわけか」

冗談じゃない、と新政さんが吐き捨てるように言った。

「問題はそれだけじゃないぞ。食事中はどうかと思って後回しにしたが、遺体の保管についても協議したい。いつ警察が来るか分からない状態であのまま放置するのはどうだろうな」

「え……現場保存の為にあのままにしておく、ってことになってたんじゃ、」

僕が怪訝な顔で呟くと、アホ！　と罵声《ばせい》のような声が飛んできた。

「時と場合によるだろう。ちょっとは考えろ」

「つまり、常温で放置すれば腐敗する、ということですよね……実際、昨日の段階で既に臭《にお》いが」

悩ましげに言ったのは久保田女史だ。親しい人間の遺体についてあっさりこういうことが言えるって、この人やっぱり凄《すご》くないか？　白珠さんなんて嫌な顔して口元押さえてるぞ？

「……まあ、つまりはそういう事だな。遺体が傷《いた》まないように保管する方法はないか」

「こういう生々しい話、あんまりしたくないんだけど……冷蔵庫を使う、っていうのはどうかしら」

やがて、不承不承って顔で紅玉さんが右手を上げた。

「さっきも言ったけど、向こうの倉庫には業務用の冷蔵庫があるわ。遺体の保管が出来るサイズだし、問題はないと思う。ただねぇ」

「食糧ですね。警察が来られない、ということも問題ですが、我々にとっては食糧をいかに守るのかも重要課題です」

「それ。まあ、できる限りこっちの冷蔵庫に移しましょうか。さすがに一週間も嵐が続くとは思えないし、いざとなれば個室にも小型冷蔵庫があるし……常温保存の食糧もあるんだもの、電気が使えるうちは問題なく過ごせるはずよ」

冷蔵庫に保管、かぁ。

何とも言えない気分になって、僕は想像する。大型の冷蔵庫に入れられた遺体。血の気を失った遺体はますます白く氷りつき、暖かな「こちらの世界」から隔絶されたまま、黄《よ》泉《み》への道を辿る……。

そこまで想像したらブルッと震えがきて、だけどそんな僕には構わず、新政さんは「よし、いいだろう」とまるでリーダーみたいな口ぶりで紅玉さんの提案に頷いた。

「それじゃあ、遺体を移動させよう。俺と真白で遺体を運ぶから、残りの皆は食糧を出来るだけこっちの冷蔵庫に移動させてくれ」

「え、僕も運ぶんですか!?」

「二人いれば問題ないだろう。お前が殺した人間の身体だぞ、それくらいの敬意は払え」

「いや……僕は」

「だが、その前に」

と、青くなってアワアワする僕を、新政さんがじろりと睨んだ。

「こいつの処遇だな。おい、確か赤江神楽は車を持っていたな」

「もちろん。というよりこの島じゃ、車がないとどうしようもないのよね。私たちが乗って来た車も一緒にガレージに入れてあるわよ」

「だとしたら、使えるアシが二台はあるってことか……思うんだが、ここにいたって何も情報がないんだから、橋がどうなっているか確認に行くべきじゃないか？　そうすれば警官が来られない理由もわかるし、それならそれで秋津真白をどうするか、改めて考えなきゃならん」

「行くって、え、車で？　誰が？」

　びっくりして声が裏返った。そんな僕をじろりと見ると、新政さんは長テーブルに集う面々をゆっくりと見渡して、

「俺が秋津真白を連れて橋まで行く。車があればこの程度の天候、問題ないだろう。あとは……土地勘がないから、誰かこの辺りに詳しいヤツにも来てもらいたい。森で迷わないとも限らんからな。大島紫宝、お前、案内できるか」

「ちょっと待ってください。どうして紫宝ですの？」

　言って、テーブルをどんと叩《たた》いたのは、もちろん白珠さんだ。

「土地勘があるのは私たちだけじゃありませんわ、編集担当の久保田さんだって、仕事のためにここに通っていたはずです」

「確かにそうですけど……通っていた、というほどここに来ていたわけじゃないですし、嵐の中で絶対に迷わない自信なんて、私、ないです」

申し訳なさそうに、久保田女史が眼鏡の奥の視線を伏せる。

「あと、私、結構な方向音痴で……」

「じゃあ私が行くわ、紫宝の代わりに。それならいいでしょう?」

「……大島紅玉か。仕方ないな、じゃあ、あんたでもいい」

テーブルに頬杖《ほおづえ》をつきながら気だるげに片手を上げた紅玉さんと、渋い顔の新政さんが頷き合って。

うーん、何だか勝手に話が進んでるけど。これってやっぱり、僕には選択権がないってこと、かな?

そう思いながら古陶里を見ると、真横でサラダをむしゃむしゃ食べていた彼女は、僕の方を見もしないで呟いた。

「真白を連れて行くなら私も同行する。異論は認めない」

……そんなわけで、僕らは食事の後に落ち着いた時間を過ごす暇すら与えられないまま二手に分かれて、冷蔵庫の中身の移動と、神楽さんの遺体を冷蔵庫に入れるっていうシュールな作業をする羽目になった。

倉庫にある冷蔵庫は確かに大きくて、って言うかなんで一人暮らしのお屋敷にこんな業務用サイズが必要なんだ? と思ったけど、紅玉さんによると「もともとは赤江家の人間が沢山住んでたのよ」とのことで、まあまあ納得した。

で、食糧の大半を移し、遺体をそのまま中に寝かせて安置すると、次は僕の「処遇」が待っている訳で。

「大丈夫だ、真白。炭酸飲料水は優先して移しておいたから」

「へ？」

ぽん、と肩に手を置いた古陶里が意味不明なことを言う中、

「さあ、行くぞ」

新政さんに言われて、やっぱり休む間もなくガレージに移動することになった僕らは、うんざりしながらも、大きな背中についていくしかなかったのだった。

7

赤江家のガレージは、びっくりするくらい綺麗に片付けられていた。

白い壁には収納キャビネットやラックが並び、細かな不用品はそこに積まれた小さなコンテナや段ボールの中にきちんと収められている。古くなったエンジンオイルや缶入りの不凍液《ふとうえき》、ペンキや化学肥料なんかもぴっちり壁に沿うようにして並べられていて、その広々とした空間は、二台車を停めていてもまだスペースに余裕があった。

幸い、ガレージはホールのある廊下から直接繋がってはいたんだけど、シャッターがガタガタ音を立てて揺れていてなかなかの迫力だ。案の定、車を出すべくシャッターが開くと、暴風雨に見舞われた屋敷の外観がいやでも視界に入ってきた。

叩きつけるような雨で地面はぐしゃぐしゃ、顔を上げると落ちてくる大きな雨粒に視界どころか息すら奪われそうになって、僕は興味本位で外を覗き込んだことを後悔する。他の皆は既に車に……紅玉さんが乗って来たと言う大島家の車の方に……乗り込んでいた。

　僕も慌てて乗車すると、運転席に新政さん、助手席に紅玉さん、後部座席に僕と古陶里が並んだ。窓は雨で歪《ゆが》んでほとんど役に立たず、エンジンをかけた新政さんは、ワイパーを動かしながら何とか視界を確保している。

「ちょっと、本当に大丈夫なの？　事故らないでよね、これ、私の車なんだから」

「うるさい。あんたこそ、ちゃんと道案内してくれよ」

　外はうっそうと茂る森だ。ここから橋のかかった川まで何キロあるのか分からないけど、ナビがついていても役には立たず、目印になるものもないって言うんだから、ここって本当に「孤島」なんだなぁと改めて実感する。

　唯一の標《しるべ》は細く頼りない車道（と言っていいものか）だけ、これだけ視界が悪い中でのこの状況、確かに不安にもなるよね。

「あのー、提案なんですけど、やっぱり嵐が治まるのを待って……」

「却下」

　新政さんにあっさり言われ、それと同時にブルン、と車が唸《うな》り声を上げるようにして動き始めた。

　まだ午前中なのに、木々の作る陰と、もともとの薄暗い空の色を反映させた森の中は、もう日暮れみたいな暗さだ。ただでさえ雨で視界が悪いのに、うっそうと茂った森の景色を押し広げるようにして進む車に乗っている……というのはなかなかにハードで、地面がきちんと整備されていないのか、車体がやたらとガタガタ揺れるのももつらかった。

　時々、がくんと大きく揺れる車の中で体まで浮いて、その都度「うっ」と声が漏れる。新政さんも紅玉さんもひたすら車の進行方向に意識を集中していて無言だし、隣にいる古陶里まで真剣な表情で何か考え込んでるから、僕も下手に口を開くこともできずにじっとしているしかなくて、何かもう、いろいろひっくるめてしんどい雰囲気だった。

　……と思った矢先、不意に、新政さんが急ブレーキをかけた。

「うわっっ！」

　がくん、と体が傾《かし》いで前席に顔をぶつけそうになるものの、シートベルトのお陰で何とかセーフ。古陶里も体を倒したまま真顔で固まっていて、そうしたら、真っ先に気を取り直した紅玉さんが「ちょっと！」と珍しく声を上げた。

「何よ、急に。危ないじゃない！」

「……気のせいか？　妙なものが見えたんだが……」

　言うなり、新政さんが勢いよく車のドアを開けて外に出る。途端にぶわっと風雨が入り込んできて、僕らは思わず息を詰めた。

　目を閉じて新政さんに抗議しようとしたものの、先にドアがバタンと閉まる。見れば車外に出た新政さんが、一人、ずぶ濡《ぬ》れになりながら通り過ぎたばかりの道を辿るようにして戻っていくところだった。

「ちょっと、ホントに何なの？　橋に行くんじゃないの？」

「……何か見えた、と言っていたが」

呟き、古陶里が車の外にいる新政さんを視線で追う。筋肉質の大きな体は少しずつ僕らの乗っている車から遠ざかり、やがて道の途中で動きを止めたかと思うと、そのまま茂みの奥に突き進んだ。

途端、

「⁉」

一度、木々の陰に隠れたかと思ったその身体が、弾《はじ》けるように元いた場所に飛び出してきた。それはまるで、雨で歪んだ窓を画面に見立てて視聴する、ドラマのワンシーンみたいに奇妙な光景だった。

何か、おかしい。

新政さんは、前方にある何かを凝視したままぴくりとも動こうとしない。激しい雨の中、あんなことをしていたら濡れるだけなのに、何かに気を取られて身を庇う事すら忘れているようだ。

「ちょっと、どうしたのよ、あいつ……何してるの？」

「……様子がおかしいですよ。何かが、あそこに……」

突っ立ったまま呆然《ぼうぜん》としている姿に、紅玉さんと僕が思わず呟くと、古陶里がいきなり後部座席のドアを開けて外に飛び出した。

その突然の動きに一瞬ぽかんとして、すぐに僕も慌ててそれに続き、車の外に足を踏み出す。だけど、

「うわっぷ……」

顔を出すとすぐに、強い横殴りの雨に視界と息とを奪われて、何も見えなくなった。

分かってはいたことだけど、やっぱり風が相当強い。まるで意思を持って僕を攻撃してくるような雨に全身を叩かれ、溺《おぼ》れてしまいそうになりつつ、薄目を開けて確認したその先で古陶里が新政さんのもとに駆け寄っていったので、僕もついていくしかない。

ドアを閉める瞬間に紅玉さんが何か叫ぶ声が聞こえたけど、ひとまず顔を庇ってぐしゃぐしゃに滑る足元にも注意しながら新政さんのもとに駆けつけ、僕らは声をかける代わりに、とん、とその大きな肩を叩いた。

すると、新政さんがビクッとこちらを振り返り……同時に、ようやく僕らも「それ」に気付く。

新政さんが通ったからか、少しだけ開けた木々の奥に、ぐにゃりとした何か大きなものがあったのだ。

それは、ぷつりと糸を切られ、高いところから受け身を取ることすらできずに地面に落ちてしまったマリオネットに似ていた。木の幹に背を預け、目と口をぽかんと開いたまま天を見上げて……枝の一部に片方の腕を引っ掛け、もう片方はだらんと地面に落ち、両足

はだらしなく開いたまま。ああ、右足だけ、ありえない方向に曲がっている。

幸いにも茂みが盾になり、さほど風雨にさらされてはいない。それでも全身ぐっしょり濡れたそれは、少なくとも数時間はそこに「落ちて」いたように見えた。だからだろうか、衣類から覗く肌の色は不気味なくらい真っ白で、昨日の夜、間近で見た彼女の姿を思い出させる。

……いや。思い出す、だけじゃない。

ようやく僕は、その人形めいたものの腹部から、木の枝が生えていることに気付いた。深々と突き刺さり、まるで最初からそこに根を下ろしていたようにすら見える、それは……。

「この男、もしかして大島紫宝が連絡したという警官じゃないのか」

古陶里の呟きに、僕と新政さんはほとんど同時に顔を見合わせ、改めて「それ」をまじまじと見た。

力を失った四肢。不自然な形で木によりかかる身体。へしゃげたように首を曲げ、自然と真上を向いたその顔は血の気を失った蠟人形《ろうにんぎょう》のようで……。

もはや疑いようもない。

それは、全身を投げ出すようにして死んでいる、制服姿の警官だったのだ。

第二章　密室の殺人

1

激しく吹き付ける風の音か、それともバケツをひっくり返したように大地に降りそそぐ大粒の雨音か。

遠くで木々がしなり、枝の折れる音すら混じって轟音《ごうおん》のように響きわたる中、僕らはもはや雨を避けることすら忘れて、血の気を失った人形のような遺体を前に呆然《ぼうぜん》と立ち尽くしていた。

人が、死んだ。これで二人目だ。

昨日、僕の伯母《おば》さんだという赤江神楽が殺され、今日は通報を受けて屋敷に駆けつけようとしていたと思しき警官が命を落としてここにいる。

職業によっては例外もあるだろうけど、普通、人の死に直面する機会なんてそうそうない。身内や知人の死に接することはあっても、それは病気だったり突然の事故、あるいは寿命で……なんて理由がほとんどで、こんなふうに他殺体を発見するという状況からは程遠いはずだ。

それなのに、二日で二人。既に二人分の遺体を、僕はこの目にしている。記憶をなくしてたってわかる、こんな短期間に連続して人が死ぬなんて普通じゃない。ありえない。

（呪《のろ》い……）

ふと、そんな言葉が浮かんで背筋がすーっと冷たくなった。確かに降り続ける雨で身体《からだ》はびしょ濡《ぬ》れだし冷え切ってはいる。でも、それだけじゃない……身体の芯《しん》から伝わる、何とも言えないイヤ～な感じ、とでも言えば良いのだろうか。

この島に流された赤江一族。その末裔《まつえい》である赤江神楽が死に、今日、無関係の警官が亡《な》くなった。まるで彼女の死が、多くの災いを引き寄せたように……。

人の命を使った蠱毒《こどく》というおぞましい術を遣い、その身にどんどん穢《けが》れという名の罪をかぶってきた一族。だとしたらこれは、呪いの伝播《でんぱ》じゃないのか？

……いやいや、落ち着け僕。呪いの伝播って何だよ。もし仮にこれが呪いなら、次に死ぬべきは警官じゃない、僕のはずだ。

だって僕は神楽さんが亡くなった後、唯一《ゆいいつ》の赤江の血を引く人間なんだから……。

そんなふうに軽く混乱しながら後ずさった僕は、途端に何か柔らかいものにぶつかった。振り返ると、遅れて車から降りてきた紅玉さんが、化粧が落ちないように顔を庇《かば》いながら僕の背後に立っている。

「ちょっと、何してるのよ、さっきから……」

不機嫌そうに言い、紅玉さんは僕らの間から、大木にもたれるようにしている警官を覗《のぞ》き込んだ。すると、すぐに彼女は「ひっ」と息をのみ、顔をひきつらせて、

「う、そ……桃川くん……？　やだ、なんで」

風音に消えてしまいそうなその呟《つぶや》きに、ようやく思い出す。

そういえば赤江島に唯一駐在しているというこの警官は、紅玉さんの元同級生でもあったんだ。

「どうして、え、何なの、これ、何の冗談……っ」

「冗談、に見えるか？　ドッキリでも仕掛けられてるって？」

強張《こわば》った声で新政さんが言うと、続けて古陶里も、

「……道理で屋敷に来ないはずだな。こんなところで殺されていたのでは」

「殺された？　この人、誰かに殺されたんですか？」

思わず尋ねると、発言者の古陶里ではなく新政さんが、雨に濡れた顔を手の甲で拭《ぬぐ》いつつ、遺体を顎《あご》で指した。

「こんな場所で自分の腹に木の枝を刺して自殺するバカがいるか？　まあ、絶対にいないとは言えないが、普通に考えりゃ、こいつは殺人だろう」

「でも、もしかしたらこの嵐《あらし》で、折れた木の枝が刺さったって可能性も」

「足に刺さったんならともかく、ちょうど折れた木の枝が腹に突き刺さって致命傷になっ

たってか？　おかしいだろ」

　ですよね……。

「……木の枝が致命傷とは限らないぞ。それに、傷が変だ」

　その時、不意に古陶里が遺体に近付き、警官の腹部から生えている枝を手に取った。そのまま止める間もなく時計回りにぐるりと回す。

「枝よりも、傷口の方が大きいように思える。もしかしたらナイフで刺した後、傷口に枝を突き立てた可能性も……」

　おいおい、何だよそのドラマか小説みたいな猟奇的なの。

　だって明らかに異常じゃないか。ていうか古陶里の咄嗟《とっさ》のこの行動も凄《すご》すぎるし。

「だが、妙だな。銃は持ち去られていない、ここにある」

「銃？」

　僕が鸚鵡《おうむ》のように繰り返すと、古陶里は警官が身に着けている革ベルトからリボルバー拳銃《けんじゅう》を取り出した。ずしりと重そうなそれは、テレビドラマや映画でしか見た事のない本物の「銃」だ。

「ほら、ここに。もし殺人ならこれを使った方が早かったろうに」

「わ、バカ、古陶里、危ないって！」

　古陶里が何気なく手にした銃をこちらに向ける。銃口が真《ま》っ直《す》ぐ自分の頭に向かっているのを見た瞬間、ぞっとして思わず叫ぶと、何故《なぜ》か古陶里は怪訝《けげん》な顔で下に向け、

「……？ 弾が装塡《そうてん》されていない。これでは意味がないな」

何と彼女はシリンダーに弾が入っていないことを確認したのだ。僕なんか見ているだけでもおっかないのに、この子の肝の据わり方というか何というか、とにかく色々凄すぎて絶句した。

だけど古陶里はそんな僕の驚愕《きょうがく》などまったく無視して「銃に弾が装塡されていない」ことをしきりに気にしつつ、すぐに革ベルトに戻した。警棒や手錠なんかもあるのに、それについては特にコメントはない。

「いずれにしても、今回の凶器は刃物だ。付近に落ちている可能性もあるが……遺体のそばには見当たらない」

全員が、同時に自分たちの周りを見渡す。もちろん辺りは豪雨で波立つ泥に沈み、風で揺れる草木の表面すら激しい飛沫《しぶき》で見えにくい状況だから、草の根分けて凶器を探す、っていうのは骨が折れそうだ。

それでも近くにそれらしきものがないことを確認すると、紅玉さんが震える声で、

「どうして……桃川くんの身体に、枝、なんて……」

「どうだろうな。犯人に聞かないと分からないが、まあ、まともな理由ではないだろう」

枝をもとの位置に戻しながら答える古陶里に、その時、黙って僕らの様子を見ていた新政さんが、信じられないものを見る目で僕を睨《にら》んだ。

「おい、まさかとは思うが、お前が夜中に屋敷を抜け出して、この警官を……」

「真白に見張りを付けようと提案したのは新政氏、あなただろう。実際、昨夜はずっと、真白と私の部屋の前に誰かがいたはずだが」

あまりのことに言葉をなくす僕に代わって、古陶里が素早く言い返す。

その反論に、さすがの新政さんも言葉に詰まり、チッと舌打ちしてから視線を逸《そ》らした。

「ちょっと待ってよ。だとしたら、一体、誰が桃川くんを……」

「知るか！　とにかくこいつは赤江神楽殺害の連絡を受けてここに来たんだ。それが途中で殺されたんなら、理由はひとつだろうよ」

「ひとつ？」

「新政氏の言うとおりだ。警官が屋敷に来たら困る人間が、赤江邸の中に存在する……つまりはそういうことだろう」

紅玉さんの疑問符に、今度は古陶里が、暴風雨に負けじと声を張ってそう答えた。

「つまり、犯人は赤江神楽殺害に関与する人物、という確率が高い。もちろん、別の事件が起きた、あるいは偶然の事故で亡くなったという可能性もゼロではないが、未《いま》だ解決していないSDカード紛失の件もあるからな。我々のあずかり知らぬ何かがあるのかも知れない」

「どうしよう……私たちのせいだわ……通報なんかしたから……屋敷に呼んだりしたから、桃川くんが」

「とりあえず、遺体を車に運ぼう。落ち着いた場所で調べたら、何か犯人に繋《つな》がる手がかりがあるかもしれないからな」

「でも、調べるなんて、どうやって……」

「知るか！　どのみちこの嵐の中、犯人の痕跡だの何だのは全部消えちまってる。でも、だからってここに放置しておく訳にもいかないだろうが！」

吐き捨てるように言って、新政さんが遺体に近づく。けれど紅玉さんはあくまでその場から動こうとしない。

「わ、私は嫌よ。桃川くんの死体を運ぶなんて……」

赤江神楽さんの時は結構冷静だった、どころかはしゃいですら見えたのに、かつての同級生の変わり果てた姿を見下ろす紅玉さんは今にも倒れそうなほど顔面蒼白《そうはく》だ。つまり桃川くんとやらは、遠戚《えんせき》のおばさんよりはよほど紅玉さんに近しい存在だったということなんだろうし、それなら遺体に触れるのを嫌がるのも無理はない。

だけど新政さんは（さすがというか何というか）、紅玉さんの尋常じゃない青ざめた顔をサラッと無視して、今度は僕に「おい」と声をかけた。

「秋津真白、ぼーっとしてないでお前が手伝え。こいつを車のトランクに入れるぞ」

「真白」

古陶里に呼ばれて「え？」と間抜けな声を返す僕。そこでようやく気付いた。

そう。これは現実なのだ。

それまでは新政さんの声も、紅玉さんの動揺も、まるでテレビドラマを見ているみたいに作り物めいていて、おまけに他人事《ひとごと》で……だから僕もその中の登場人物の一人だってことに気付くのに、少し時間がかかったんだ。

とにかく、妙な気分だった。変に冷静になってるっていうのかな、ただ目の前で起こる出来事を見る事しかできない感じ。

だから恐怖はないんだけど、いざ行動を求められると体が動かない。

「しっかりしろ、真白。遺体を見るのはこれが初めてじゃないだろう」

「……だよね、うん。ごめん」

確かにそうだ。動揺する紅玉さんに影響されたんだろうか、それとも逆に、昨日の僕の方が記憶喪失のショックで普通の状態じゃなかったのか……これ、もしかしたら現実逃避ってやつ？

それでもさすがに、ここでボーッとしているわけにもいかないことくらいは理解できたから、僕は仕方なく、警官の両肩を持ち上げた新政さんの指示に従い、芯まで雨水が染《し》みている彼の制服のズボンごと両足を摑《つか》んだ。形としては、さっき神楽さんの遺体を冷蔵庫に運んだ時と同じ格好だ。だから、同じように済むだろう……とそのまま持ち上げようとしたら、予想以上に遺体が重かったせいで、結局は引きずるような形で車まで運ぶことになった。これは男性と女性の身体の違い、加えて嵐で濡れた遺体が普通より重く感じられた為《ため》だろう。

その後、新政さんが抱え上げるようにしてトランクに入れて扉を閉めると、遺体はすっかり見えなくなった。

肩で息をしつつ、新政さんはしばらくの間じーっとトランクを見つめ……直後に踵《きびす》を返すと、腕時計で時間を確認し、雨で濡れた髪をかきあげながら車の運転席に戻った。よし、と僕もその後に続こうとして、

「なんで……こんなこと……」

風雨の中、かすかに聞こえた声に思わず振り返った。

「あの、紅玉さん、大丈夫ですか？」

「……大丈夫なわけないじゃない」

僕の無神経な問いかけに、そう、紅玉さんは弱々しく首を振る。

「何でよ……何なのよもう、どうして、どうなっちゃってるの？　私達はただ、おばさまの出版記念パーティがあるって聞いて来ただけなのよ。それがどうしてこんな……こんなの、おかしいじゃない！」

「そうですよね。僕もこれはちょっと……本当に呪いめいてるって言うか」

「呪いなんてないわ、そんな言葉、二度と口にしないで！」

びっくりするくらい、甲高い声だった。紅玉さんらしくない、余裕を失った声。

その迫力に圧《お》されて僕が言葉を失っている間に、紅玉さんはぎゅっと唇を引き結ぶと、後は無言で僕を追い越すようにして助手席に乗り込んだ。

後ろから来た古陶里も「大島紅玉は相当落ち込んでいるな」と僕に聞こえるように顔を

寄せつつ言って、濡れた身体を庇いながら後部座席にそそくさと座り、

「おい、秋津真白、早く乗れ！」

そうして、車内にあったと思しきタオルでがしがし身体を拭《ふ》いている新政さんに怒鳴られつつ、僕が慌《あわ》てて古陶里の隣に乗り込んだ直後に、車は出発した。目的地は屋敷……ではなく、もちろん本来の目的地である「橋」だ。

遺体のこともあるし、一度屋敷に戻るべきじゃないかって案も出たけど、結局は新政さんの「どっちにしろ橋の状態を確認すべきだ」っていう意見が通った。実際、僕らの本来の目的は橋の確認であり、警官の遺体を発見したのは偶然でしかないのだ。何より言葉少なに語った紅玉さんの説明によると、橋はここからそう遠いわけでもないらしいし。

……相変わらず視界の悪い森の小道を突き進む車中の空気は、息が詰まるほどの重苦しさだった。さっきだって結構ピリピリしてたのに、こうなってくるともはや拷問《ごうもん》だ。

振動と走行音、車外の嵐の音に包まれる中、ただひたすら車に揺られる僕ら。

さすがに耐え切れなくなって、僕はここで意識して「現実逃避」を試みることにした。つまりは現状を切り離して、これまでの経緯を改めて考え直したのだ。

……昨日の夜。僕は伯母さんを殺した、かもしれない。

だけどさすがにあの警官のことは知らない。彼は赤江神楽が死んだ後に屋敷に呼ばれたわけだから、記憶喪失の前に彼の事も殺していた、という状況はあり得ないだろうし。

とすると、一体誰が警官を殺したんだ？　しかも、傷口に木の枝を刺す、なんて猟奇的

な真似《まね》までして。

　ドラマや映画なんかで、たまに遺体で遊ぶような真似をしても平気な人間っていうのが出てくるけど……犯人はそういうタイプなのか？　そんなやつがこの島にいる、ってことなのか。

　或《ある》いは別の目的があって木の枝を刺したとか……いや、もはや木の枝は何の関係もないのかも知れないし、そういう余計な要素を省いて考えるとしたら。

　普通なら、最初に疑われるべきは勿論《もちろん》、僕だ。警官が到着して一番困るのは、殺人の容疑者である僕だろうから。

　だけど僕は殺していない。少なくとも、そこについてだけは自信がある。まあ、僕自身が知らない間に二重人格にでもなっていたのなら話は別で……いや、それでも見張りのいる部屋の中にいたっていうアリバイがきちんとある。

　それに、さっき古陶里も言ってたように、ＳＤカードが消えた理由だって未だはっきりしないのだ。

　何故、監視カメラの映像を隠す必要があったのか……警官を排除したかった人物が他にいるのだとすれば、それはかなりの高確率でカードを抜き取った犯人と繋がっている気がする。

「僕を庇おうとする人か……或いは真犯人か……」

「あ？　何ぶつぶつ言ってるんだ、お前」

どうやら知らぬ間に声に出していたらしい。僕の呟きに、新政さんが苛立《いらだ》ちまぎれに言った。

「話があるなら聞こえるように言え」

「いやいや、すみません。独り言です」

するとと新政さんはチッと舌打ちして正面をにらむと、このまま、と呟くように言った。

「もしかしたら、橋を渡って集落に出ちまった方が良いのかも知れないな。橋の向こうなら港もあるし、本土の警察に連絡して、直接トランクの遺体と犯人の引き渡しもできる」

「そうですね……ん？　犯人？」

「お前のことだ、アホ」

雑に拭いただけなのか、まだ前髪からしたたりおちる雨水をぬぐいつつ、新政さんが突っ込んだ。その隣では紅玉さんが自分のものらしきタオルハンカチであちこち拭いていて、更に古陶里も、さっきからずっと新政さんから受け取ったタオルを使ってるんだけど……

あれ？　そういえば僕のは？

しかし一番濡れると困る着物姿の古陶里が必死であちこち拭いてるので、仕方なく先にそれを手伝って、そうしたら、古陶里は自分が使っていたびしょびしょのタオルをようやく僕の方によこしてきた。

「ほら。真白もこれで拭け」

「いや、せめてもうちょっと乾いたやつ……」

……そうこうするうちに、車は言葉少なに指示を出す紅玉さんの案内のもと、ようやく橋へとたどり着いた。

そうして僕らは、自分たちの置かれた状況が予想以上に逼迫《ひっぱく》していたことを知る。

橋があるべき場所に見えたもの……それは、無残に崩壊し、中央部分を増水する大きな川の中に沈みこませた、木造の橋の一部だったのだ。

2

島に唯一存在する集落から、まるで隔離されたように森と川を挟んだ反対側にある赤江邸。

孤立するその大きな屋敷にとって、集落に繋がっている唯一の橋は、今や命綱と言って良い存在だったはず。

その橋が、落ちた。

……一度は通っているはずなのに、記憶を失っているせいで初見のように感じられるその現場は、僕が当初予想していた以上に屋敷から遠く、広く、そこにあった。

対岸は雨で霞《かす》む視界に滲《にじ》むように浮かび上がっているものの、はっきりと判別できるのは、橋のたもとから広がる森の茂みだけ。

川そのものは、天候が良ければ泳いで渡れるんじゃないかと思えるくらいの幅しかないけど、今は荒れ狂って増水しているせいで、正直、橋のたもとにいるだけでも危険に思える。

……そして、木造とは言え車が行き来できるくらい丈夫なものだったらしい橋も、今や大半が増水した川の中に沈み、在りし日の姿がまったく想像できない状態だ。

「向こう側に渡るのは、ちょっと難しそうですね……」

車の外に出ようともせず、ただ呆然と目の前に広がる光景を見ていた新政さんの背に、僕は恐る恐るそう声をかけた。うん、だってこれ、どう考えても無理だもんね。

紅玉さんは動揺を通り越してすっかり塞《ふさ》ぎ込んでる状況だし、まあ、良かれと思って言ったんだけど、

「黙れ……！」

僕の言葉が無神経すぎたのか、途端に、バン！　と新政さんがダッシュボードを叩《たた》いて僕を振り返った。

「まさかお前、これもお前が」

「そんなわけないでしょう。この子たちが通った後に、私もこの橋を渡ってるのよ。その時にはちゃんとここにあった……一緒に来た弟たちもしっかり見てるわ」

相変わらずとんでもない言いがかりをつけてきた新政さんに、沈んだ声で反論してくれたのは紅玉さんだ。

「それに、どう見てもここ、人の力で壊せるとは思えないわよ。嵐を呼べる人外の力があ

る、っていうなら話は別だけど」

「私も同感だ。警官が『屋敷側』で死んでいたのも証明になるな。通報したのが昨日の夜だから、少なくとも彼がここを通るまで橋は無事だった、ということだろう」

古陶里がそう付け加えて、警官が「入って」いるトランクを振り返った。

「私はひとまず屋敷に戻ることを提案する。橋がこれでは、どこにも行けまい」

まったくもってその通りだった。

そこで僕らは未だ治まらぬ嵐の中、なすすべもなく、遺体をトランクに乗せた車でUターン。屋敷への道を戻ることになったのだった……が。

(あれ？)

がたごと揺れる車の中で、トランクに入った遺体も相当あちこちぶつかってるんじゃないのかなぁ、なんて心配をするうち、僕はふと、ある事に気付いた。

それは本来なら、もっと早くに誰かが気付いて指摘していたはずの疑問。

だけど僕が声を上げるより先に、車は橋を出発してから数十分足らずで屋敷に到着した。

嵐の中、ましてや乗車する僕らの精神状態もまともじゃないこんな状況下で、スリップも事故りもせず無事に戻って来られたのは不幸中の幸いだったと思う。

シャッターが開き、見覚えのある建物の外観とガレージの内装、それに出発した時と同じようにそこにある神楽さんの車を見た途端、僕はほっとして、知らぬ間に入っていた肩の力を抜いた。そうして空いたスペースに停車した車から降りようとした時、物音に気付いたんだろう。屋敷とガレージとを繋ぐ出入り口から、ひょこんと紫宝くんが顔を出した。

「あっ、やっぱり皆だ……お帰りなさい！　無事でよかった、嵐は全然治まらないし、僕、心配で……それにしても早かったんですね。何か、ありましたか？」

続々と車外に出る僕らのただならぬ様子に、最初でこそ笑顔だった紫宝くんも、すぐにいぶかしげな表情になった。まあ、気持ちはわかる。橋を確認するとか、僕を連れていくとか、用事は沢山あった筈《はず》なのに、こんなに早く、しかも全員が青い顔して戻ってきたんじゃ、そりゃ不思議に思うだろう。

おまけに……今、改めて見て気付いたけど、僕らは全員泥だらけだった。多分あの桃川って警官を運んだ時に汚れたんだろう。雨天、あるいは薄暗い車内では気付かなかったものの、明かりをつけた……白い壁がただでさえ眩《まぶ》しいガレージで見ると、なかなかに壮絶だ。

「もしかして、橋、駄目だったんですか？」

「危いわ紫宝、一人で歩き回らないでちょうだい」

けれど、その問いかけに誰かが答えるより早く、屋敷側の出入り口から紫宝くんを追ってきたと思しき白珠さんが現れた。

さすが過保護、と称《たた》えたくなるほどのスピードで彼女は紫宝くんのもとに駆け寄り、それからようやく僕らに視線を向けた。

「あら、皆さん、随分とびしょ濡れでお戻りですのね。お姉さまも、そんな姿で」

「白珠。警察は来ないわ。嵐が治まるまで、私たちには何もできない」

からかうような妹の声に、紅玉さんが低く沈んだ声で言った。その様子に、白珠さんと、その腕に抱きかかえられるようにして立つ紫宝くんの眉間《みけん》にきゅっと綺麗《きれい》なしわが寄る。

「何ですの、お姉さま、いきなり……」

「私たち、思ってた以上に大変な状況にいる。それを貴方《あなた》にも自覚してもらわなきゃいけない。紫宝にもね」

「何ですの、そのもったいぶった言い方。どうせ橋が落ちていたと仰《おっしゃ》りたいんでしょう？　この嵐ですもの、誰だってそのくらいの予想はつきますわ」

白珠さんの、その名の通り白磁の人形のように透き通った上品な顔に、姉を非難するような怒りの表情が浮かぶ。反して紫宝くんは、おろおろと二人の姉を見比べるばかり。

「紅玉姉さん、どうしたの？　そんな言い方じゃ、白珠姉さんも戸惑うよ……まさか橋が落ちてた以外にも何か」

「死んでたんだよ」

その時。場の空気も何も読まず、きっぱりと言ったのは新政さんだった。

「警官が死んでた。橋の近くで、腹を刺されてな。その後で橋を見に行ったら、あんた達の予想通り橋が落ちてた。それでなすすべもなく戻ってきたってわけだ」

新政さんの乱暴な物言いに。

今度こそ、白珠さんと紫宝くんの表情が強張った。

「死んでいた？　警官って……まさか、桃川さんが？」

「冗談ですよね。だってそんなこと、いきなり」

「残念だが、我々はこんな悪質な冗談を言うほど暇じゃない。疑うなら車のトランクの中を見れば良いだろう」

「おい、古陶里」

紅玉さんの自家用車は、嵐の森を走ってきたせいで僕ら以上にびしょ濡れで、あちこちに力を失ってぐんにゃりした葉や枝をくっつけていた。更にひどいのは、跳ねた泥で汚れていたタイヤ周りだ。古陶里の煽《あお》るような無責任な言葉に反応した白珠さんも、近付いては見たものの、車に触れるのを躊躇《ちゅうちょ》したくらい。

隣りに綺麗なままの神楽さんの車があるから余計に汚れが目立つのかもしれない……そんな事をぼんやり考えていたせいで、僕は咄嗟に制止するのを忘れてしまったんだ。まさか白珠さんの後ろにいた紫宝くんが、躊躇なく僕らの乗って来た車に近づき、トランクのドアに手を伸ばすとは思わなかったから。

よせ、と声をかけるのと、紫宝くんがトランクを開けたのはほとんど同時だった。そして、中に入ってるものに気付いた二人は、見る間に顔を引きつらせ……、

「ひっ……い、いゃぁぁぁぁぁあ！」

息をのんで後ずさる紫宝くんに対し、白珠さんの行動は分かりやすかった。身体をこわばらせてよろめき、そのままエンジンオイルや不凍液《ふとうえき》の缶に躓《つまず》きそうになりつつ、推理ド

ラマのヒロインばりに甲高く間延びした悲鳴を上げたのだ。

ここにきて、それは恐らく僕が初めて目にする「まともな」反応だった。おかしな話だけど、僕を含めて、みんな普通じゃなかったんだ。そう、誰一人として。

……なんてことを呑気《のんき》に考えていたら、屋敷に続く扉の向こうからバタバタと足音が聞こえてきた。多分、というか確実に、屋敷に残っていた久保田女史と笹一弁護士だ。白珠さんの悲鳴を聞きつけ、様子を見に来たんだろう。

「どうしたんですか⁉」

「い、今、悲鳴が、聞こえましたが」

そうして現れた二人は、立ち尽くす僕らと紫宝くん、そしてへたりこんでしまった白珠さんの姿を見て。

異様な雰囲気におされたのか、それ以上は何も聞かずに恐る恐る車に近付き、開いたままのトランクの中を覗いて、ひっ！　とひきつった声を上げた。

「だ、誰、これ、誰ですか⁉」

「……警官だ。橋を渡ったこちら側で死んでいるのを俺たちが見つけた。橋も崩落して、嵐がやむまで俺らはここから動けない」

新政さんが端的に状況を説明した途端、まるで閃《ひらめ》きのように、僕の胸にさっき浮かんだ疑念が再び浮かび上がってきた。

警官は、橋を渡った先で殺されていた。

恐らく昨日の夜の紫宝くんの通報を受け、赤江邸に向かう途中で命を落とした……と考えるのが普通だけど、だとしたらひとつだけおかしな点がある。

それは、殺されたあの警官が、一体どのような移動手段を用いてあの殺害現場までたどり着いたのか……ということだ。

「ちょっと待ってください。この警官、橋のこちら側で亡くなっていた、って言いましたよね？　それから、集落とここを繋ぐ唯一の橋も崩落していたって」

その時、いちはやく気を取り直した久保田女史が、まるで僕の心を覗いたようなタイミングでそう言った。

そのまま何事か考えるように眼鏡の奥の瞳《ひとみ》を細めると、

「だとしたら、パトカーもこちら側にあったはずです。その中の無線を使って集落と連絡を取ることはできないんですか？」

……そう。車だったんだ、さっき僕が気付いた「引っかかり」の正体は。

この嵐の中、集落を出た警官が、徒歩でこの屋敷を訪ねようとしていたとは考えにくい。記憶を失った僕には港のある集落から屋敷までの距離がよく分からないけど、少なくともここは徒歩で来られる場所じゃないはず。

だとしたら、警官の遺体のそばにはパトカー、あるいは自家用車の類《たぐい》が存在しているはずなのだ。なのに僕らはあの場所で、それらしきものを見ていない。

「パトカーなんてなかったよ」

やがて、少しの沈黙ののちに新政さんが答えると、久保田女史は「え？」と首をかしげた。

「なかった……って」

「少なくとも、俺たちは見てない。見落としたのかもしれないが」

「……崩落した橋の上に車があった可能性もありますよね」

恐らく、誰もが思いつくだろうことを僕は言った。車が橋ごと濁流に飲まれ、流されたのではないかと言う可能性。

警官……桃川さんの運転する車が橋を渡っている最中に、川が氾濫《はんらん》したのだとしたら？いや、そんな状況で車から脱出するなんて、そうそうできるもんじゃない。洋画や海外ドラマじゃあるまいし。

じゃあ、車が何らかのトラブルに巻き込まれ、橋の上で動かなくなったから自分の身ひとつで逃げ出し、こちら側にたどり着いた……とか？

「もし本当に車が流されたのだとしたら、確認のしようがないですな。いずれにしてもパトカーがなければ無線は使えない、探そうにも嵐がおさまるまでは難しいでしょうし……となると、新政氏のおっしゃられた通り、我々には何もできない。屋敷で嵐が過ぎるのを待つしかない、ということになります」

これは参りました、なんて付け足した笹一弁護士はどこか呑気で、緊張感も危機感もまったく感じられない。だけど、この人確か、警官が来たら遺言書の公開に立ち会ってもらいたい……とか何とか言ってたから、実際に困ってはいるんだろう。

しかし、困っているのは笹一弁護士だけじゃない。この状況は誰にとっても最悪だ。ただ一人、赤江神楽と桃川警官を殺した犯人を除いては。

僕らは思い思いの表情でその場に立ちつくし、途方に暮れた。島の半分という広大さではあったけど、崩落した橋と嵐によって作られた「密室」の中、二体に増えた遺体と共に閉じ込められている。そして、その閉じ込められた面々の誰かが、

(赤江神楽と警官を殺した……多分、犯人はこの中にいる)

ぴりぴりした空気が僕らを疑心暗鬼にし、誰もがお互いの様子を窺《うかが》うように辺りを見渡している。もしかしたら、と思った。もしかしたら、こんなふうに誰もがお互いを疑い、恐怖心を抱くようなこの状況こそが、赤江一族に伝わる呪いの余波じゃないのか……?

なんてことを考え、とにかく、このままじゃ良くないって予感めいたものが僕の胸にこみ上げてきた時、不意に、車のそばで固まっていた紫宝くんが動いた。

彼はゆっくりと紅玉さんに近づくと、なぐさめるようにその手を取って、こう言ったのだ。

「大丈夫だよ。桃川さんが亡くなったのは、姉さんのせいじゃない。橋が落ちたのだって、全部、この嵐のせいだ。だからそんなふうに自分を責めないで」

その瞬間、強張った表情でいた紅玉さんは、まるで止まっていた時間が突然動き出したようなぎこちない動きで自分の手のひらに顔をうずめて。

そのまま、紫宝くんに縋《すが》り付くようにして、すすり泣き始めた。

3

相変わらず、嵐はおさまりそうもない。

部屋の窓硝子《まどガラス》の向こう……暴風雨に見舞われた断崖《だんがい》絶壁、という退廃的な景色を眺めて溜め息をついた僕は、慣れないバスローブに身を包んだまま、頭をごしごしとタオルで拭いた。

嵐の中、遺体を運んだ身体は結構疲れていたけれど、シャワーを浴びただけで随分と違う。温まったお陰か、気分も落ち着いていた。

……集落に向かった僕らが、橋の崩落を確認し、遺体を運んで戻ってきた数時間後。

自分たちが置かれた状況を知り、愕然《がくぜん》とした僕らは、ひとまず警官の遺体を神楽さんと同じように業務用冷蔵庫の中に運び込んだ。ちなみに凶器の代わりに木の枝が突き刺さった警官の遺体は、残念ながら犯人の証拠らしきものを何一つ有しておらず、僕らだけじゃ凶器が何なのか詳しく調べる事すら出来ない状況で……おまけに彼の持つ拳銃に怯《おび》える人も少なからずいたので、一応、弾は入ってないって説明はしたんだけど、空気はピリピリしたままだった。

とにかく、現状僕らに出来ることは何一つない。

そう気付いた後、屋敷にいた皆は軽くパニック状態になり、

「何とかして外部と連絡を取らないと」

「殺人鬼と一緒に、屋敷に閉じ込められたままだなんて」

とまで言い出す人がいる中（あえて誰とは言わないけど）、珍しく笹一弁護士が、

「橋が落ちれば二度と戻れない、と言うわけではないでしょう。赤江家には通いの家政婦さんがおられるわけですし、嵐がおちつけば、誰かが気付いて救助が来ます」

などと皆を宥《なだ》めてくれたお陰で、その場は一応落ち着いた。

……けど。

笹一弁護士の言葉はある意味、諸刃《もろは》の剣《つるぎ》でもあった。だって嵐が落ち着けば救助が来る……ってことは、裏を返せば「嵐がやむまで、誰も来ない」ことを意味するわけで。

さっき誰かが言ったように、犯人が誰なのか分からない以上、この中に殺人鬼がいる可能性も、自分が次の犠牲者になる危険だってある。そう気付いた皆は、揃《そろ》って話し込むのをやめ、一人ずつ自分の部屋に戻って行った。中には台所にあった軽食を手に出て行く人もいたけど、僕を含め、大抵の人たちはほとんど食欲もない状態で。そうして各々《おのおの》屋敷のあちこちで、動かない状況にぴりぴりしながら時を過ごしている……という次第。

皆がどんな気持ちでいるのか、現状では僕にもさっぱり分からない。自分の身を守りたいって人もいれば、今後どうすべきかを一度冷静になって考えよう、って人もいただろう。少なくとも笹一弁護士は、何事か真剣な顔で考え込んでいたようだったけど……。

そして、そんな中で誰より落ち込んでいたのは大島姉弟だ。紅玉さんの元同級生だったという警官・桃川さんは、当然ながら白珠さんと紫宝くんとも面識があったらしく、そんな人が「殺されていた」という状況は普通に考えてもなかなかにヘビーで、特に紅玉さんなんかは口にこそ出さなかったけれど、相変わらず「彼が死んだのは自分たちが呼び寄せたせいだ」と思い込み、すっかり塞ぎ込んでしまった。

それを察した紫宝くんが、今では紅玉さんにつきっきりでいるようで、以降、大島姉弟は三人そろって部屋に閉じこもったきりだ。当然ながら昼食の用意どころじゃない。

そうして僕と古陶里はと言うと、さすがにこのままじゃ風邪を引くので、客室にある浴室で汚れと疲れとを洗い流した。多分だけど、新政さんと紅玉さんも真っ先にシャワー浴びたんじゃないかなぁ。そんなこと考えてたら、桃川警官の遺体を運び終えてから妙に大人しくなった新政さんの様子を思い出して、何となく溜め息がもれる。

「どうした、真白。随分と落ち込んでいるようだが」

下から持って来たらしい、ドライフルーツをぽりぽり食べている古陶里に問われて、僕はどすんと寝台の上にダイブした。この屋敷のベッドは柔らかいだけじゃなくてしっかり弾力もあって、飛び込むと波のようにふわんふわん揺れるのが気持ちいい。

とはいえ、まだまだ時間は正午。気分が高揚しているせいか食欲がないし、外が薄暗いせいで感覚もおかしくなってはいるものの、少なくとも今が「寝てる状況じゃない」ってことくらいは僕にも分かる。

だから何とか重くなる瞼《まぶた》をこじ開け、バスローブから部屋着に着替えると、部屋の端で濡れた着物を乾かしている古陶里を見た。

ちなみに彼女は僕より先にシャワーを浴びて、いつの間にか可愛らしい浴衣《ゆかた》姿になってる。浴衣……あくまで和装スタイルは変えないらしい。

いやいや、それはさておき。

「あのさぁ、今の質問はおかしいでしょ。だって人が死んでたんだよ、落ち込んで当然の状況だよね、これって。むしろ古陶里が平然としてる方が『どうした？』だよ」

「しかし、相手は会ったこともない赤の他人だぞ」

「そりゃそうだけど……そもそも僕が神楽さんを殺したりしなきゃ、あの人は今でも集落の駐在所でのんびりしてたんじゃないのかって思うとさ」

なんてことを僕が呟《つぶや》くと、古陶里はハンガーに掛けた着物を器用に窓枠に引っ掛け、そのまま苛立たしげに僕のベッドの前に立った。

そうしてドライフルーツの袋を僕にも差し出し、

「真白は犯人じゃないとあれほど言っているのに、まだそんな態度なのか？　言っておくが、少なくとも君に警官殺しは不可能だったぞ」

うん、そうなんだよね。そうなんだけどさ……。

「でも、僕以外の誰に警官……桃川さんを殺す動機があるのかって考えるとさぁ。それにアリバイだって、条件はみんな同じだと思うんだよね。だって桃川さんが乗ってきた車が崩落した橋と共に流されたんだと仮定すると、彼の死亡推定時刻は昨日の夜から今日にかけて、ってことになる。だとしたら犯人はその間に屋敷を抜け出して、あの殺害現場まで行って戻ってきたわけで……でも」

「……徒歩では無理だな。車が必要だ」

「それそれ。もし犯人がガレージにある二台の車のうちのどちらかを使ったのなら、もっと汚れてないとおかしいと思うんだよね。なのに今朝、僕らがガレージに行った時点では、車は二台とも綺麗なままだったよ」

それに、と僕は至近距離で仁王立ちする古陶里から視線を外し、ドライフルーツも首を振って辞退すると、ごろんとベッドの上に転がって薄緑色の天井を見る。

「桃川さんの車が橋と共に流されたっていうのも確定じゃないしね。犯人が隠したとか、それ以外の理由があるんじゃないかとか考え出したら、桃川さんがここに来た経緯も怪しくなってくるし……あ、ちょっと待って！」

不意の閃きに、僕はその場に起き上がった。

「仮にだよ？　桃川さんが真夜中にこの屋敷に到着したんだとして……その時に使っていた車で犯人と桃川さんが殺害現場まで移動した、って可能性もあるよね⁉」

自分でもびっくりするくらいの名案だった。だって、それなら車が綺麗だった理由も、犯人が難なく現場まで移動できた手法もはっきりする。

深夜、通報を受けてすぐ集落を出発した桃川さんが、パトカー、あるいは自家用車で屋敷に到着し、そこで犯人と出くわす。何らかの事情で警官の訪れを快く思わなかった犯人は、桃川さんを騙《だま》し、彼の車に乗って殺害現場まで移動した……。

まるで映画のワンシーンのようにその光景が脳裏に浮かんで、僕は財宝を探り当てた冒険者のごとく目を輝かせた。

だけど、そんな僕に古陶里は冷ややかに一言。

「だとしたら、犯人はどうやって屋敷に戻ってきたんだ？　警官の乗ってきた車はその後、どこかに消えてしまっている。犯人が現場から屋敷まで歩いて戻ったとでも思うのか？」

あ、そうか。と納得しかけて、いやいやいやと首を振る。

「そうとも限らないよ。犯人は桃川さんの車を使って屋敷の近くまで戻り、どこかに車を隠したんだ。その後に屋敷に戻って、自室でシャワーを浴びて着替えた後、何食わぬ顔で僕らの前に……」

「成程。つまりこの屋敷の近くに持ち主のいない車が隠されている、と言いたいんだな。しかし肝心の謎《なぞ》が解けていないぞ真白。犯人はなぜ、警官を殺さなければならなかったのか」

そう、でし、た……。

落ち込む僕に、古陶里は深々と溜め息をついて、僕が寝ころんでいるベッドの端に腰かける。途端にふわりと柔らかいフローラルの香りが漂った。

同じボディソープと洗髪料を使ってるのに、なぜか古陶里から香るその匂《にお》いは、女性特有の優しい甘さを含んでいる気がする。

「……真白。君は自分が犯人である可能性を色濃く感じているようだが、考えてみろ。同じくらいの確率で、今、この屋敷の中には別の殺人犯が存在しているんだぞ？」

「それは……分かってるよ。でも一番犯人である可能性が高いのは僕で」

「だからこそ余計に用心すべきなのだよ。犯人は君に濡《ぬ》れ衣《ぎぬ》を着せようとしているが、それが難しくなれば、いっそのこと物言わぬ体にしたうえで罪を被《かぶ》せようとするのではないかな」

「も、ものいわぬ？」

「つまり、君を殺してしまった方が手っ取り早い、と考えるかもしれないわけだ」

なんと！

さすがにその発想はなかった。僕は無表情でじっとこちらを見つめる古陶里に言葉を失う。

「ぼ、僕、狙《ねら》われてるのかな……」

「可能性の話だが、それもあり得ない事ではない。そもそも私は監視カメラのＳＤカードが消えていたことに一番の引っ掛かりを覚える。そこに何が映っていたのかを考えるとな」

「何が……映っていたのか？」

「そうだ。それが真白の犯行の証拠となるものなら隠す必要がないし、むしろ犯人確定の決定打として放置しておくのがベストだ。しかし実際にはカードは消え、真白が犯人である確たる証拠は失われた……つまり監視カメラには、真白の犯行以外の何か重要なものが映り込んでいたのではないか？」

怖いくらい真剣な古陶里の眼差しに、僕は今更ながらにあっと息をのみ、言葉を失った。

確かにそうだ。僕はカードが消えたことにばかり気を取られていて、そこに何が映っていたのか、なんてこと考えもしなかった。だってあの現場は密室で、中にいたのは僕と神楽さんだけだったから。

でも……その状況を覆《くつがえ》すような事実が映像に残されていたのだとしたら？　それならカードは、僕の犯行の証拠ではなく、むしろ僕の身の潔白を証明してくれる唯一のカギ、ということになる。

「……そうか……僕、犯人じゃないのかもしれないのか……」

「だから前からそう言っている。ようやく理解できたのなら、今後は短絡的に『自分が犯人なら』なんて考えず、記憶を取り戻すなり、状況を見通すなりの努力を見せるんだな。バカなりに」

「はい」

最後の一言が余計だけど、古陶里の言葉には確かに一理あったし、僕の反省を促すのには十分なものだった。

そもそも自分が犯人だと決めつけるのは、推理と思考の放棄に他ならない。記憶がない以上は常にすべてを疑い、慎重に行動しないと、今後、更に取り返しのつかない状況になる可能性だってあるのだ。

現に僕が「記憶喪失になった」とふにゃふにゃしている間に、二人目の犠牲者が出てしまっている。

「真白、君が昨日書いたメモはどこだ」

「メモ？　……ああ、古陶里が『覚えている限りのことを書け』って言ってたやつ？」

言われて思い出した。そういえば昨日の夜、僕は神楽さんの隣で目を覚まして、以降……つまりは記憶喪失だと認識してからのことを簡単に紙に書き出していたのだ。

何となく部屋のベッドサイドテーブルの引き出しに入れておいたそれを、僕は急いで取り出す。メモは消えることなく、同じ場所に四つ折りされたままの状態でそこにあった。

「これって今日起きたことも書いた方が良いよね。記憶がはっきりしてるうちに」

「加えて現時点での全員のアリバイも付け加えておいた方が良いな。後から照合するのに便利だろう」

「何か言ってることが探偵みたいだね、古陶里」

「この程度で探偵呼ばわりもないだろうが、状況を把握することは大事だぞ。特に君は、自分が無罪であることを証明する必要があるからな」

「あ、そうだね。なるほど」

頷《うなず》き、A4サイズのメモを広げると、僕は部屋に備え付けてあった太いモンブランのボールペンでちまちま文字を書き記し始めた。

・七月二十一日　新政太一、笹一弁護士が赤江邸入り。
・七月二十二日　僕、古陶里が赤江邸入り。
・七月二十三日　久保田女史、赤江邸入り。
・七月二十四日　大島紅玉、白珠、紫宝、赤江邸入り。夕方から嵐。
・七月二十五日　赤江神楽殺害、僕が記憶喪失になる。
　……午後六時頃　＝　笹一弁護士と新政太一、応接室に。
　……午後八時頃　＝　大島紅玉、妹弟のいる部屋から応接室に移動。
同時刻、僕が赤江神楽の部屋に移動。古陶里は部屋で待機。
……午後八時十分頃　＝　久保田女史が神楽からの連絡を受ける。
……午後八時十七分頃　＝　久保田女史が神楽の部屋を訪問、反応なし。
屋敷の中にいた全員が神楽の部屋の前に集まる。
……午後八時三十分頃　＝　僕、赤江神楽と密室の中で目覚める。神楽死亡。
警察に通報ののち、全員で応接室に移動。
……午後九時頃　＝　監視カメラ確認の為、再び神楽の部屋に移動。
しかしＳＤカードは消え、映像の有無は不明。

……午後十一時頃　＝　各自、部屋に移動。僕の部屋の前には見張り付。

新政太一、大島紅玉（午前三時まで）紫宝の順。

・七月二十六日

笹一弁護士、赤江神楽の遺言書が存在することを発表。

僕、古陶里、新政太一、大島紅玉が屋敷を出発。橋の崩落と遺体を発見。


「うーん、こんな感じで良いのかな」

「全員、アリバイがあるようでないような、微妙な状況だな。ただひとつはっきりしているのは、我々が巻きこまれている今回の事件は二件とも密室殺人である、ということくらいか」

「密室……ああ、そうだね」

赤江神楽が殺されたのは、内側から鍵《かぎ》のかかった部屋だった。そして桃川警官は橋が崩落し、隔離されたこちら側で殺されていた。

橋がどの段階で崩落したのかは謎だけど、少なくとも遺体が発見された現場は、集落から川と森を隔てた「こちら側」という密室だったと言えなくもない。

もちろん犯人が警官を殺し、橋を渡って集落側に消えたという可能性もあるんだろうけど、そうなってくるともう、僕らの推理の範疇《はんちゅう》ではなくなってしまう。まあ、殺人犯と同じ屋根の下で過ごす。なんて恐怖がなくなるわけだから、犯人が既に集落に戻っているのなら、それはそれで有り難い話ではあるんだけど。

「もし僕以外に犯人がいるのなら……」

ごくり、と生唾《なまつば》をのむ。

「警官を殺した犯人と、赤江神楽を殺害した人物は、同じなのかな」

「だと良いな。殺人犯が二人も潜んでいる屋敷に閉じ込められている、とは考えたくない」

サラッと言われた。この子は相変わらずクールだ。

「そういえば古陶里、赤江一族の呪《のろ》いについて調べてたよね？　今回の事件もそういうのが関係してると思う？」

「……どうだろう。私は別に専門家というわけではないから断定できないが、結果から見ると、そう見えなくもない」

「昨日もそんなこと言ってたよね。呪いって言うのは不幸な死の連鎖、その現象のことを言う、とか何とか」

「良く覚えていたな、真白のくせに。そうだ、赤江神楽の死も、桃川という警官の死も、どちらも不自然な要因が絡《から》んだものであることは確かだろう。とすると、これは赤江家の祖先が負った穢《けが》れが招いたもの……という可能性も捨てきれない」

「ややこしいなぁ。つまりは呪われたから死ぬ、なんて単純な話じゃなくて、殺されるような因縁が生まれること自体が呪いって話だよね？」

その通り、と頷いて、古陶里は僕をじぃっと見つめた。

「真白が犯人として疑われているのも、やはり呪いの力のせいかもしれないな。そして最後には悲惨な末路が……」

「いやいやちょっと待って、そういうの本気で怖いからやめて!?」

言いながら、僕は思わずむふふと笑ってしまった。我ながら気持ち悪い笑みだったけど、古陶里はもっと薄気味悪く感じたらしい。

「何だ。今のは笑うところじゃないだろう」

「いや、ごめんごめん、そうだよね。でも何か嬉《うれ》しくなっちゃって」

「嬉しい？」

「だって古陶里は、それだけ色んな可能性を考えてるのに、僕に関しては絶対に犯人じゃないって言い切ってくれてるでしょ？　その信頼が改めて嬉しいなーって」

嬉しい。そう、本当に、心から思う。

記憶がなくて不安な今だからこそ、古陶里から伝わる信頼のようなものがとても有り難いし、救いになる。自分自身ですら疑ってしまうようなこの状況下でもブレることなく、僕を信じ続けてくれる古陶里の姿が。

だけど……。

僕はふっと息を詰め、改めて古陶里を見る。これはある意味、絶好のチャンスかもしれないと思ったのだ。ずっと気になっていたことを聞く、ちょうど良いタイミングではないのか、と。

「あのさ、気を悪くしないで聞いてほしいんだけど……今みたいな古陶里の信頼、というか、僕が犯人じゃないっていう言葉の裏にはさ、何か別の意味も含まれてる気がするんだよね。なんて言えばいいのかな……古陶里はそう確信できるような何かを知ってるんじゃないか、って」

そうなのだ。

古陶里は僕が知る限り、一度だって僕を疑ったことがない。事件直後から、ずっとだ。そこには、友達だから、そんなことをするヤツじゃないから、というような理想論だけじゃなく、何か確信を得ているような……自分はそれを知っているのだ、と言う自信のようなものが窺われて、だから僕はずっと不思議に思っていた。

……もしかしたら古陶里は、僕が忘れてしまっている過去のどこかで、その確信を得るような何かを手に入れているんじゃないか？

あるいは、赤江神楽を殺害した真犯人に心当たりがあるとか……。

それはただの想像だったんだけど、古陶里の反応は予想以上だった。遺体を前にしてもほとんど動揺しなかったあの古陶里が、文字通り「はっ」と息をのんで表情を強張《こわば》らせたのだ。

むしろカマをかけた僕の方がびっくりするくらいの変化を見せた古陶里は、すぐに唇をぎゅっと引き結び、物言いたげな、ひどく切ない表情で僕を見て。

それから、そっとベッドの端から立ち上がり、僕の視界から隠れるように背を向けた。

「あれ、古陶里……」

「私は真白のことをよく知っている。だから、君が殺したはずがないと言っているだけだ。友人なら当然の事だろう」

「いや、でも」

「それに」

と、ベッド上にあぐらをかく僕を振り返った古陶里は、暗く淀《よど》んだ目で「……呪詛《すそ》」と呟いた。

「この島は、そして島の当主たる赤江家は、明らかに強固な呪いの連鎖に巻き込まれていると私は思う。だからこそ、君が犯人であってはならないんだ」

……ほえ？

堂々と告げられた割には意味が分かりにくい古陶里の持論に、僕は返す言葉もない。話をはぐらかすためにわざと変なことを言ってるのかと思いきや、僕をじっと見つめる彼女の目は怖いくらい真剣で、さっきの感情の乱れは露ほども残っていないし。

「とにかく、私は真白が犯人ではないと信じ、真犯人がいると思って今後も行動するつもりだ。だから君もあっさり周りに流されたりせず、事件の真相を見抜けるように行動してくれ」

「う、うん……」

頷いた時、ぱっと窓の外が明るくなり、それとほぼ同時に、どどーんという重い振動が窓の向こうからびりびりと伝わってきた。

落雷だ。それも、近い。

どん、どどん。どん。……ああ、まただ。雷光がいくつも走り、そのたびに音が響く。いったい嵐はいつになったら治まるのだろう、と思った途端、古陶里が「真白」と声を出した。

それでようやく気付く。

落雷の音じゃない。いつの間にか、誰かが部屋のドアをノックしていたのだ。

4

「よお。悪いな、休んでるところに」

恐る恐る部屋の扉を開けると、白を基調に淡いベージュで装飾された廊下に、新政さんが居心地悪そう立っていた。

どうやら彼も屋敷に戻ってすぐシャワーを浴びたのか、さっきとは違うTシャツとデニム姿で、首にはタオルを巻いている。まあ、さすがにあのままじゃいられないか。

「今、ちょっといいか？」

言って、新政さんが顎《あご》で背後に促すような仕草をする。横柄《おうへい》な態度は変わらないけど、意外にもそこには、ほんのわずかな遠慮みたいなものが感じられた。

おお、何か新鮮だ。思えばこの人、会った時から（正しくは昨日の夜から、だけど）ずっと不機嫌な顔しかしていなかったから、こういう友好的っぽい態度はすんごく不思議。

「あ、新政さん、え、ど、どうしたんですか？」

……とはいえこれまでがアレだから、いきなりフレンドリーな態度は取れない。そのうちまたキレ出すんじゃないかと思うと、僕の声は上ずった。もしかしたら、今更ではあるんだけど、今度こそ部屋に押し入って「持ち物検査」するつもりなのかもしれないし。

するとと新政さんは「いや、実はな」と取り繕うように言って、

「ちょっと話がしたいんだ。その、二人だけで。下に降りてメシでも食いながら、どうだ？」

「二人⁉　古陶里が一緒だとまずいですか？」

「……今、いるのか」

「はい。部屋の、中、に」

言わない方が良かったんだろうか、これ。そう思いながら途切れ途切れに答えると、新政さんは少し険しい顔で考え込み、やがて何かを納得したように頷いた。

「分かった。じゃあ、俺が中に入っても構わないか」

「私は構わないぞ。着替えも済ませている」

僕が返事をするより先に、ベッドの上に座った古陶里の、良く通る声が飛んできた。ど

うやら僕たちの会話は筒抜けだったらしい。

「外でこそこそ話をされるより安心だ。それに二つの殺人事件の犯人がはっきりしない以上、誰が相手であっても一対一では会わない方が良い」

「……分かった」

古陶里の言葉に素直に頷くと、新政さんは静かに部屋の中に入ってきた。

室内には、ベッド側にミニテーブルと椅子《いす》が一脚、それから内線電話の置かれたテーブルと小さなソファがある。

なんで椅子が一脚なのかは謎だけど、とりあえず新政さんにはそこに座ってもらって、僕らは椅子からほど近い小さなソファに腰かけた。

僕も古陶里も小柄な方だから良いけど、ソファの横幅は二人座ってぎりぎりって感じ。割と密着する。

仕方ないので僕が立ち上がろうとしたら、古陶里がぐいっと腕を引き、またもといたソファの上に戻された。どうやら「隣にいろ」ということらしい。

「それで……新政さんのお話と言うのは」

「まずは謝りに来た。昨日の夜からお前を犯人扱いし続けて、悪かったな」

「ほえ？」

いかん。漫画みたいな声を出してしまった。

いや、だってイキナリ、ねぇ？

「僕の疑いはまだ晴れてないと思うんですが……」

「少なくとも、あの警官殺しと橋の崩落はお前のせいじゃないだろう。恐らくは。赤江神楽については今のところ微妙だが、第二の殺人が別人の犯行なら、事はそう簡単じゃなさそうだしな」

「ええ、と、それってつまり」

「俺は、昨日と今日の事件は同一犯の仕業だと思ってる。橋が流されたのは天候のせいかもしれないが、あの遺体は事故死したって状況じゃなかった」

おおお……新政さんがキャラ変してる……なんかものすごく温和になってるぞ？　なんて茶化しはしなかったけど、僕を見る新政さんの顔には、確かに反省しているような、申し訳なさそうな表情が浮かんでいた。

屋敷の中で一番僕を疑ってた人が、ようやく「真犯人が他にいる可能性もある」ことを認めてくれたのだ、これはかなり嬉しい。

「それで、だ。このままいがみ合ってても意味がない、協力して犯人が誰なのか、調べるべきじゃないかと思ってな」

「僕は別にいがみ合ってるつもりはなかったんですけど、むしろ新政さんが勝手に……」

「うるさい。それで、お前らは誰が犯人だと思う？」

怒られた。何だよ、変わってないじゃん。

しかしまあ、これは大きな一歩だ。古陶里以外の関係者と、事件について冷静に話し合うことが出来る……僕以外に犯人がいる、ってことを前提にして。

そこで僕は、これまでの成果を見せるべく、ソファから立ち上がって例のA4の紙……情報を書き留めていたメモを取りに行こうとした。ちょうど広げたまま、ベッドの上に置いてある。

「真白」

だけど。

それより先に、また古陶里が腕を引っ張って、不安そうに僕を見た。何だ？　メモを見せるな、ってこと？

でも、僕の動きと視線で気付いたらしい。取りに行くより先に新政さんが立ち上がって、ベッドの上からひょいとメモを拾い上げてしまった。

「何だ、これは。お前が書いたのか？」

「あー、はい、そうです。紙に書いた方が分かりやすいかな、と思って」

「成程、情報収集の要《かなめ》だな。俺達も取材内容はこうして書いてまとめるようにしている。手書きが一番なんだよ、実は」

新政さんがニヤリと笑ってズボンのポケットから手帳を取り出す。おお、初めて見た、この人の笑顔。

「にしても、この程度のことしか分からないんじゃ、犯人にはたどり着けそうにないぞ」

「ですよね……そもそも僕ら、まだ事件についてまともに調べてもいませんし」

何せ赤江神楽さんが殺されて一夜明け、皆して戸惑っている間に次の殺人が起きちゃったわけだから、事件そのものがハイペースすぎて追いつけてないってのが正解なんだよね。

そう言うと、新政さんもすんなり頷いて、

「俺も、最初はお前が犯人だとばかり思っていたからな。しかし、妙だ」

「ん？　何がですか？」

「何で犯人は、あんな場所で警官を殺したんだ？　もともと集落の交番に勤めていた警官が目的なら、わざわざ橋のこちら側まで連れてくる必要はないだろうし……屋敷に犯人がいたんだとしたら、屋敷のそばで殺せばいい」

新政さんの言葉に、僕はきょとんとした。

「連れてきたって言うか、桃川さんはこの屋敷に来る途中で殺されたんですよね？　だったら別におかしくはないんじゃ……たまたま事件が起きたのがあの場所だっただけで」

「だが、屋敷から離れた場所で殺すには移動手段が必要になるだろう。それなら屋敷で殺して近場に隠した方が早いんじゃないか？」

「あー……まあ、確かに」

一理ある、と思った。何しろ外は暴風雨、橋が崩落するほどの嵐なのだ。屋敷から少し離れた海側の森に隠せば、少なくともこんなに早く遺体が発見されることもなかっただろう。

「どのみち嵐っていう条件は変わらないから、屋敷の外であれば、遺体発見のリスクはさほど変わらないですしね……」

「ああ。犯人もまさか俺たちが嵐の中をわざわざ殺害現場までやってくるとは思ってもなかっただろうし、実際、だからこそ偽装工作もほとんどせずに遺体を放置して逃げたんだろう。凶器そのものは処分したか持ち去ったようだが、それ以外、暴風雨の中で大したこともできずに……」

「そうか、言われてみれば変ですね。どうしてあんな中途半端《はんぱ》な場所で殺したのか。或《あ》るいは遺体を遺棄したのか」

うーん……犯人は何考えてたんだろうな。

「犯人がどんな移動手段を用いたのかっていう点については、僕と古陶里も不思議に思ってたところなんです。もし車を使ったのであればどこかにあるはず……嵐の中、集落から遺体発見現場まで徒歩で移動したとは考えにくいし、かと言って別の場所で桃川さんを殺してあの場所まで運ぶのにも、どのみち車がいるだろうから」

桃川さんは決して大柄ではなかったけど、それでも命を失った身体はずしりと重いし、運ぶのはそう楽じゃない。実際に運んだ僕が言うんだから確かだ。

「犯人を捜すどころか、移動手段すら分からないんじゃどうしようもないですよね……新政さんは、やっぱり、この屋敷の中にいる誰かが犯人だと思います？」

「まあな。被害者は事件の通報を受けて屋敷に向かう途中だったんだから、そうじゃないかとは疑うさ。警官が何かトラブルを抱えていた、恨みを買っていたんなら話は別だが」

「あー……そうか。そのセンもあるんですね……僕らは桃川さんが、もしかしたら殺される直前に、一度この屋敷に来たのかもしれないって予想してました」

僕は、さっき古陶里に却下されたばかりの推理を新政さんに説明した。犯人は訪ねてきた桃川さんを殺して、彼の車で遺体発見現場に戻り、屋敷のそばに車を捨てて戻ってきたんじゃないか、とか、そんな話を。

するとと新政さんはゆるゆると首を振り、

「それはないな。実際にあの桃川って警官が訪ねて来たのなら、俺たちが気付かないはずがない。少なくとも誰か一人はお前を見張るために起きていたし、俺だって万が一のことを考えて、部屋じゃなくて応接室で休憩してたんだ」

標的となる桃川さんが現れて、それにたまたま犯人だけが気付く、なんて都合の良い状況がそうそう簡単に起こるとは思えないと新政さんは言った。うーん、成程。やっぱダメか、この推理。

何となくしょんぼりして古陶里を見ると、彼女はさっきから人形みたいな無表情で新政さんを見つめていた。どうやら新政さん自身もそれに気付いているらしく、何度か警告するように咳払《せきばら》いするんだけど、古陶里はまったく視線をそらさない。

そうして新政さんがいよいよ我慢できなくなり、「おい」と口を開こうとした時、

「例えば」

古陶里が、ひどく落ち着いた声で呟いた。

「例えば、あの桃川と言う警官が、誰か別の人間と一緒に橋を渡ったという可能性もある」

「え？」

「屋敷の人間ではなく、集落の人間……別の誰かと屋敷に向かい、橋を渡ったあの場所で何かが起きた。同伴者が桃川氏を殺したのか、或いは事故か。そして同伴者は遺体をその場に置いて車に戻り、未だ崩落していなかった橋を渡って集落に戻った。これなら状況に説明がつくだろう」

「な、なるほど、古陶里あったまいい！」

「動機を考えると複雑になるから、誰なら犯行が可能だったのか。と推理すべきなのかも知れない。そうは思わないか、新政氏」

ガタン、ゴトン、と暴風雨に揺れる窓が音を立て、夜なのか昼なのかも分からない、嵐のただ中にある景色を映し出す。外が暗いせいで部屋の明かりがいやに白々しく眩《まぶ》しく感じられて、その上なんだか寒くなってきたような……相変わらずじっと見つめてくる古陶里の視線に、新政さんが再び何か言おうとした時、僕はそれにかぶせるように「イーックシュン！」とドリフみたいなクシャミをしてしまった。

「ふわっ、はっ、すみません！」

「……いや。風呂《ふろ》上がりで冷えてるんじゃないか、お前。何か着ろ」

「そうだぞ真白。君は昔から頑丈だが、一旦《いったん》風邪を引くとやたら長引かせるタイプだ」

「ぶふっ。ぐっ。うん、すみません……」

もう一度こみあげてきたクシャミを何とか堪《こら》えて、僕は慌《あわ》てて立ち上がり、部屋の隅にある紺色のキャリーケース（古陶里が言うには、これが僕の荷物らしい）から取り出した厚手のカーディガンを着こんだ。ううう、本格的に震えてきたな、やばいかも。

そうしている間に、古陶里は「ところで」と新政さんに先手を打つように切り出して、

「新政氏は、赤江神楽とはどういった経緯で知り合ったんだ？　取材を申し込んでいた、と聞いたが」

探るようなその声に、僕はびっくりした。こういうところ、やっぱり本物の探偵みたいだ。新政さんも苦笑してる。

「次は俺が疑われる番か？　まあいい。俺はフリーのジャーナリストだと話したが、もともとは雑誌社勤務でな。その後独立して今に至るってわけだ」

言うと、新政さんはズボンのポケットからすっと名刺ケースを取り出した。そこから二枚抜いて、僕と古陶里に差し出してくる。

『フリージャーナリスト　新政太一』

白地にくっきりとした明朝体《みんちょうたい》で印刷されたその下には、携帯番号とメールアドレス。住所はない。

「うわあ……新政さん、本物なんですね……」

「どこかに所属しているわけじゃないから、こんな名刺、連絡先を知らせる時くらいしか

役に立たんがな。いざ仕事で使おうにも、こいつじゃ取材の約束ももらえない」

「そうなんですか？」

記憶がないから何とも言えないけど、僕は多分、ジャーナリストって職業に詳しくない。だから新政さんの言葉に首をかしげると、まあな、と彼は苦笑して、

「日本は名刺社会なんだ。ジャーナリストはただでさえ信用で成り立つ職業だから、フリーランスでやってる俺らは取材しようにもなかなかアポが取れない。赤江神楽とは、雑誌社に所属していた時の取材で縁が出来ていたからよかったが」

話しながら、新政さんは何かを思い出すように虚空《こくう》を見つめた。

「彼女を最初に取材したのは、五作目のミステリー作品が初のベストセラーに輝いたタイミングだった。知ってるか？　深淵《しんえん》の……」

「『深淵の悪魔』。呪われた資産家の男の物語だな」

新政さんが言い終えるより早く、古陶里が説明してくれた。勿論《もちろん》、聞いてもピンとこないタイトルだったけど、古陶里が「真白も読んだことがあるぞ」と言うので驚いた。

「へえ〜、僕って本とか読むタイプだったんだ」

「と言うより、知り合いに赤江神楽の著書のファンがいてな。お勧めされたからと、一か月くらいかけて読破していた」

「一か月……割とかかってるね……」

「赤江神楽はそれまで、コアなファンが付くようなシュールな作品ばかり書いていたのに、

『深淵の悪魔』からは作風がガラリと変わったんだよな。古くから伝わる呪法《じゅほう》によって栄えた一族の男が、その呪いから逃れるために自力で起業して成功するものの、最後は不治の病で命を落とすっていう」

「え、死んじゃうんですか？　というかその話のどこがミステリー……？」

「成功に至るまでの間に、男の周りで謎の死が相次ぐんだよ。その犯人が誰だったのかが判明した後でもう一度謎が生まれる。それは男の成功のための犠牲だったのか、或いは逃れられない呪いが起こした悲劇だったのか」

うーん、救いのなさそうな話だなぁ……概略を聞いてるだけで落ち込んできたぞ。そもそも、何だかそれって。

「赤江神楽の身の上みたいだろ？」

僕が腕組みしながら考え込んだのを見て、新政さんが急に柔らかい声で言った。そう。それは今、まさに僕が感じたことだった。

「恐らく、赤江神楽はあの作品を機に、自分の一族にふりかかる呪いについて書くことを決めたんじゃないかと思う。実際、以降の作品はすべて呪詛が関係したミステリーばかりだからな」

「……書くことで向き合おうとしたのか、或いはそれぞれの作品に呪詛を封じ込めようとしていたのか……」

「お嬢ちゃん、アンタなかなか穿《うが》った見方をするんだな。……まあ、本人がどう思っていたのかは今となっては謎だが、とりあえず俺はその最初のインタビューで赤江神楽に興味を持った。それから何度か取材させてもらううち、赤江一族についても色々詳しくなってな。フリーになってからは、彼女の作品と赤江一族の関係について調べることがライフワークになったわけだ」

「じゃあ、今回この島に来たのも……」

　恐る恐る僕が訪ねると、

「実は赤江神楽の断筆宣言を受けて色々と調べるうち、気になる噂《うわさ》を耳にしたんだよ。断筆する理由もてっきりそこにあるんじゃないかと思って、本人に直接取材するつもりだったんだが」

「気になる噂？」

　そう、脊髄《せきずい》反射みたいに言ったのは、僕と古陶里とほとんど同時だった。

　そのタイミングに思わず顔を見合わせた僕らに、新政さんはふっと破顔すると、座ったままいきなり身を乗り出してきた。

　そうして、言った。

「赤江神楽は余命宣告を受けていた。今から数か月前にな」

5

「……は？」

なんか今、一瞬だけ時が止まったぞ。

ていうかこの人何言ったんだ？　余命宣告？　赤江神楽が？

「まあ、あくまで噂の域を出ない話だ。箝口令《かんこうれい》が敷かれていたようだし、一部の人間しか耳にしていない情報だが、そこのところをはっきりさせたくて、俺はまず赤江神楽と一番付き合いの長い担当者に問い合わせた。そうしたらいきなりこの島に招かれたってわけさ」

一度話すと決めたら、もう遠慮も何もないらしい。新政さんはこれまで黙っていたのが嘘《うそ》みたいにぺらぺらと説明してくれた。

っていうか何でこの人、そんな大事なことを隠してたんだ？

そりゃ、確証がなかったにしろ、ひとつの噂話として皆に話すべきことだったんじゃないか、これ？

……あれ。でも、待てよ。

「あの、新政さんが問い合わせた、付き合いの長い担当さんて」

「久保田女史か」

古陶里が言って、僕はしばしその名前の持ち主について考えた。久保田女史、クボタ……え？　それって僕のたんこぶの心配してくれてた、あの眼鏡にスーツ姿の編集さん⁉

「へえ。やっぱりあんた、頭の回転が速いな。その通りだよ、俺が話を通してもらったのは久保田女史だ。結局は赤江神楽が殺されたことでその辺の話も有耶無耶《うやむや》になったが、そういえば彼女も噂については一度も口にしてないな」

まるで僕が心の中で（ちょっとだけ）責めたことを察したように、新政さんは面白そうにこっちを見ながらそう言った……ん、だけど。

ええええ。ちょっと待ってよ……あーもう、何かますます混乱してきたぞ？

僕は記憶喪失で、昨日の夜以降のことしか覚えてなくて。

そんな、ただでさえ不便というか不利っていうか、どうしようもない状況だってのにさ。お屋敷に集まった人たちが隠し事をしてるなんて……何なんだよ、それ。

「ひどすぎる……そんな大切な話、新政さんも久保田さんも全然話してくれてなかった……僕のこと散々言ってた癖に」

「そりゃ仕方ない。お前は容疑者であり、記憶喪失ってのが本当かどうかも分からなかったんだからな。それに、変に色々話して自分が疑われるのも厄介だ」

いや、でもさぁ。と言いかけて、僕ははっとした。

「紅玉さん達も知ってたのかな。紫宝くんは何も言ってなかったけど」

「どうだろうな。赤江神楽は東京の病院に通っていたようだから、本人が直接伝えていないなら知らなかった可能性も高い」

「真白は知らなかったぞ。少なくとも、この島に来た段階ではな。その後に赤江神楽から聞いていたのかも知れないが、とりあえずこれで真白が急に呼ばれた理由が分かったな。

死を覚悟した赤江神楽が、遺産相続についてきちんと話をするつもりだった……」

「……そこだ。病気のことを知らなかったなら遺産目当ての殺人、てことになるが、そうじゃないなら話も変わる。放っておいてもどのみち死ぬ人間を、わざわざ危険を冒してまで殺さないだろうしな。まあ、殺害の動機が遺産じゃないならどのみち同じだが」

どっちなんだ？　と新政さんに言われて、僕はむすっとふてくされる。

「知りませんよ。僕、記憶喪失なんですから。そもそも遺産って言われてもピンとこないっていうか……そういえば笹一弁護士が億がどうとか言ってましたけど」

「一説によると、赤江神楽の遺産は二十億を下らないって話だぞ」

「にじゅっ……おく⁉」

おお、おう。これは予想外にデカめの数字だぞ。さすがにびっくりした。

「それは……凄《すご》い額ですね……」

「とにかく、監視カメラの映像が残ってりゃ、赤江神楽の死亡推定時刻に何があったかハッキリするんだが……」

そうだ。新政さんの言葉に改めて思い出す。

昨日の夜、僕が記憶を失うまでの間に何が起きたのか、きっと神楽さんの部屋から消えた監視カメラのSDカードにはしっかり記録されてたはずなんだ。

だけどカードは完全に消えて、僕自身も部屋の中で起きた一部始終を覚えていない。監視カメラの映像は、本当に、唯一《ゆいいつ》の手掛かりだったのか……。

「はぁぁ……どこにあるんだろう……見たいなぁ……」

「そんなこと言って、そこにお前の犯行の様子が映ってたらどうするつもりだ」

「それなら僕が犯人ってことで受け入れますよ。もしかしたらそれで記憶が戻るかもしれないし。ただ、それ以外の犯行については本当に僕じゃないんで、じゃあ誰が？　ってことになりますよね」

「確かに、本当に記憶喪失だってなら、そうなるな」

しみじみ言う新政さんに、僕も苦笑するしかない。

「僕が二重人格って可能性もありますけど、とりあえず今の僕には、殺人の自覚も、証拠を隠滅したって意識も一切ありませんからね」

「この期《ご》に及んで誤魔化さないだろうから、まあ、とりあえずはその言葉を信じよう。でなきゃ話が進まないからな。それでお嬢ちゃん、あんたはどう思う」

「どう、とは？」

いきなりふられて、古陶里が生真面目《きまじめ》に応答する。それまでは「赤江神楽は余命宣告を受けていた」って話に割と衝撃を受けてたみたいなんだけど、もともとこの子、表情があんまり変わらないからなぁ。新政さんの言葉にも、割とドライな反応だ。

「あんたは誰が犯人だと思う？　あるいは、その目的は？　既に死を予告されていた赤江神楽を殺したのは、その事実を知っていた人間か、知らなかった人間か」

「ふむ。あるいは、事故か、故意の殺人か、というところか？」

「そうなるな。目的がなかったとしても、もみあううちに……って可能性もある。その場合は赤江神楽の病気がどうのって話も無意味だな」

「……私に分かるのは、真白は犯人じゃないということくらいだ。逆に言うと、真白と私以外の人間は皆同様に怪しいと思っている」

「成程ね。この屋敷にいる人間全員が容疑者か」

ははは、と新政さんが笑い、僕は笑う余裕もなくして古陶里を見た。なんていうか、僕に対する古陶里の信頼は凄いな、って今更ながらに実感する。

何となく、今、記憶がないことがたまらなく悔しくなった。自分が犯人かどうかわからないってことよりも、これだけ僕の味方になってくれる古陶里のことを一切覚えていないのが申し訳なくて。

……いや。申し訳ないっていうより……うーん、やっぱりうまく言えないな。

記憶を失う前の僕と古陶里の関係が、羨《うらや》ましくなってきた、っていう感じ。

誰ともつながりを感じられない今の状況を思うと、不思議と「古陶里の幼馴染《おさななじ》みである自分」のことが妬《ねた》ましい、みたいな変な感覚になっちゃったんだ。

「？　どうした、真白。私の顔に何かついているのか」

「いや、古陶里って本当に僕のことが好きなんだなぁと思って」

「……誰がいつそんなことを言った」

「えっ？　あれ、違うの⁉」

「本当に仲が良いな、お前らは。まあいい、とりあえず俺は……」

新政さんがそう言って腕時計を確認し、立ち上がりかけた、その時だった。

不意に部屋をノックする音が聞こえて、僕らが返事をするより先に、部屋の扉が遠慮がちにそぉっと開いたのだ。

「あれ？」

「失礼します。……おや、これは」

驚いたことに、そこにいたのは白髪交じりの小柄なスーツ姿のおじさん、ならぬ笹一弁護士だった。何故《なぜ》か部屋の中にいる僕らを見て、驚いたように瞬《まばた》きしている。

「あの、どうされたんですか？」

「……実は秋津真白さんにお尋ねしておきたいことがありまして、今のうちにと思った次第ですが」

いやはや、と型通りのおじいさんぽい呟《つぶや》きを漏らすと、笹一弁護士はゆっくり、向かい合って座る僕と古陶里、新政さんの順に視線を移動させた。ぼんやりとした雰囲気で表情が読めない人ではあるんだけど、これはもしかしたら、ちょっと困ってるのかな？

「どうも私、皆さんの邪魔をしてしまったようですな。失敬、出直します」

「えっ、あ、笹一さん！」

慌てて立ち上がる僕に、笹一弁護士はそれだけ言い残して部屋を出て行ってしまう。ぱたんと扉が閉まり、同時に新政さんが怪訝《けげん》な顔でぼそりと一言。

「笹一弁護士の話ってのは……もしかしたら、赤江神楽の遺言書の件じゃないか？　確か警察が来たら皆の前で公表したいとか何とか言ってたよな」

「わー、僕ちょっと聞いてきます！」

なんなんだよもう、あんな意味深に出て行かれたら気になるじゃないか。ただでさえ情報が少ないのに、こんなことで話を先延ばしにされるのは勘弁だ。

新政さんと古陶里を二人きりにするのは少し気がかりだったものの、僕は慌てて部屋を飛び出した。そのまま笹一弁護士を追いかけ……ようとしたら、すぐにしゃきしゃきとした動きで廊下の突き当たりにある階段を降りようとする後ろ姿を見つける。

「ちょっと待ってください、笹一さん！」

余談だけど、僕の声って割と良く通る。スルーされ気味ながらも、ちゃんと声を出せば聞き取りやすいタイプの声質だと思うんだよね。

そのお陰か、笹一弁護士は僕の声かけの「ちょ」の辺りですぐに気付いて立ち止まり、おや、みたいな感じでこっちを振り返った。

「どうされましたかな」

「い、いや、どうされましたかなって……僕に何か話があって来られたんですよね。それって古陶里や新政さんがいると困ることですか？」

少し走っただけなのに、微妙に乱れた息で一気に話すと、笹一さんは困ったように眉根《まゆね》を寄せる。

「個人情報に関わることですので、第三者のいない場所でと思ったのです。弁護士には守秘義務もありますので」

「もしかしてその話、赤江神楽さんの遺言書のことですか」

何もかもが謎《なぞ》な現状で、まだるっこしい話には意味がない。聞きたいことはストレートに、と思ってズバリ尋ねた僕に、笹一弁護士はぴくりとも表情を変えずに「はい」と頷いた。

「まあ、そのようなことです。しかし貴方《あなた》にお話をするというよりは、幾つか確認したいことがある、と言った方が正しいですな」

「え……と、僕に、ですか？」

「はい」

何だろう。まさかイキナリ笹一弁護士が「一連の事件の犯人は貴方ですね？」なんて言い出すんじゃないかと思って、僕はちょっと緊張した。だけど、次の笹一弁護士の言葉はあまりにも予想外のもので。

「あなたは一体、誰なのですか」

……へ？

僕はちょっとの間だけぽかんとして、それから瞬きしながら我に返り、笹一弁護士を見た。

「それは……どういう……」

「言葉通りの意味です。貴方は、一体、何者なのでしょう」

ええと、何この質問。今更っていうか何ていうか、そもそもこれ、僕に聞いてどうするんだろう、みたいな。

「笹一弁護士、僕、記憶喪失なんですけど」

「存じております」

「だから、この赤江邸にいる人間の中で、僕が一番自分のことを分かってないんです。そもそも僕が『秋津真白』だって言ったのも周りの人達だし」

自分自身が何なのか、誰に何を言われてもしっくりこない違和感。そして不安。

何もかもが作り物めいていて、古陶里の言葉にすら何も感じない。そんな僕が、僕自身のことを、どうして説明できるんだろう。

笹一弁護士だってそのくらい分かってくれてるだろうに、と思って唇を引き結んでいると、やがて彼は、僕の顔をじーっと見て。

「分かりました」

急に何かを納得したような顔になって、そう言った。

「いやはや、これは失礼しました。こんな所でお尋ねするような事ではありませんでしたな……いかがでしょう、もしご都合が宜《よろ》しければ、場所を変えてお話の続きを」

「え」

場所、うん、確かに廊下でこういう話はちょっとなぁ。

でも古陶里と新政さんを二人きりにしてるし、どうしよう。なんて迷ってると、笹一さんはまたしても僕の返事を待たず、そのますますたすたと階段を降りて行ってしまった。

おおーい、何か自由な人だなぁ。

そう思って慌てて追いかけると、笹一弁護士はそのまま、昨夜皆が集まった応接室の正面にある部屋の、がっしりとした木製の扉を開いた。

「こちらは書斎です。私がこちらに来た際は、自由に使って良いと赤江神楽氏の許可を頂いておりますので」

「あ、はい……あれ、ここって鍵《かぎ》はないんですか？」

「基本的に、赤江神楽氏は亡《な》くなられていたあの個室を除いて、屋敷のどの部屋にも鍵を設けていません。何しろ来客そのものが限られていましたし、原稿などの機密情報と呼べるものはそれ自体に保険をかけていましたので」

成程、と納得する。つまり僕が意識を取り戻したあの部屋は、彼女にとって唯一鍵を設けたくなるくらいのパーソナルスペース……というか、特別な場所だったわけだ。

「えーと……じゃあ、鍵のない部屋の『保険』というのは、パソコンのパスワードとか？」

「まあ、そうですな。保険と呼ぶには甘いものですが、あの方は本当に隠したいものは自分の心のうちに留めておく方でしたので」

おお。何か意味深なことを聞いちゃったぞ。

と思いつつ、僕は「じゃあ、失礼します……」と一礼した。そう言えばさっき、誰が相手でも一対一で会うな、みたいなことを古陶里に言われたけど、まあ相手は笹一弁護士だし。そう思って、僕は彼に続いて室内に足を踏み入れた。

……書斎の中は名の通り、壁一面に広がる書棚とみっちり詰まった本の背表紙の並ぶ、まさに小さな図書館のような部屋になっていた。本棚と座り心地のよさそうな革張りのソファと、四角い窓のそばにはパソコンの置かれた書き物机と椅子がある。それから、これは本物だろうか？　少し小さ目ではあるものの、立派な暖炉まで備わっていた。

何となくデジャヴを感じたのは、多分、ここがあの部屋の雰囲気に似ている気がしたからだ。あの部屋……僕が目覚めた場所、赤江神楽さんが殺されてた、あの場所に。

「ここにもパソコンがあるんですね……」

「はい。一応私が確認させて頂きましたが、やはりこちらもパスワードが必要で開くことはできませんでした」

言いながら、笹一弁護士は卓上にあるパソコンを開いて僕に見せた。

電源を入れてしばらくすると、パスワードを要求する画面に切り替わる。もちろん、ここから先はどうすることもできないので、僕らは再びパソコンの電源をオフにした。

「この屋敷には赤江神楽氏の『執筆のための部屋』がいくつかあるのですが、基本的には広さや形は違えど、すべて似たような作りになっております。中でもここは赤江神楽氏と私とが、契約書など一連の書類を作成する際にも使われていた場所で」

「あ。じゃあ、遺言書も？」

聞くと、笹一弁護士はこくりと頷《うなず》き、僕をソファに促した。

「どうぞ、そちらに」

「あ、はい、じゃあ遠慮なく」

短時間とは言え、今日は嵐の中をガタガタ揺れる車で移動してきたり、予想外の肉体労働まであったもんで、ちょっと足の筋肉疲労が凄い。なので僕は迷わずソファに腰かけた。

「さて、では……お話の続きをさせて頂きましょう」

「あ、僕が何者かって話ですよね、それは」

「……いえ。それはもう分かりました。先ほどの答えで十分です」

「え？」

笹一弁護士が眼鏡を押し上げながらそんなことを言ったので、僕はズッコケそうになった。

「いやいやいや、あれで何が分かるんですか」

「まあ、ある程度のことは」

「……僕にも僕自身のことが分からないのに……って言うか、それなら何でわざわざこの部屋まで移動したんですか。さっきの答えで十分なら、別に場所を変える必要はなかったですよね」

「話してみたくなりまして」

と、笹一弁護士はあっさり言った。

「誰も介さず、二人きりで。貴方の戸惑いが本当のものなのか、そして、我々に見せるそのとぼけた態度が本当に演技ではないのかを」

「……はあ」

要するに、まだ僕の事を疑ってることだよね。まあ、仕方ないんだけどさ。

「それで、どうです？　僕、笹一弁護士の目から見て、どんな感じですか？　やっぱり神楽さんを殺した犯人っぽい？」

「それは分かりませんが、記憶喪失、というのもあながち嘘ではなさそうだと感じております な」

「そりゃそうですよ。嘘じゃないもん。と言うか、嘘つくならもっとうまく立ち回りますよ」

「……なるほど。確かにそうかもしれません」

呟いて、笹一弁護士が、深く、深く溜め息をつく。そうして、改めて僕を見て。

「実は、赤江神楽氏の遺言書についてですが」

ずれた眼鏡を押し上げつつ、突然、そう切り出した。

「私が彼女から直接預かった直近の遺言書には、間違いなく甥《おい》としての貴方の名前が入っておりました。しかしながら、それは皆さんが思うような意味で記されたものではなかったのです。それについて貴方が承知しておられたのかを、私は確認したかった」

おお……説明してくれてるんだけど、何言ってるのかさっぱり分からん。というか、もちろんこの人は、あえてそういう話し方をしてるんだろうな。

「……あの、お話が漠然としすぎてて……そもそも僕、何も覚えてないわけですし……というか、むしろ僕の方が笹一弁護士に色々と質問したいんですよね」

「ほう、私に質問、ですか？」

「ええ。今、僕と古陶里と新政さんとで、事件が起きた時の状況や、僕を含めた皆さんの足取りなんかを調べようとしていたところでした。もちろん誰かに罪をなすりつけるとかそういう意味じゃなくて、この島で何が起きているのかを知りたくて」

「…………」

「それで、この屋敷にいる皆さんのお話を一人ずつ聞いて、状況を整理できたらって考えたんです。そうしているうちに僕の記憶が戻るかもしれないし、もしかしたら犯人が誰か判明するかもしれない。中でも赤江神楽さんの遺言書は、その謎を解くための物凄く大きなヒントになると思いますし、だからこそ笹一弁護士の話を……」

「失礼ですが、それはどうかと思いますな。そもそも屋敷にいる皆さんは貴方を信用していないでしょう」

うおっ。ものすごいハッキリ言われた。意外とズバリ・ストレートに物申すタイプか、この人は……。

とは言え落ち込んでるだけじゃ状況は変わらない。気を取り直して「ですけど」と言いかけた僕に、笹一弁護士は何とも言えない表情を向けた。

「どうやら貴方は本当に、今、自分がどのような状況に置かれているのかを理解しておられないようですな」

「わ、分かってますよ！　僕が犯人だと疑われていることも、記憶喪失が演技じゃないかと思われてることも……でも僕、別に、遺言書の中身を全部話してほしいとかそういうのじゃなくて、笹一弁護士がどういう状況で遺言書を預かったのかとか、それが書かれた時期はいつなのかとか、そうしたことを」

「失礼ですが、私には貴方のことがよく分かりません。仮に記憶喪失が本当なのだとしても、だからと言って赤江神楽氏を殺していないという確信はないし、貴方の本質が善であるのか悪であるのかすら判断がつかないのですから」

　必死になって説明しようとした僕に、笹一弁護士が静かな声でそう言った。

「残念ながら、人は簡単に悪事に手を染めることができるものです。実際に私は職業柄、そうした人をたくさん見てきました。欲が絡《から》めば、人はどんな非情なこともできてしまう。何か事件が起きた後、犯人が誰か判明した時に、とてもそんなことをしでかしそうな人には見えない……と思うことも多い。分かりますか」

「……はい」

　確かにそうだ。事実、新政さんの話を鵜呑《うの》みにする訳じゃないけど、二十億の遺産なんて言われたら……人生変わるもんなぁ、絶対。

「だから私はまだ、あなた一人に何かを説明するわけにはいかないのです。恐らく遺言書には、皆さんが思うほどの力はない。ですが大切なのはそこに込められた神楽氏の意思です」

「意思?」

「……はい。ですので私は、警官の到着を待って遺言書を開示するつもりでした」

そう言って、笹一弁護士はいろんな感情が入り混じったような、それでいてひどく静かで穏やかな眼差しをこちらに向けた。それは僕ごとき若造の反論をあっさり撥《は》ねつけるほどの強さを持っていて。

その視線を前に、果たして何が言えただろう。自分の事を何一つとして証明できない、説明できない僕なんかに。

幼馴染みだという古陶里がいくら庇《かば》ってくれても、それが本当なのかどうか判断ができない以上、僕は自分を信用することができない。周りだってそうだろうし、いくら目を背けようとしたって、結局のところそれが現実だ。

しょんぼりうなだれる僕に、笹一弁護士は少しだけ表情を和らげて、書き物机の上にある物をそっとソファの隣に移動させた。

とすん、と置かれたそれは、重々しい革装の本だった。

「これは、神楽さんの本、ですか?」

なんて、本当は聞くまでもなかった。だってその表紙にはくっきりと神楽さんの名前が入っていたし、何より黒字で箔押《はくお》しされたタイトルに聞き覚えがあったから。

『深淵の悪魔』

神楽さんの、初のベストセラー作品となった「呪い」をテーマにしたミステリーだ。

「この本をご存知ですかな」

「はい、あ、いや、さっき古陶里が『真白は前に読んだ』って言ってて」

「そうですか。私が神楽氏と知り合ったのも、実はこの作品がきっかけでして」

静かに語り始めた笹一弁護士の眼鏡越しの眼差しが優しくなり、それから、これまで他人行儀だった声も、どこか柔らかく、感情のこもったものになった。

「私の趣味は読書なのですが、年甲斐《としがい》もなく、何と言いますか……その、この作品にハマってしまって。それで私の弁護士事務所に仕事の依頼が来た時、迷わず私が手を上げて、神楽氏の専門弁護士になりました。以来、もうずいぶんと長い付き合いです」

「……その本、呪いがテーマなんですよね、確か」

笹一弁護士は、赤江家の呪いについてどう捉《とら》えてるんだろう。そう思いながら呟くと、

「呪いですか。神楽氏は意識しておられたようですが、どうなんでしょうな。ただ、赤江家に呪いがあるとしたら……」

呟き、笹一弁護士が口ごもった。その続きを問おうとしたら、すぐに「いや」と首を振り、

「仮に呪いがあったとしても、実際に人を死に至らしめるのは人。呪いという言葉を安易

に使うのはどうかと思いますな」

「……そうですか。まあ、確かに」

いかにもこの人らしい言葉だと思った。と言っても、僕は笹一弁護士について、数時間分の記憶しかないんだけど。

そうして、僕と笹一弁護士は、亡くなった神楽さんの作品について語り合った。

それは数十分程度のことだったし、何より僕は彼女の作品について詳しくなかったから、主に話していたのは笹一弁護士の方で。

それでも彼の静かな声には作品に対する尊敬の念がこめられていて、だから僕は、彼から神楽さんのことを直接聞く以上に「分かった」気がしたんだ。笹一弁護士が、神楽さんのことをどう思っていたのか。

彼女がどんな人であろうと、その作品は本当に素晴らしく、笹一弁護士を夢中にさせるだけの魅力を持っていた。つまり、赤江神楽は作家として、やっぱり凄い人だったのだ。

そうしてひとしきり話した後、僕は書斎に笹一弁護士を残して部屋に戻った。何となく、笹一弁護士が僕に何かを伝えたがっているような気もしたんだけど、結局彼は最後まで何も話してはくれなかった。

……だけど。

もしこの時、無理やりにでも笹一弁護士から話を聞き出せていたら。そうしたら、この後に起きる幾つかの事件は防げたんじゃないか、と。

この時のことを、僕は後々まで悔やむことになる。

6

二階にある部屋に戻ると、立ち上がった新政さんと座ったままの古陶里とが、ほとんど同時に顔を上げて僕を出迎えてくれた。

「おい、遅かったな！　弁護士先生の話は何だったんだ？」

「何か言われたのか、真白」

「うーん、いやー、何か良く分かんなくて……あ、笹一弁護士は赤江神楽さんの本のファンだったみたいですよ。それはしっかり伝わりました」

「「はぁ⁉」」

曖昧《あいまい》に濁しながら微笑《ほほえ》んだ僕に、古陶里と新政さんが同時に声を上げて、それからやっぱり同時に溜め息をついた。

「ま、そうだろうな。記憶喪失のお前に何を聞いてもまともな答えなんてもらえないんだし、弁護士先生もそこは分かってるだろうしな……期待した俺がバカだった」

「しかし、ここまで遅いとよほど重要な話でもしていたのかと思ったぞ。それなのに赤江神楽の本の話か……まあ真白らしいが」

「……ごめん……」

二人に言われて、僕も返す言葉がない。まあ自分でも何してんのかな、とは思うし。

「それじゃあ俺もそろそろ部屋に戻るか。また何かあったら情報交換しようぜ」

やがて、どうやら僕の帰りを待っていたらしい新政さんは、そう言ってさっさと部屋を出て行った。後に残されたのはきゅっと唇を引き結んだまま無言でいる古陶里と、何となく扉口で立ち尽くしたままの僕。

「あのさ、古陶里……」

「真白。ひとつ君に話しておかねばならないことがある」

「え？」

急に言われて、僕はごくんと生唾《なまつば》をのんだ。何となく、その古陶里の話が、とても重要なものであるという予感を覚えたのだ。

「な、なに」

「話しておくべきか迷ったが……私がいつでも一緒にいられるわけではないからな。君が自衛できるよう、説明すべきだと思う」

意味深に話すと、古陶里は深呼吸し、やがてはっきりと言った。

「真白。君は島に来る前、脅迫されていた」

「は？」

「赤江神楽の唯一の身内であることを知った何者かが、君を脅迫し、赤江家の遺産の一部を手に入れようとしたのだよ。命に関わるほど危険な脅迫を受けていたが、君はあくまで、誰に脅されているのかを私に話さなかった」

「はあああ!?」

おいおい、ちょっと待ってくれよ。

ここにきてまた新情報？　ていうか古陶里まで僕に隠し事してたわけ？

「なんだよそれ……なんでそんな、大事なことを……っ」

「君は記憶を失い、もはやだれが脅迫者であるのかを知るすべはない。そのうえでこんな話をしたら、ただでさえ混乱している君に無暗《むやみ》に恐怖を与えるだけだと考えた。だから黙っているつもりだったんだ」

「じゃあ、ええと、その脅迫者ってのは」

「この島にいる、と君は言った。そもそも私が君についてきたのは、それもあってのことだった」

「ここに、脅迫者も……来てる？」

「そうだ。私は、その人物が赤江神楽殺害に関わっているはずだと考えている」

いやいや、遅い、遅いんだよその説明。後出しジャンケンレベルだって！

とは思ったけど、古陶里の黙秘が「心配していたから」というのは理解できたから、僕はそれ以上文句も言えずに黙り込んだ。それからじっと考える。

ええと……ベストセラー作家の赤江神楽には唯一の肉親がいて、それが甥っこの僕。だけど僕は伯母さんの遺産を相続する件で誰かに脅迫されていて、そいつも来る予定の島に到着して三日後、伯母さんは殺されて僕も記憶喪失になった。と。

うん。記憶喪失になった唯一の利点てここだと思う。つまり、何を言われてもひとまずは話を飲み込むことが出来る、っていう。

確かに戸惑いはするけど、もともと僕の記憶は空っぽなもんだから、与えられるものに関してはひとまず先入観なしで受け取って、その真偽について確かめようと思える。

……にしても、さぁ。何か事情が複雑すぎて、僕、少し前までの自分に同情するわ……。

「真白。……怒ったのか」

だけど。考え込む僕に、不意に古陶里がらしくない不安げな声を出したので、僕ははっとした。見れば古陶里はその声音通り、きゅっと眉をハの字にし、息をのんで僕を見つめている。

「済まなかった。確かに黙っていたのはフェアじゃなかったと思う。だが、真白の身を心配してのことだった。許してほしい」

「いや、まあ……いいよ、別に、古陶里が心配してくれてるのは分かってるから。まあちょっとビックリしたけどさぁ」

「……あと、真白は単純でアホだから、すぐに考えていることが表情に出て脅迫犯に『気付いている』ことがバレても困るし」

「ノオオオオウ！」

だから一言多いんだって古陶里さん！

「しかし、まあ、そっか。じゃあ僕が神楽さんに会うために部屋に行ったのって、それを説明する為だったのかな」

「……恐らく、そうだと思う。何でも一人で抱え込む性格だったしな、君は」

抱え込む、ねぇ。

まるで別の誰かの話を聞いてるみたいな感覚で頷き、僕は改めて新政さんが置いて行った事件の経過日時のメモを手に取った。

「僕、何をネタに脅迫されてたのかな。その脅迫犯さんに」

「それも謎だ。真白しか知らないことだから」

「思い当たる節もない？　犯人は誰か、とかも？」

「……どうだろう」

呟き、古陶里は視線を伏せた。こればっかりはもう記憶を失う前の僕にしか分からないってことか。

うーん……何とかならないかな、僕の記憶喪失。

「神楽さんが余命宣告を受けてたって話、僕を脅迫してたヤツも知ってたのかなぁ……」

知っていたとしても、知らなかったとしても。

多分、犯人にとって状況は変わらない。どんな形であれ赤江神楽が亡くなれば、僕が遺産を相続することになる……少なくとも脅迫犯はそう考えただろうから。

犯人が一番困るのは、僕が遺産を相続できない状況のはず。とすると、今回の事件には関わってない……のか？

「僕が神楽さんを殺してしまったら、法律的にも遺産を相続できなくなる……よね？　笹一弁護士も言ってたけど……それって脅迫犯も困る状況だよなぁ、多分」

「そうだな。つまり脅迫犯と殺人犯はイコールではない、ということだ。ただしSDカードを盗んだ犯人である可能性は半々だが」

「え？　なんで？」

「ややこしいから、殺人犯をA、脅迫犯をBと仮定するぞ。真白が相続する筈《はず》の遺産を狙《ねら》っている脅迫犯Bは、そのためにも真白が不利にならないよう行動するはず。とすると、死体と真白が密室に閉じ込められているというあの状況を作るはずがない」

「うん。それは分かる」

「反して、犯人Aは恐らく、真白を犯人に仕立て上げようとしていた。つまりこの時点でAとBの目的は真逆なわけだ。そこに、密室の殺人の一部始終を映したであろう映像が残されていたと仮定すると……Aは真白を犯人にするために真相を隠そうとするだろうし、Bも真白が犯人かどうか分からない以上、やはり真相を隠すためにSDカードを隠すはずだな」

「つまり、犯人Aは自分が映ってるからカードを奪った可能性が高く、脅迫犯Bは僕の犯行を疑って証拠となるカードを消そうとしたかもしれない、と」

「そういうことだ。監視カメラに何が映っていたのかは分からないが、ともかく、あの場で映像を確認している余裕はなかっただろうし、犯人は『映っているであろうもの』を予想して行動したと思われる。だから、AとBどちらがカードを抜き取ったとしてもおかしくはないのだよ」

そうか。そういうことかぁ……。

「皮肉な話だけど、少なくとも遺産を相続するまでは脅迫犯Bは僕の味方でいるわけだね」

「仮に真白が相続してしまえば、今度は最も危険な敵になるんだろうがな」

「……神楽さんが悪いんじゃないけど……相続だの出版記念パーティだのがなければ、僕なんてただの平凡な大学生だったんだろうにねぇ」

二十億を下らない額の遺産、かぁ。いや、これは新政さん情報だからアレだけど、確かにベストセラー作家って何となく、すごく儲《もう》かってそーだと思ってたし、もともとの赤江家の資産も合わせちゃうと、そんな凄い額になってても確かに不思議ではないなと思う。

けど僕にすれば、それって宝くじに当選したってのと同じくらい唐突な話すぎて、そのせいでこんな事件に巻き込まれるくらいなら、もういっそのこと相続放棄しちゃいたいくらいの気分だ。

「やっぱり……笹一弁護士に相談してみようかな。遺書の中身については教えてくれないだろうけど、もし仮に僕が遺産を相続することになるのなら、それ放棄してもいいですかって」

「そうすることが真白の望みなら、構わないと思う。まあ、内容が分からないうちは何とも言えないが」

「……ん？　そういえば笹一弁護士、言ってたな。遺言書には確かに僕の名前が書いてあったけど、それは皆が思うような内容じゃないとか何とか」

「笹一弁護士が？」

「うん。そのことを僕が知っているのかどうか確認したいから来た、とか何とか……あれ、どういう意味だったんだろう。聞いても教えてもらえなかった」

「皆が思うような内容ではない。つまりは真白が遺産を相続するわけではない、という意味か？」

古陶里の言葉にも首をかしげるしかない。確かに「皆が思うような」ってつまり、僕が赤江神楽の唯一の身内として遺産を相続する立場にある。ってことだよね。

……うーん、駄目だ。もうお手上げ。一体、神楽さんは自分の死後、僕がどうなることを望んでいたんだろう。

「よし。やっぱりもう一度、笹一弁護士に相談しよう。ここで色々考えてても意味ないし、他にすることないし」

ひとまずまだ部屋着のままだった僕は、部屋の隅にあったキャリーケースからデニムと薄手のパーカーを取り出した。外が暗いからピンとこないけど、時刻は現在午後一時、つまりはお昼だ。眠るって時間でもないし、他の人達だって屋敷の外に出られなくて、時間を持て余してる頃かもしれない。

その中には、僕に濡《ぬ》れ衣《ぎぬ》を着せようとした殺人犯Aと、脅迫犯であるBがいるってことも確かなんだけど……。

古陶里に背を向けてぽいぽい着替えると、キャリーケースとショルダーバッグの中をごそごそ探る。自分の荷物のすべてを未《いま》だに把握していないので、何か役に立つものがあれば、と思ってのことだ。でも、そうしてしゃがみ込んで探していると、不意に後ろから「ぐいぐい」と服の裾を引っ張られる感覚があった。

振り返ると、何故かむくれたような表情の古陶里が、僕のパーカーのフード部分をぎゅうっと摑みながら立っている。

「え？　どしたの古陶里」

「先ほども言ったが、単独行動はよせ。私も一緒に行く。それからこれ」

言いながら、古陶里が自分の着物の袂《たもと》から何かをすっと取り出す。

それは見覚えのない、二つのスマートフォン。それぞれシンプルな薄いシルバーと、桜を思わせるピンク色だ。

「こっちが真白ので、ピンクが私の物だ」

「そうなの？　え、あれ、でも何で古陶里が」

「昨日の夜、君に言われて預かっていたのだよ。どのみち圏外だから使えないが、万が一のことがあるかもしれない。だから今後はこれを所持していてほしい」

差し出されたそれを見ながら、僕はびっくりして自分の荷物を振り返った。そういえば確かに僕、スマホを一切見てないし触ってもいない。

ということは、昨日の夜に古陶里に預けたまま、神楽さんの部屋に行ったのか。

それにしても、古陶里の言う通り、圏外じゃ万が一の時でも使えないんじゃないかなぁ。いや、スマホの活用法は何も通話機能やネットだけじゃない、目覚ましにもライトにもなるんだから……うん。持ってて損はないか。

そう納得して見ると、割とまだ新しいシルバーのスマホはちゃんと充電されていて。登録された番号を確認したら、何故かそこには「古陶里」の名前が一つだけ入っていた。

あれ……僕ってまさか、他に友達いないの？

とは思ったけど、悩んだところで答えは出ない。

だから僕は何ら疑うことなくそれをデニムのポケットに入れて、同じく、ピンクのスマホを再び袂に仕舞い込んだ古陶里に頷いて見せた。

「有難う。じゃあ、行こっか」

7

窓の外は相変わらずの嵐。近付けば、ごうごうと唸《うな》るような風の音が聞こえるのに、屋敷の中はやっぱりそこだけ切り取られたように静かで、不気味なほど平和に思える。

荒れ狂う嵐の中にぽつんと浮かぶ屋敷の外観をイメージしながら、僕は廊下の窓から視線を離し、古陶里と一緒に階段をゆっくり降りた。辺りに人の気配はなく、どうやら皆、基本的には部屋の中で過ごすことにしたらしい。

……と思ったら、一階のホールの端、さっき僕と笹一弁護士が話をしていた書斎の前に人影があった。編集の久保田女史と紫宝くんだ。

意外な組み合わせに驚きつつ、僕は久保田女史が小脇《こわき》に抱えているものに気付いてますますぎょっとした。え、何してるんだ、あの二人！

「おい、真白」

「やっぱそうだよね、あれ。え、何でかな、久保田さん、紫宝くん！」

古陶里の声に促されるように声をかけると、二人が「ん？」みたいな感じで振り返った。

「まあ、秋津くんと古陶里さん。どうしたんですか？」

「いやそれこっちの台詞《せりふ》って言うか……久保田さん、そのパソコン」

そうなのだ。久保田女史が手にしていた物、それは赤江神楽さんが亡くなっていた部屋にあったノートパソコンで。ていうか、勝手に持ち出していいのかな、あれ。

すると久保田女史は、真横に立っていた紫宝くんと顔を見合わせ、にっこり笑った。

「ちょうど良かったです。お二人もどうですか、ご一緒に」

「え？　な、何をご一緒するんですか？」

嫌な予感がして尋ね返すと、それが、と紫宝くんがこっちを見て、

「久保田さんが、もう一度パソコンの中を調べたいそうなんです。さっき書斎のパソコンを見ていて、やっぱりパスワードが分からなかったので、それなら最近まで使えていたこのノートパソコンの方を、って」

答えに、僕と古陶里は思わず真顔になった。

いや……気持ちはわかるんだけど……確かにパソコンには犯人を示す何かが入ってる可能性もあるけど……そういうのって他の人にもちゃんと話した方が良いんじゃないかなぁ。

書斎の扉のノブに手を掛けた久保田女史からは、悪意とか邪念みたいなものが一切感じられない。だからと言って勝手にこんなことしたら、仮に証拠が見つかったとしても、捏《ねっ》造《ぞう》だと疑われる可能性だってあるのに。

「……書斎のパソコンを調べたと言ったが、確かそこには笹一弁護士がいたのでは？」

やがて、古陶里がそう呟いて、僕もようやく思い出す。そうだった。僕、笹一弁護士を探してたんだ。

すると久保田女史は「まあまあ」と顔を輝かせて、

「古陶里さん、よくご存知ですね！　そうなんです、ちょうどさっきまでこの中にいらっしゃって、一緒に書斎のパソコンのパスワードを考えていたんですけど……」

僕が書斎を離れたのが三十分ほど前のことだから、二人はその直後にここに来たんだろうか。まあ笹一弁護士が一緒なら無茶なことはしてないと思うんだけど、久保田女史って割とやることが大胆と言うか、雑というか……。

「あの、やっぱりまずかったですか？　実は笹一弁護士にも止められて、次はこのノートパソコンを……とお話ししたら、私を巻き込まないで欲しいと言って出て行ってしまったんです。でもここには紫宝くんもいますし、私一人で作業するわけでもないので大丈夫かなと思ったんですが」

あー。どうやら笹一弁護士はちゃんとストップ掛けたらしい。今更ながらにしょんぼりうなだれる久保田女史と、そんな僕らのやり取りを申し訳なさそうな顔で見ている紫宝くんの姿に、僕はひとまずらしくない真面目な表情を作った。

「お気持ちはわかりますが、やっぱりまずいと思いますよ。警察の方がいないから現場検証とかも出来てないし、そもそも事件現場からパソコンを持ち出すのって良くないですよね。せめて屋敷にいる皆さんを呼んだうえで調べるとか……」

「いや」

理性をもって説得しようとした僕に、けれど後ろにいた古陶里が、割って入るように強引に言った。

「パスワードが判明しているのならともかく、気長にひとつずつ調べていくのを全員で待つというのは大変だと思う。数時間かけても開くかどうかのレベルだろうし」

「そうなんです。でも書斎の方も諦《あきら》めた訳じゃないんですよ、笹一弁護士がうるさ……あ、失礼しました、色々と口出しをされたので、じっくり作業できなくて……今からは邪魔者はいませんし、このパソコンと合わせて一緒に詳しく調べられます！」

拳《こぶし》を作って力いっぱい言う久保田女史。そういえばこの人、自分が担当する作家が亡くなったのに、途中「ミステリーを担当しているので」ってウキウキしながら推理してなかったっけ……？

新政さんの言葉を信じるのであれば、神楽さんが余命宣告を受けていたことを隠してるみたいだし、何となく油断ならない人って印象が強くなってきた。

とは言え、何もできずに屋敷に引きこもるしかない今の状況を考えると、彼女の案を否定もできず。

紫宝くんもそうなのか、久保田女史に同意するように頷き、僕らに言った。

「屋敷の人達を集めようにも、多分、紅玉姉さんは今とても部屋を出られる状態じゃありません。四人で調べて、パスワードが分かれば皆に知らせるという方法じゃダメでしょうか」

「まあ……うん、それなら……」

一番若いのに、紫宝くんの言葉には説得力がある。言われてみれば確かに、やってみてダメだった時に全員そろってたら、新政さんあたりブチ切れて「時間の無駄だ！」とか言いそうで怖いし。

ただちょっと気になったのが、笹一弁護士のことだった。本当は、彼に遺言書について聞くのを優先させたかったんだよな……でもこの二人、待っててくれそうにないし。

どうしようかと少しだけ躊躇《ちゅうちょ》して、僕は結局、決断した。

「じゃあ、お言葉に甘えてご一緒させてください。僕らも気になりますから、パソコンの中……ね、古陶里」

「ああ。そうだな」

こくりと頷く古陶里の姿に頷くと、久保田女史はノートパソコンを改めて胸の中に抱え直し、ゆっくりと書斎のドアノブを回した。

重々しい木製の扉は静かに書斎の内側へと開いていき……、そうして、僕らはぽかんとした。そこには先客がいたのだ。

「あら？　笹一弁護士、戻って来られた……」

声を掛けようとした久保田女史が、すぐに異変に気付いて息を呑《の》む。

書斎の椅子《いす》にだらしなく腰掛け、僕らの足下、床を睨《にら》み付けるようにして俯《うつむ》く笹一弁護士の瞳《ひとみ》には、光がなかった。

呆然《ぼうぜん》とする僕らの目の前で、やがて、笹一弁護士の髪と額の間からふつふつと赤いものがあふれ出し、彼の顔を縁取るように、幾筋もの糸になって流れ落ちた。

第三章　呪いの系譜

1

その光景は、ゆっくりと僕らの意識を覚醒《かくせい》させた。

最初は何が起きているのか理解できず、部屋の入り口から動けなくて。でも、笹一弁護士の額から流れ落ちる鮮血と、人形のように色を失ったその目を見た途端、久保田女史がさっと彼に駆け寄った。

「笹一弁護士？　どうなさったんですか？　ちょっと！」

「……よせ。脈がない。多分、死んでいる」

あくまで冷静さを失わない古陶里も続いて歩み寄り、だらんと力を失って身体《からだ》の真横で揺れている笹一弁護士の手を取るなり、呟《つぶや》いた。僕と紫宝くんも一拍遅れて近付く。

「古陶里、死んでるって……ほんとに？　気を失ってるとかじゃなくて？」

「脈がないと言っただろう。それに瞳孔《どうこう》も開いている。息もしていないな」

あっさり答えた古陶里に、そんな、と久保田女史と紫宝くんが呻《うめ》くように言った。

「どうして……さっき書斎を出て行ったはずなのに」

「そう、ですよ。その後は私と紫宝くんとでここにいて、やっぱり笹一弁護士はいらっしゃいませんでしたし」

「久保田さんと紫宝くんがノートパソコンを取りに出た間に、戻って来られたんですね」

触れることも、まじまじとその姿を凝視することも出来ず、視線を外しながら僕が言うと、

「或《あ》いは、犯人が彼をここに連れてきたのか」

……古陶里の声に、皆が一斉に言葉を失った。

やがて紫宝くんが立ち上がり、笹一弁護士の遺体のすぐそば、書斎机の上にあった電話の受話器を持ち上げた。手早く番号を押し、少しの間をおいて「姉さん、ちょっと書斎に来て。紅玉姉さんも一緒に」と低い声で告げたところを見ると、どうやら内線を使ってお姉さん二人を呼び出したらしい。

もしそうなら、新政さんも呼ばないと……と妙に冷静な頭で考えていると、やがて部屋の向こうから「どうしたの、紫宝?」という声が聞こえて、白珠さんと、暗い表情のままの紅玉さんが現れた。

「紅玉姉さんも連れて来て、ってどういうこと?　ここで何か……」

「いやああああ!」

白珠さんが言い終えるより先に。その後ろにいた紅玉さんが、僕らが取り囲む笹一弁護士の姿に気付き……そして、甲高い悲鳴を上げた。

「な、何ですのお姉さま……え、笹一弁護士……？」

姉の過敏な反応にビクッとしたものの。すぐに白珠さんも状況に気付き、さっと顔色を変える。

「うそ……まさか、こんな……」

「姉さん、呼び出してごめん。でも知らせておかなきゃと思って」

「一体、誰が」

呟き、白珠さんの人形めいた綺麗《きれい》な顔立ちに、疑念と恐怖、そして怒りが浮かんだ。その視線は真《ま》っ直《す》ぐ僕に向かっている。

「まさか、貴方《あなた》が」

「ぼ、僕じゃありませんよ！　確かに笹一弁護士とはさっきまでここにいましたけど」

あれ、デジャヴ？　と思いながら慌《あわ》てて言ったら、久保田女史と紫宝くんが「え」と僕を振り返った。

「そうだったんですか？」

「ええ、でもその後で二人が笹一弁護士と会ってたんですよね？　僕は書斎を出た後、部屋に戻って古陶里と新政さんと話していたので」

「確かに真白さんの言う通り、僕と久保田さんがここに来た時には、笹一弁護士はまだこの部屋にいました。その後すぐに出て行って……僕らも別の部屋に移動したんだけど、戻ったら、こんなことに」

「まさか、まさか、そんな、し……」

青ざめた紅玉さんが、取り乱して何かを叫ぼうとする。それに白珠さんが引き攣《つ》った顔で「お姉さま！」と声を上げて、

「おやめください、いちいち動揺するのは！　そんな態度ばかり取られたら、私も混乱してしまいます！」

「だって……どうして、どうして笹一弁護士まで……！」

「おい、何の騒ぎだ、一体」

その時、紅玉さんの悲鳴を聞きつけたんだろう。新政さんもようやく部屋にやってきた。

「……なんだよ、どうなってるんだ、これは」

「新政さん！」

ちょうど良かった。呼ばなくちゃと思ってたんだ、とどこか麻痺《まひ》したみたいな頭の片隅で考えて、僕はふらふら書斎の扉口に近づいた。

「あの、笹一弁護士が亡《な》くなって……」

「は？」

怪訝《けげん》な顔で、新政さんが僕を避《よ》けるようにして奥に座る笹一弁護士を見る。しばし固まり、それから遺体のそばに歩み寄ると、久保田女史と古陶里を押しのけるようにして、変

わり果てたその姿をまじまじと見つめた。

「……おいおい……さっき警官の死体を見つけたところだぞ。次は弁護士先生か？」

「多分、背後から頭を殴られたんですね。額から血が流れていますが、これは俯《うつむ》いていた為《ため》、後頭部の傷から伝ってきたものみたいです」

久保田女史が探偵みたいなことを言い出して、そうしたら、古陶里が冷ややかに呟いた。

「撲殺《ぼくさつ》だとしたら、凶器は室内にあるか、犯人が持ち去ったかだが」

「おい、これじゃないか？」

すると、新政さんが何かに気付いたように机の角を指差す。

「血痕《けっこん》があるが」

「……本当だ。え、転んでぶつけたってこと？」

笹一弁護士の座る書斎机の角には、確かに血がついていた。果たして本人の物か確認する術《すべ》も器具もないけれど、他に怪我《けが》をしている人がいない限り、これは笹一弁護士の物だろう。

だとしたら……と思いつき、僕はほっと溜《た》め息《いき》をつく。

「つまりこれ、事故ってことですね」

いや、もちろん事故でも人が亡くなった事実に変わりはないし、これで安心するとか人としてどうかと思うんだけど。

駄目だな、僕、何か人の生き死にに関しての感覚がおかしくなってる。

それでも三度目の殺人事件が起きたって言うよりはマシだ。そう思った僕は、途端に「バカかお前は」と古陶里に突っ込まれた。

「転んで頭を打ったなら、床に転がってるはずだろう。それなのに椅子《いす》に座ってるのは何故《なぜ》だ？　不自然すぎる」

「確かに……机に背を向けて立った状態で後ろに転ぶ、というのも変ですよね。仮に事故だとしても、誰かが関わってるって気はします」

紫宝くんにまで反論されて、僕はうっと言葉に詰まる。

「でも、誰が？　この部屋にはさっきまで久保田さんと紫宝くんがいて、ほんの少し席を外していた間に事件が起きたんだよ？」

「そもそも笹一弁護士は一度、書斎を出て行ったんです。なのにどうして戻ってきたんでしょう。そして犯人は、私と紫宝くんが戻るまでの短時間でどうやってここに」

「まるで笹一弁護士を見張っていて、一人になるタイミングを見計らっていた、とでも言いたくなるような状況だな。もしかしたら、犯人と笹一弁護士が一緒に書斎に来ただけのことかも知れないが……」

それでも。どうして、何故、書斎なのか？

多分それは、全員の胸に浮かんだ疑問だったと思う。

今現在、屋敷にいるのは亡くなった笹一弁護士を除いて七人。僕、古陶里、新政さん、久保田女史、紫宝くん、それから白珠さんに紅玉さん。

そして、僕らはさっきまで固まって行動していたから、広い屋敷の中にはたくさんの「死角」があった。空いている部屋も沢山あるし、もしこれが殺人なのだとしたら、人が来ないであろう場所を選択することはいくらでも出来たのだ。

それなのにわざわざ、久保田女史と紫宝くんが一時的に席を外し、すぐに戻ってくるであろう書斎で事件が起きた。何でだ？

……或いは。やっぱりこれは単なる事故で、一度は久保田女史の「パソコンを調べる」という行為に呆《あき》れて退室した笹一弁護士が、考えを変え、協力するために戻ってきた……のか？　いやいや笹一弁護士の生真面目そうな雰囲気から察すると、逆に、もっと強く久保田女史達を止めるために書斎に来て、そこで何かが起きて亡くなった……って言う方が現実的か。

「あの……やっぱり事故ってことはないですかね。新政さんや古陶里の言う通り、後ろ向きにこけたり、椅子に座ってるのは確かに不自然だけど……人が後ろ向きにひっくり返る可能性はゼロじゃないし、もしかしたら机の角に頭をぶつけた直後は生きていて、その後、ふらふらするから椅子に座り直したってことも」

恐る恐る僕が言うと、あっ、と誰かが声を上げた。見れば久保田女史と紫宝くんが、感心したように僕を見ている。おお……ここに来て初めて否定されなかったぞ。

そう思って新政さんと古陶里を見たら、何と二人は自分が持っているスマホで、笹一弁護士とその周りの様子の写真を撮っていた。

あれ？　もしかして僕の推理、聞いてなかった？

「あの、古陶里、僕いま大事な話を……」

「ああ聞いていた。確かにその推理にも一理あるが、だとしたら衣類が乱れている理由は何だろう」

え？　乱れてる？

その言葉にびっくりして、スマホを片手にした古陶里が指差す方を見ると、確かに笹一弁護士のスーツは不自然に乱れていた。

何というか、強引にジャケットの胸元を真横に開いてはだけさせている、っていうか……あれ。

「もしかして……そこ、何か入ってた？」

「ああ。スーツの内ポケットから、何かを取り出した可能性もあるな」

「ちょっと待って。もしかしてそれ、遺言書じゃないの!?」

叫ぶように言ったのは、さっきパニックを起こしていた紅玉さんだ。

「言ってたわよね、笹一弁護士、おばさまの遺言書を持ってるって。警官が来たらその立ち会いのもと、内容を発表するとか何とか……」

ああ……そうだ。僕はそれを確かめるために笹一弁護士を探していたのに、すっかり忘れてしまっていた。

笹一弁護士だって話してくれてたじゃないか。

『恐らく遺言書には、皆さんが思うほどの力はない。ですが大切なのはそこに込められた神楽氏の意思です』

神楽さんの意思。それが何なのかは分からないままだけど、遺言書には今後の事件解決につながる何かがあるのかも知れない。そんな、重要なものなのだ。

「だが、実際にそうと決まったわけじゃないだろう。もしかしたら遺言書を部屋に置いてきたって可能性もある……と俺は思うが」

「新政さんのお言葉はごもっともですけれど、それなら確認に行くべきですわね、今すぐに。部屋や持ち物の中になければ、遺言書は犯人に持ち去られた、そのために笹一弁護士は殺されたと判断しても良いんじゃありません？」

「確かに確認は必要ですけど、大丈夫でしょうか。もしこの中に犯人がいて、遺言書を盗もうとしているのだとしたら……部屋を探しているふりをして、見つけた遺言書を懐《ふところ》に仕舞い込む、なんて真似《まね》も」

「じゃあどうするんだ！　探しもしないで『犯人が盗んだ』って決めつけるのか？」

白珠さんに久保田女史、それに新政さんまで。

喧々囂々《けんけんごうごう》と言い争いを始めた三人をよそに、まだ弁護士の遺体を見ている古陶里に気付いた僕は、そっと書斎机に近づいた。古陶里に声をかけて、何か見つけたの？　って聞くつもりだったんだ。

だけど。

その前に、僕はそれに気付いた。気付いて、しまった。

本棚の下、書斎机から少し離れた場所に、一冊の本が落ちていたのだ。見ればそれは、さっき笹一弁護士が見せてくれた革表紙の本『深淵《しんえん》の悪魔』で。

笹一弁護士がぶつかった時に机から落ちたのか、いや、でも確かにさっき、本棚に戻すところを見たような……と思いながらそれを拾い上げた僕は、ページの間から、何か白いものが覗《のぞ》いているのを見た。

落ちた衝撃で、しおりがはみ出したのか？

と思ったんだけど、違った。それは折り畳まれた二枚の薄い便箋《びんせん》で、開くと、何か走り書きのような文字がびっしりと書き込まれていたのだ。

そこに書かれていた言葉の羅列は……、

「真白？」


古陶里の声が聞こえて、僕ははっとした。

手にしていた便箋を本の間に戻し、慌てて彼女に視線を戻す。

「どうした、真白。その本、何かあったのか？」

「いや……ここに落ちてたから、なんでかな、と思って」

そう言って、僕は本棚に本を戻すと、古陶里の真横に立った。

僕をじっと見つめる「誰か」の視線に、最後まで気付かぬまま。

2

結局、笹一弁護士の遺体からは「遺言書」は見つからなかった。

僕らはその場にいた全員で話し合い、一旦《いったん》、笹一弁護士の遺体を他の遺体と同じように倉庫の冷蔵庫の中に運び入れた後（さすがに三体ともなると、狭くなってきた）、彼の部屋を捜索したものの、そこにもやっぱりそれらしきものはなくて。

勿論《もちろん》、笹一弁護士が念のためを考え、どこかに隠したって可能性もある。それでも、とりあえずは「遺言書は消えた」と判断して、僕らは状況を整理するためにも一旦応接室に移動することにした。

その間、書斎は無防備な状態になっていたものの、こればかりは仕方ない。できれば部屋に鍵《かぎ》をかけたいところだけど、この屋敷の中には、最初に僕が目覚めたあの部屋を除いて鍵のついた部屋がひとつもないと笹一弁護士が言っていた。つまりは書斎も、原始的に戸板を打ち付ける、みたいな方法を取らない限りは開放されたままってことになる。

刑事ドラマならこんな時、黄色いテープ……なんだっけ、封鎖、みたいな感じのやつを出入り口に張り巡らせて見張りを立てるんだろうけど、そんなことする余裕もなければ人手も足りない。実際、神楽さんの時も部屋の鍵が壊れたせいで（っていうか新政さんが壊した、が正しいな）、現場保存とは名ばかりの、実際には自由に出入りできる状態になっていたし、僕らも何度か中に入っている。

つまりは犯人が隠蔽《いんぺい》工作しても分からない状況で……でも、昨日は僕が犯人だと思われていたから、僕のいる部屋に見張りをつければ何とかなると思われていたし、昨日の段階では、それで十分なはずだったんだ。

まさか半日もしないうちに、状況が一変するとは思いもしなかったな……。

結局、僕らは昨日と同じように、何の成果も得られないまま応接兼居間に集まるしかなくて。そこで各々《おのおの》頭を悩ませながら顔を見合わせてたんだけど、

「で、これからどうする？」

新政さんが真っ先にそう切り出して、空気を変えてくれた。

「嵐《あらし》はまだまだおさまりそうもない、犯人の目星もついてないって状況で、また死体がひとつ増えちまったが」

「……やめてよ、そんな言い方。人を物みたいに」

相変わらず覇気のない声で言ったのは紅玉さんだ。昨日までの、状況を楽しんですらいた彼女の明るさ、みたいなものはすっかり鳴りを潜めていて、何というか、大丈夫かなって心配になるくらい憔悴《しょうすい》している。

「大体、犯人の目星って、貴方今朝までは真白クンが犯人だって決めつけてたくせに」

「そりゃそうだが、警官殺しの件はこいつには難しそうだからな。だとしたら弁護士先生

を殺した犯人だって誰だか分かりゃしないだろう」

「そうでしょうか。桃川さんのことはともかくとして、笹一弁護士を殺した目的ははっきりしていますし、だとしたらやっぱり真白さんが怪しいんじゃありませんの？」

その時、それまで黙っていた白珠さんが、ひどく冷ややかな声で言った。

「笹一弁護士の衣類や持ち物からは、神楽おばさまの遺言書が見つからなかった。とすれば犯人は遺言書を手に入れるために笹一弁護士を殺した……ということでしょう。他に理由がありませんもの。つまり犯人は遺言書が公表されると困る人物、ということになりますわね？」

「……そんな人はいないよ、白珠姉さん」

意外にも、その言葉に反論したのは弟の紫宝くんだった。

「だって遺言書に書かれていることなんて限られてるでしょう？　笹一弁護士も言ってたもの、おばさまは三親等外の親族に相続させるつもりはなくて、だから唯一《ゆいいつ》の相続人は真白さんだって……もし真白さんが相続しない場合は全部、慈善団体に寄付する、そういうことだったよね？」

びっくりするくらい、紫宝くんは落ち着いていた。当事者の僕ですら忘れていたことまで記憶してるし、ここに集う誰よりもしっかりしてる。

と感心していたら、思いがけない弟の反論に傷ついたのか、白珠さんがちょっとだけ眼差しをきつくして僕を睨《にら》みつけた。

「確かにそうね、紫宝の言う通りだわ。このままいけば、おばさまの唯一の親族である秋津真白だけが遺産相続人となる。だけどもし、それとは異なる言葉が遺言書に記されていたとしたら？」

「異なる言葉……？」

それが何を意味するのか、僕にはしばらく理解できなかった。こんな時、僕の頭はいつだって鈍くてまともに働かない。

だけど他の皆は違ったらしい。急に古陶里が不機嫌そうな表情になり、まるで僕を庇《かば》うように隣に立った。

「随分と遠回しな物言いだな。そこまで匂《にお》わせるなら、いっそのことハッキリ言えばいいだろう。例えば遺言書に、相続人である真白が遺産を相続できなくなるような言葉が書かれていたとしたら……とな」

「え……僕、相続人から外されてたかも知れないの？」

思わず言った。そこまで説明されて、やっと理解できたのだ。

でも確かに、笹一弁護士の思わせぶりな話を思い返すと、ありえなくもない話だ。実際僕も「もしかしたら」って思ったし。

「仮定の話だぞ、真白。そんな証拠はどこにもない」

「うん……だけど、それがもし本当なら、白珠さんの言う通り、僕には遺言書が邪魔だった筈《はず》だし……なぁんだ、言われるまで気付かなかった……ホントにそうだ……」

「ちょっと、何を呑気《のんき》なこと言ってるのよ。妹の話を鵜呑《うの》みにするつもり？　このままだと貴方、また犯人だって思われるのよ」

せっかく古陶里がフォローしてくれてるのに、僕があんまり他人事《ひとごと》みたいにぼんやり呟いたせいだろうか。何故か紅玉さんが、庇うようにそう言ってくれた。

「とにかく、そんなんじゃないってハッキリ言いなさい。貴方も貴方よ、そんなふうに否定も肯定もしないでふらふらされたら、私達だってどうしようもないじゃないの」

「あ……え、と、はい、すみません。とりあえず今回の件に関して言えば、僕は絶対に犯人じゃない、です。記憶喪失になる前のことはともかくとして、今回はさすがに分かります、僕は笹一弁護士を殺してない。そもそも遺産の為に人を殺すなんてこと……」

語尾が弱くなったけど、多分、そのはずだ。少なくとも「今の僕」は、そこまで遺産に執着していない。

二十億云々《うんぬん》はさておき、このお屋敷を見ても、ベストセラー作家だったことを考えても、きっと神楽さんは僕が思ってる以上にお金持ちなんだろう。だけどいきなりそれを相続できるって言われても困るし、第一……笹一弁護士を殺してまで、なんて。

そう思った途端に背筋がゾクリとして、僕はひゅっと息を詰めた。

さっきまで生きていて、ほんの数時間前まで直接話をしていたあの笹一弁護士が死んでいた光景と……そこに、風雨にさらされた警官の遺体と、神楽さんのぱっかりと目を見開いたままの青白い死に顔が重なって。

……僕は、犯人じゃない。そのはずだ。

だけど……だけど、記憶を失った以上、すべてを否定することは出来ない。一体何がどうなっているのか、どうしてどんどん人が殺されていくのかは理解できないし、そもそもこんなのタチの悪いドラマか小説みたいで、現実に起きてるなんて冗談じゃないって思うし。

そこまで考えた時、不意に僕の脳裏に、懐《なつ》かしい、ぼやけた映像のようなものが甦《よみがえ》ってきた。

『……別に、住む場所が変わっても変わらないだろう。私たちは』

『あははは、そうだね。古陶里らしくていいな、そういうとこ……』

星が降るような、凍える夜の空気の中で。

白い息を吐きながら、でも、心だけはぽかぽか暖かだった……そんな夜の、懐かしい、時間。

不思議と切なく、胸がじわりとする光景だった。広々とした公園にあるジャングルジムの上に腰掛けて、あるいは寝転がって。僕らはそんなくだらない話をしていた。気心の知れた友達と。

……あれ？

何だ、これ。こんなの知らない。知らない筈なのに……。

「そういえば秋津くん、さっきまで笹一弁護士と一緒だったんですよね。この書斎でお話しされてたって」

　重なるイメージに聞こえてくる声。目の前の景色が渦を巻き始め、形を失っていく中に飲み込まれそうになって、くらりと足がふらついた時、不意に場違いなくらい明るい久保田女史の声が聞こえた。

　途端に僕の意識が鮮明になる。脳裏を支配した記憶の断片は、いつの間にか綺麗さっぱり消え失《う》せていた。

「私と紫宝くんは、その後で書斎に来て、笹一弁護士とお話をしたんですが……秋津くんは書斎を出た後、部屋にずっといたんですよね？」

「ああ、そうだ。俺も一緒だったから証人になるぞ。仮にこいつの後に弁護士先生と会った人間がいないってなら、書斎で殺して部屋に戻った可能性もあるんだろうが」

　揶揄《やゆ》するように言う新政さんに「それなら」と食い気味に言ったのは紫宝くんだ。

「僕と久保田さんが笹一弁護士と会ってますから、真白さんは犯人じゃないはずです」

「……こうなると、怪しいのは誰になるんですかねぇ」

　しみじみ言う久保田女史に、僕らは思わず顔を見合わせた。

　僕、古陶里、新政さん、久保田女史、紅玉さんに白珠さんに紫宝くんの大島姉弟たち。この中に、確実に人を殺《あや》めた犯人がいる。一人かもしれないし、共犯かもしれない。

　そんな思いにとらわれながら、僕らは少しの間、何も言えなかった。とにかく、何だかあまりにも色んなことが起こりすぎて、混乱している。

数時間前、桃川警官の遺体を見つけて屋敷に運び込んだ時、ここには僕らに加えて笹一弁護士の姿もあったのだ。それが、今では……。

(もしかしたら、今度皆で集まるときには、また誰か消えているかもしれない)

誰が犯人なのか、誰が次の犠牲者なのか。

ぞっとするような想像に、沈黙がますます重苦しく広がってゆく。窓の外で猛威を振う嵐の音も、がたんごとんと固く響いていて。

誰もが言葉を失って立ち尽くす中、やがて紅玉さんが、覇気のない声でぽつりと言った。

「……とりあえず、食事にしない？　今日は皆、まともにお昼を食べてないんだし……少し早いけど、準備するわ」

言葉にようやく、僕は自分が随分と空腹であることに気付く。

見れば応接室の時計は、午後四時を指していた。

3

正直、とても食事って気分にはなれなかった。確かにお腹《なか》はすいてるけど、頭の中がぐしゃぐしゃで思考がまとまらないし、とにかく今は部屋に戻りたい。それが無理なら一人になりたかった。

だけど紅玉さんが「何かしていれば気がまぎれるから」と全員分の食事の支度を始めた

ので、タイミングを逃した僕は、皆と一緒に隣の居間に移動することになったんだ。

恐らく、皆もそんな感じだったんじゃないだろうか。その場にいた全員が「胃がきりきりして食欲もない」みたいな顔をして、脱力したまま席についたら、数分後に出てきたのが刻んだ紫蘇《しそ》と赤いジュレみたいなのがちょこんとのったピラフだった。紅玉さんの説明によると、この料理には「梅しそピラフ」という名前がついているらしい。

「作るの簡単なのよ、これ。紫宝も好きよね」

外見からは予想できない、と今朝も思ったけど、今回もやっぱり手慣れた様子で食卓の準備と料理を済ませた紅玉さんは、そう言って食事を勧めてくれた。

だけど。

「……毒が入ってるんじゃないか？　そもそも、誰が犯人かわからない状況で、手作りの料理を出されてもな」

せっかく和みかけた空気の中、そんな心無い言葉を浴びせたのは、新政さんだった。

「やっぱり俺はいい。明日の朝まで部屋にこもる」

「……私も、殺人犯がいるかもしれない場所で食事したくはありませんわ。自室でいただきます」

白珠さんまでそんなことを言い出して、僕らは思わず顔を見合わせた。

すると紅玉さんは力なく首を振り、

「好きになさい。私はここで食べるわ」

「じゃあ私もそうします」

「私もそうしよう。真白も一緒に」

「ああ……うん」

久保田さんと古陶里、それから僕が続いて頷《うなず》くと、紫宝くんもそれに加わろうとして……すぐに白珠さんに睨まれ、申し訳なさそうにピラフを手に出て行った。

残ったのは、僕、古陶里、紅玉さんと久保田さんの四人だけとなった。

「ふふ、真白クン、女の子に囲まれて食事だなんて幸せ者ね」

がらんとあいた十席分の食卓にそれぞれ座り、全員が溜め息交じりで手を合わせた時、紅玉さんがからかうようにそう言った。

てっきり彼女は落ち込んでるものだとばかり思っていたから、びっくりしてその顔を見ると、目の下が落ちくぼんで暗く陰っている。

ああ、そうか。こんな状況で元気なはずがない。多分、場の空気を明るくしようと無理してくれてるんだ、とようやく気付いた。

「あの……有難うございます、食事」

「いいのよ。言ったでしょ、今は手を動かしてなきゃどうにかなっちゃいそうなんだって」

「私もさすがにちょっと……さっきまでお話ししていた笹一弁護士が、まさかあんな……」

しおらしい様子で久保田さんも頷いたけど、この人はどこかあっけらかんとしているし、色々と怪しいところがあるから何とも言えない。

「それにしても分からないな。犯人は一体、何をしたいんだ」

「古陶里、食事中はやめようよ、そういう話」

「食事中だろうが何だろうが、頭を働かせることくらいはできるぞ。それに、真相究明は亡くなった笹一弁護士のためでもある。起きてしまった事を忌避して怯《おび》えるばかりでは、いつまでたっても真相は藪《やぶ》の中だ」

「だから、そういう事を言ってるんじゃなくて」

「……遺言書、本当になくなったんでしょうか」

さすがに無神経すぎる古陶里の言葉に声を上げたら、今度は久保田さんが美味《おい》しそうに食べていた食事の手を止め、そんなことをのたまった。

「ねえ、だって不思議じゃないですか？　赤江先生が亡くなり、その事件の一報を受けた警官が亡くなり、今度は遺言書を持つ笹一弁護士が亡くなった……普通に考えたらこれ、相続争いにありがちなパターンですけど、今回の相続人は唯一の親族である秋津くんだけ、ですよね？　つまりは争う必要なんてなかった筈なのに」

「争う必要が……ない？」

「ええ。相続人が複数いるなら分かりますけどね、何をどうしたって秋津くん以外の人間は遺産を相続できない。それこそ秋津くんを殺したって……三親等の親族がいない場合は全額寄付ってお話でしたし、犯人にはお金が一銭も入らないわけですよ。

　それなのに現実には、殺人事件が起きてしまった。しかも警官まで殺されてる。これは犯人に相応の目的か理由でもないと有り得ない展開ですよ、ね、皆さんもそう思いませんか？」

「たまたま、という可能性もあるぞ。犯人に殺意はなかったが、偶然、相手が亡くなった。あるいは犯人は単独犯ではない」

「それってこのお屋敷にいる誰かが手を組んでるってことですか？　うーん、あり得なくもないですけど、それを言うなら屋敷にいる誰かと集落側の人間が手を組んでた、って可能性も……」

「ちょっと、いい加減にしてくださいよ、二人とも！」

　我慢の限界だ。僕は思わずその場に立ち上がり、古陶里と久保田さんを怒鳴りつけた。

「空気読んでください、誰もが貴方達みたいに冷静ってわけじゃないんだから！　それに紅玉さんに失礼じゃないですか、せっかく夕食作ってくれたのにこんな」

「いいのよ、真白クン」

　だけど。滅多になく憤《いきどお》る僕に何を感じたのか、それまで黙って二人の話を聞いていた紅玉さんが、なだめるように静かな声で言った。

「古陶里ちゃんの言う通りだわ。話題を避けたって状況は変わらない、それどころか被害者が増える可能性だってある……犯人の目的が分からない以上、少しでも早く状況を把握しておかなきゃ、自衛だってできないもの。だとしたら、話し合うことは間違いじゃない」

「……だけど」

「あ！ でもですよ、もし仮に笹一弁護士殺害の理由が遺言書にあるとしたら、犯人の目的は遺産じゃなく、他の何かかもしれませんね！」

いたたまれなくなって俯く僕に、いきなり、まるで悦に入ったように瞳《ひとみ》を輝かせた久保田さんが、びっくりするようなタイミングで口を挟んできた。

おい、マジかよ。この人の空気の読めなさ異常じゃない？ 僕と紅玉さんの台詞《せりふ》、聞こえてなかったのか？

さすがにドン引きしながら久保田さんを見ると、彼女はスプーンを軽く指で弾《はじ》きながら、例えば……と続けた。

「こんなのはどうでしょう。犯人の目当ては先生の原稿だった、とか。熱烈なファンが、先生の断筆宣言を聞いた時の気持ちを考えたら……」

「書き続けてください、と思うだろうな。殺せば新作は二度と出ないわけだから、本末転倒だ」

「あー、成程、あっても『ミザリー』的な展開ですよね。殺しはしないか……それなら先生の未公開作品目当て、とかどうですか？」

「金銭目当てで盗もうとした、と？」

「はい。これなら遺産相続と違って、うまくすれば誰もが大金を得ることが出来ますよ。

あ、いやいや、やっぱり駄目か。先生の名前なしで発表したって、それがどんな名作であろうと大した額にはならない……ん、コレクターに売るっていう手もありますかね？」

「呪《のろ》い、というのはどうだ」

僕も紅玉さんも、二人の推理の応酬に言葉もない。だけどその流れを自ら断ち切るように、不意に古陶里がぽつりと言った。

「赤江家の呪い……犯人は何かを得ようとしたのではなく、失うのが恐ろしくて、罪を犯した。呪詛《じゅそ》によって命を奪われる赤江神楽のように、このままでは困ったことになる……そう考えた者がいたとしたら？」

僕らは、ほとんど同時に古陶里を見た。言葉の意味が良く分からない。

「何だよそれ。呪いが怖くて、状況を変えるために人を殺した？　話がまったくつながってないって……そもそも人を殺さないと何かを失うって発想がめちゃくちゃじゃないか。逆でしょ、普通は人を殺した瞬間に色んなものを失うんじゃないの？」

「いえいえ、そうとは限りませんよ。私は分かりますもん、古陶里さんの言いたいこと。つまり……何かをネタに脅迫され、すべてを奪われようとした人間が脅迫犯を殺した、みたいなパターンですよね？」

何故か古陶里の代わりに答えた久保田さんの台詞に、僕はゾクッとした。

脅迫。

そういえば、この屋敷には僕を脅す何者かが存在していたのだ。それを教えてくれた古陶里の言葉を、今更ながらに思い出す。

それは物凄《ものすご》く不気味な符合だった。まさかこの人、僕の事を知ってて言ってんのか？

いや、たまたまだよな。思いついた例えが偶然、僕の状況と重なっただけで。

「あれ？　秋津くん、どうしました？　顔色が悪いですよ」

「……いえ、何でも……」

「ホントですか？」

何故かクスクス笑いながら言う久保田女史に、ますます背筋が冷たくなる。

……何だろう。最初は庇ってくれたりして好印象だったのに、時間が経《た》てばたつほど久保田さんの事が苦手になってくるな……。

すると久保田さんの話に、今度は紅玉さんが「でも」と口を開いた。

「たとえ話は分かるけど、それ、今の状況には当てはまらないわよ。だって呪いによって何かを失うのは赤江家の人間だけ、つまりは真白クンただ一人なんだから」

「呪いと言うのは水面に投じた一石のようなものだ。仮に直接の呪詛を受けるのが一人だとしても、その波紋は必ず周囲にも広がっていく」

「おい、古陶里まで、やめてくれよ……そういうの……」

「だが、事実だ」

冷ややかな、感情が欠落したような声に、またしても僕は唇を引き結ぶ。まるで古陶里の言葉そのものが呪詛であるように、それはいやに暗くくぐもった声で僕の耳に響いたから。

呪詛。赤江家に、つまりは僕にもかけられた呪い。

それが周りにまで影響するなんて……いや、確かに赤江神楽の死の遠因が「不気味な死を遂げる」という呪いによるものだったのだとしたら、桃川警官と笹一弁護士は、それに巻き込まれたっていう見方も出来るよな。

だけど、それは結果論であって、事前に「赤江家の呪いのせいで自分まで不幸になる」なんて、予測できるものなんだろうか？

「そういえば、大島家は赤江家の遠戚《えんせき》ですよね。呪いの影響を受けて何か困ることはありませんか？」

「ないわよ。しいて言うならおばさまが亡くなったら紫宝が悲しむくらい、あの子、神楽おばさまには相当なついてたから」

久保田さんの言葉に、紅玉さんが不機嫌そうに答える。

「それに、おばさまは呪いのせいで周りに迷惑をかけないようにって考えたから、こんな離れた場所に一人で暮らしてたのよ。うちだけじゃなく、集落の皆のことも考えてね」

「……ですよね。先生もそう仰《おつしや》ってましたし……すみません、私、調子に乗って話しすぎました。でも、だとしたら一体……」

「あの……紫宝くん、そんなに神楽さんのこと、好きだったんですか？」

久保田女史の言葉を断ち切るようにして言った僕に、紅玉さんがびくりと反応する。強引に話を引き戻してしまったと気付いたのはその時だった。

しまった。今の、変なタイミングだったよな……。

でも、どうしても気になったんだ。実際には僕、今朝その話を紫宝くんから直接聞いていたのに、時間切れで詳細について教えてもらえなかったし、紅玉さんなら間近で見てきて詳しい筈だから。

すると紅玉さんは、何故か少しだけ躊躇《ためら》うように俯き、すぐにスプーンを置いて深々と溜《つ》め息を吐いた。

「……紫宝はね、大島家の跡取り息子として、小さな頃からずっと厳しくしつけられてきたの。だから息抜きさせてくれるおばさまの存在が救いだったのね。初めて赤江邸に遊びに来た六つの頃から、おばさまの後を追いかけて回るような子だった。おばさまは困ってたけど」

「困ってた？」

「今、古陶里ちゃんが言ったみたいに、自分に深く関わることで紫宝にまで呪詛の影響があるんじゃないかって恐れていたのよ。おばさまも、紫宝のことは可愛《かわい》がっていたから」

言って、紅玉さんが俯いた。

「赤江家の人間には、成人する前に亡くなった人が大勢いる。万が一のことを、おばさまも考えたんでしょうね」

「……そういえば……赤江の人たちって、皆さん、どんなふうに亡くなったんですか？」

呪いとか早逝だとか。そんな意味深なことばかり聞いている癖に、実際のところを僕は何も知らないんだ、と今更ながらに気付く。

自分にも関係することなのに、僕には知らないことが多すぎる。

本来の僕ならきっと知っていたこと、忘れているだけのことなんだとは思う。でも今は何よりそれが知りたい。

「呪いで皆死ぬ、って言われてる訳ですし、やっぱり不自然な死に方とか、そういうのが続いたってことですよね」

「まあ、そうね。例えばおばさまの祖父母は、弟夫婦とトラブルを起こして殺されたと聞いているわ。このお屋敷で同居していたそうなんだけど、食事の席で突然激昂《げっこう》したどちらかがどちらかを殺したとか……最終的にはそれぞれの子供を残して、四人全員亡くなったって」

「この屋敷……食事中って、まさか、ここ⁉」

ぞっとして腰を浮かせると、多分ね、と紅玉さんは溜め息をついた。

「その後、内装工事をしたって聞いたし、もしかしたら別の部屋かもしれないけどね」

「今更だぞ、真白。そもそもこのお屋敷では、赤江家の人間が大勢亡くなっているのだからな。あくまで噂《うわさ》の域を出ないが、屋敷の二階の窓から断崖《だんがい》絶壁に落ちて死んだ者、首を吊《つ》った者、屋敷の外で行方不明になって数年後に白骨死体で発見された者もいると聞く。金銭トラブルで刺殺された者もいたそうだが」

「こ、古陶里、詳しいね……」

「言っただろう。私は赤江島の呪いについて調べていたと。普通に事故死や病死した者もいるらしいから、全員が全員、不自然な死に方をしたわけではないのだろうがな」

いや……十分だと思う。それ。

かつての先祖が行っていたという、人間を使った蠱毒《こどく》。聞けば確かに祟《たた》られても仕方ないくらい酷《むご》いことしてたみたいで、でも、だからって今になってもそんな死に方しなくちゃいけないなんて、ほんとたまんないな。僕の一族。

「とにかく、不気味な死に方をした人が多いのは確かですよね。少なくとも『先祖代々の呪詛』と聞いて納得してしまうくらいには。あのリアリストで気丈な先生が気にしていたくらいですから」

「え、そうなんですか?」

「もちろんです。実際、先生のご両親もそれぞれ早逝してますからね……確かお母さまが自ら命を絶たれ、お父さまもお屋敷のベランダから落ちて……お二人とも、まだ二十代後半くらいだったそうですよ」

二十代後半。てことは、神楽さんがまだ子供だった頃、か。

「それは……悲惨ですね……」

「しかも、お二人とも先生の目の前で亡くなったと聞きました。だからこそ若い頃から自分なりに赤江の家について調べたり、この島のことも色々と探っていたみたいですよ。小説を書くようになったのも、実はそれがきっかけだったと伺いました」

「そう……なんだ……」

赤江神楽。唯一の身内であるという彼女のことを、僕は本当に何も知らない。覚えていない。

仮に記憶が残っていたとしても、遠く離れて暮らしていた親戚の事を、僕がそこまで詳しく知っていたとは思えない。

それでも、呪いを受けた一族として生まれ、どんどん家族が亡くなっていく中で。呪詛について調べずにはいられなかった彼女のことを、僕は初めてリアルな存在として感じ取れた気がした。

恐怖、否《いな》、畏怖ともいうべきもの。

自分自身の力ではどうしようもない何かが、大切な人たちや自分の命を奪う。それが最初から決まっている人生だなんて、おぞましいなんてものじゃない。そんな苦しみと共に神楽さんは生きてきた。向き合わざるを得なかった。それはどれだけの苦しみだったのだろうか、と思う。

……そして、その呪いの終着点は、他でもない僕自身で。

赤江家の生き残りである僕が、今やそのすべての業《ごう》を背負っている、ということか。

「呪いだなんて馬鹿《ばか》らしいと思うけど、さすがにここまで身内が亡くなると、笑い話じゃすまないわよね。おばさまが親戚を遠ざけたのって凄く……」

そこまで言って、紅玉さんが言葉に詰まる。だけど僕には何となく、その続きが理解できるような気がした。だって僕も同じことを考えたから。

神楽さんは多分、ものすごく強い人だ。自分がいずれは呪詛に苛《さいな》まれ、死んでしまうと信じていたのなら、きっととんでもなく怖くて恐ろしかったはずなのに……結果的には人を遠ざけ、巻き込まないよう、被害が広まらないように尽力した。追い詰められた時、自分以外の人間の事を考えられるなんて……それは強さ以外の何物でもないと思う。

……それにしても、と僕は場にそぐわぬ皮肉な笑みを浮かべそうになって、思わず唇を噛《か》む。これって、こんなのって、あんまりじゃないか。人に迷惑をかけないように自らを隔離し、身を潜めて怯えながら暮らす。そんなふうに、呪詛を受けた人間は孤独と恐怖に苦しめられ続けなければならないってことだもんな。

赤江家の先祖はそれを甘んじて引き受けることで呪詛を執り行ってきたみたいだけど、既に普通の暮らしをしている子孫からすれば、迷惑以外の何物でもない。先祖のしたことでとばっちりを受けて、誰とも共有できない、慰めも助けも得られない不幸を生まれながらに抱えなきゃいけなかったなんて、たまったもんじゃない……どんどん身内が死んでいく中、たった一人でその恐怖に耐えなきゃいけないなんて。

『だけど次は、僕の番』

……不意に耳元で囁《ささや》かれた気がして、僕は思わず立ち上がった。からん、という音と共に、食べ掛けのピラフのお皿の上にスプーンが落ちる。

「真白クン？　どうかした？」

「あ……え、っと……すみません。僕、ちょっと気分が」

嘘《うそ》じゃなかった。本当に、背筋が寒くて、喉《のど》の奥から何かがこみあげてくる。今にも嘔《おう》吐《と》しそうで、とてもじゃないけど食事を続けられる気がしなかった。

「僕、部屋に戻ります。先に」

「では私も戻ろう」

「いいよ、古陶里は。まだ食事の途中だし……」

「言ったはずだぞ。犯人がハッキリしない以上は、一人にならない方がいいのだと。実際、事件のうちふたつは皆のいる屋敷の中で起きている……真白だって危ないことに変わりはない」

「じゃあ、私たちも部屋に戻りましょうか。残りは自室でいただくことにして、それなら後々アリバイでもめることもありませんよね」

　久保田女史がそう言って立ち上がると、こちらも、あまり食の進んでいなかった紅玉さんが無言で頷いた。

　そうして、結局のところ僕らはほとんど食事らしい食事もできないまま、各自料理を持って解散、となったのだった。

4

「真白、大丈夫か？」

部屋に戻るなりベッドに倒れ込んだ僕の背に、古陶里の声が柔らかく降りかかる。

珍しく、いたわるような声だ。いつもは人形みたいに表情がないけど、もしかしたら、今は物凄く心配そうな顔をしてるのかも知れない。

だけど、今の僕にはそれを確認する術がない。何故なら眩暈《めまい》と吐き気に襲われ、枕《まくら》に顔をうずめたまま動けないから。

「……気持ち悪い……」

「無理もないな。記憶喪失に容疑者扱い、その上……こんな状況だ」

さっき食事していた時とは違い、古陶里は言葉を濁してくれた。多分、笹一弁護士のことを言いたかったんだと思う。

何しろ今回は突発的に遺体を見つけた、みたいな状況ではなく、僕は亡くなる直前まで彼と話をしていたのだ。これではさすがに参るのも無理はない、と言う古陶里の、声に出さない言葉が聞こえた気がした。

「食事の続きは無理そうだな。水でも飲むか？　確か冷蔵庫に」

「いや……炭酸が飲みたい……」

自分で言って驚いた。炭酸？　え、何で今？

なんて自分に突っ込みを入れるくらい無意識だったのに、何故かその言葉を口にした途端、たまらなく飲みたくなってきた。

するとと古陶里は安心したように「ふっ」と吐息して、

「乗り物酔いや風邪で気分が悪い時は、炭酸飲料水を飲めば治る。というのが口癖の真白らしい発言だな、それは」

「え、そうなの？」

「ああ、子供の頃からな。この部屋には水しかないが、下で冷蔵庫の中身を移動させた際に、パーティ用のドリンクが数種類あるのを見つけた。その中にあった炭酸飲料水を優先してキッチン側の冷蔵庫に移動させてある。それを今から取りに行くから、君はこの部屋から動くなよ」

ああ。そう言えば神楽さんの遺体を冷蔵庫に入れた時、古陶里が「炭酸飲料水がどうの」とか言ってたな。ようやく思い出したけど、あれ、そういう意味だったのか。

そんな古陶里の心遣いに感謝したいけど、残念ながら今は動きたくても動けない。そう思いながら手をひらひら振る僕に、やがて古陶里が静かに部屋を出て行く音がした。

途端に、どっと全身の力が抜ける。

ああ、駄目だ。本格的に吐きそう。

記憶を失っていること。呪いを受けた一族の最後の生き残りであること。自分が殺人犯かも知れないこと。……数日で何度も遺体を目にしたこと。それらを業務用冷蔵庫に運んだこと。そして、記憶を失《な》くす前に誰かに脅迫されていたことと、その犯人が今、同じ屋敷にいるらしいこと……加えて笹一弁護士まで亡くなった。こんな異常事態の連続に、僕は今、確かにかなりのダメージをくらっている。

だけど。

それだけじゃない。僕が本当に、眩暈を覚えるほど動揺したのは……。

カサッ。

その時、不意に部屋の扉口から小さな音が聞こえて、僕の意識が現実に引き戻された。

何だ？　今の音は。

分厚い壁で屋敷の外の物凄い暴風雨が遮断されているからこそ聞こえた、ってくらいの、本当に、ささやかな音だったけど。

古陶里が戻って来たのかな、と思った。ちょっと早すぎるけど、引き返してきたのかもしれない。

鉛のように重く感じられる身体に何とか力を入れると、僕は無理やり顔を上げ、古陶里を迎え入れようとした。だけど、部屋の扉の下、入ってすぐの床の上に、何か白いものが落ちているのを見て目をみはる。

途端に、ひゅっと息が詰まるような緊張に襲われた。

反射的に身を起こし、ベッドを下りる。まだくらりとしたものの、それよりも胃がねじ切れそうなほどの不安と焦燥感におされて、じっとなんてしていられなかった。

だって僕は、それが何なのか、無意識のうちに理解していたから。

屈《かが》んで拾い上げると、白いものの正体は、二つ折りにされた便箋だった。全部で二枚、重ねて畳んである。

さっきまではなかった、と思う。こんなものが落ちていたら、古陶里だって気付いた筈だ。だけど、だとしたら、一体……考えると恐ろしさが増して、僕は紙片を震える手で開き、そこにある、見覚えのある文字の羅列に息を呑んだ。

「笹一弁護士

前略
事情を知る貴方にだけは正直に伝えておくべきだと考え、この手紙を書いている。

あの恐ろしい知らせが届いた日の事を、私は未《いま》だにはっきりと思い出す。また一人、赤江の血を引く者が命を落とした日だ。

やはり赤江家の呪いは、島から離れても消えないものなのか。

島を出て、家族を持った彼女の事を不憫《ふびん》に思う。自ら赤江の家と縁を切り、外に幸せを求めた彼女ですら、島の血の呪いから逃れることができなかった。

罪とは、どれだけ突き放そうとしても必ず己の前に再び現れる。

それが分かっていたからこそ、私はその罪と向き合おうと決めた。

だが、すべてを受け入れたわけではない。私の罪の重さを彼は知らないし、今後それを伝えるつもりもないからだ。

恐らく彼は、私の唯一の肉親であり、赤江家の呪いを継いだ存在でもある。

家から離れることで、もしその呪いの輪から解き放たれるのであれば、私はこの命を懸けても彼を守りたいと思っていた。島の外から届いた死の知らせを聞くまでは。

それなのに、彼はすべてを知ってしまった。

私の行動に、彼は憤りを抱いている。

けれど認めてしまえば彼を呪詛に近づけることになるのだ。それだけはできない。

叶《かな》うのであれば、死という呪いのくびきから彼を隠してしまいたい。


彼を屋敷に招待することにした。

できれば説得したいと思う。だが、彼の望むものを与えることはできないだろう。それこそが彼を守る唯一の方法だからだ。

できれば貴方にも参加して頂きたい。

遺言書の書き換えの必要はないと考えている。いずれにしても、私の願いはただひとつ、彼を守ることだけだ。

貴方は反対するだろう。
けれどあえて、他でもない貴方にお願いしたい。
何があっても、何が起きても、彼を助けるため、彼を説得するための協力を。
草々
赤江神楽」

ひときわ強い眩暈がした。そこに記された言葉から、目が離せない。

もはや疑う余地はなかった。それはさっき、僕が書斎で拾った本の間から見つけた便箋と、まったく同じものだったのだ。ざっと目を通し、内容を理解した途端に怖くなって本に挟み直した、赤江神楽さんから笹一弁護士に宛てた「手紙」だ。

確かに本棚に戻したのに、何で、これが今ここに？

視線を落とす。蹲《うずくま》るようにして扉の下を覗き込むと、そこには若干の隙間があった。薄い紙程度なら簡単に通りそうだ。

誰かが差し込んだのだ、と気付いて扉を開くも、廊下には誰もいなかった。足音だって聞こえなかったけど、絨毯《じゅうたん》張りの廊下は音という音を全部消してしまうから、扉の下から紙片を差し込んで直ぐにどこかに行ってしまったのなら、気付きようがない。

……一体、誰がこんなもの。

何より、これに気付いたのは僕だけじゃなかったのだ、という事実に、僕は打ちのめされていた。誰かがこの手紙の存在を知っていて、わざわざ僕の部屋まで持って来た。他でもない、この、僕のところに。それが意味するのは何か、考えるまでもなかった。

古陶里が戻ってくる気配はない。僕は扉を閉め、ふらふらとベッドに戻る。

どうしてあんなところに、笹一弁護士が受け取ったはずの手紙があったのか、それは分からない。笹一弁護士自らが隠したのか、或いは誰かが見つけて挟み直したのか？

いずれにしても、僕がショックを受けたのはその内容で……そこに書かれていること、そして、その内容を承知した上で笹一弁護士が島に来ていた、ということだった。

だってこれは……この手紙が意味することは……。

「恐らく彼は、私の唯一の肉親であり……赤江家の呪いを継いだ存在でもある」

もう一度、同じ文面を読み返す。今度は声に出して。

とはいえ考察する必要もないくらい、すべては明らかだ。ここに記されている「彼」が誰を指しているのか。

『また一人、赤江の血を引く者が命を落とした』

『島を出て、家族を持った彼女の事を不憫に思う』

『彼はすべてを知ってしまった』

島の外に出て家族を持ったが、結局は亡くなった。そう書いてあるのは多分、僕の母親の事だろう。そして後に残された、「私」の唯一の肉親であり、呪いを継ぐ者と言うのは、

「僕の事……だよな」

呪いから逃れるために島を出た僕の母の死を知った赤江神楽は、遺《のこ》された肉親、つまりは僕を「守りたい」と考えていた。それを手紙に綴《つづ》ったのだ。

だけど、その後に続くのは不穏な言葉。文面によると、この「彼」は何かを知り、この手紙の主に対して憤りを抱いていた。つまりは腹を立てていた、ということになる。

「僕が赤江神楽さんに対して怒っていたって……そういうことだよね？　でも僕は、何を知って『憤りを抱い』たんだ？」

分からない。何もかも、分からないことだらけだ。それでも唯一はっきりしているのは、記憶を失う前の僕は、どうやら赤江神楽さんに危害を加えてもおかしくない状況にあったという事実。

と、言う事は……。

「昨日の夜、あの部屋に行って、神楽さんを殺したのは……」

やっぱり、僕、なのか？

ぎゅうっと、頭を締め付けられるような痛みを覚えて、僕はベッドの上で丸くなった。

こんなものを見ても僕の記憶は墨を塗られたように真っ黒で、その断片さえ見えてこない。何も、何一つとして、綺麗さっぱりすべての記憶が消えたままなのだ。

その癖、もしかしたら僕は犯人なのかもしれない、と安易に口にしていたさっきまでの自分が信じられないくらい、僕は怯えている。だってこれは決定打だ。冗談抜きに、僕が犯人だってことを、この手紙が証言している。

……勿論《もちろん》、ここに至るまでの間に、覚悟はしていたつもりだった。自分が犯人である可能性はかなり高い。それでも僕は心のどこかで、いや、でも、まさかね、なんて思っていたのだ。だって僕は赤江神楽さんのことを覚えてもいないし、殺す理由すら思いつかなかったから。

だけど理由はあった。少なくとも、神楽さんはそれを知っていた。神楽さんだけじゃない、手紙を受け取った笹一弁護士も承知していた。その上で、まるで警告のようにこれを遺した……。

これまでごまかしてはいたけど、本当は書斎でこれを見つけてから悪寒《おかん》が止まらない。皆で食事をしていても、推理をしていても、頭の片隅ではずっとこの文面がちらついていたのだ。

短時間目にしただけなのに、重要な言葉だけは何故か、そこだけが大きく強調されているみたいに自分の眼に飛び込んできた。何かの間違いじゃないか、そもそも神楽さんの書いたものかどうかすらはっきりしない、と自分の気持ちを誤魔化し続けていた僕の、そんな甘えた考えをあざ笑うかのように、手紙は再び僕の手元に戻って来たのだ。

どうせなら、これを見た瞬間に記憶が甦った、なんて展開があればまだ救われた。なのに僕ときたら、未だに何も思い出せないでいるのだ。それでも、動揺のあまり皆に知らせず、古陶里にすら相談できないまま元の場所に隠してきたこれが、僕を断罪するために戻って来たような気さえして……記憶を失ったって罪は消えない、なんていう神の啓示なんじゃないかって思えてきて。

……いや。神ではなく、これも呪いの一部なのか？

赤江神楽を殺したのが唯一の身内であり、赤江家の最後の人間である僕だとしたら……呪いは最後に「身内殺し」をさせて、すべて終わらせようとしたんじゃないだろうか。

そんな馬鹿みたいな考えまで浮かんできて、僕は再びその場に倒れ込むと、全身を伝う冷や汗の感触に耐えた。

その時だ。

「真白？　起きているのか？」

扉に背を向けていた僕は、不意に開いたドアと古陶里の声とにビクッとして、反射的に手紙を胸ポケットに突っ込んだ。直後に振り返ると、炭酸飲料水のペットボトルを手にした古陶里と真っ直ぐ目が合う。

「どうした？　もう気分はいいのか。顔色は相変わらずだが」

「うん……ごめんね、それ、わざわざ」

「ああ。どうやらこの屋敷には他に炭酸を好む人間がいないようでな、来た時と本数がまったく変わっていなかった」

「そっか。……あの、飲んでもいい？」

「それは勿論構わないが、本当に大丈夫なのか？」

震える手でペットボトルを受け取る僕に、古陶里が声を潜める。それに僕は罪悪感でいっぱいになりながらも「うん」と頷くしかない。

「これ飲めば、多分、平気。あと……ちょっと横になってれば」

……古陶里には、話した方が良い。

屋敷に遺された人間の中で、一番信用できるのは、きっと古陶里だ。彼女は僕の事を一度たりとも疑わず、犯人じゃない、と言い続けてくれている。

でも、だけど、だからこそ、こんなものを見せられるはずがなかった。それが出来るなら書斎で見つけた時点で相談している。

古陶里にはどうしても、これを知られたくない。自分が犯人なら甘んじてその現実を受け入れよう、なんて気持ちは一切消えて、僕の中には今更、そんな浅ましい感情が芽生えている。

だから僕は、蓋《ふた》を開けて炭酸飲料水を飲むと、胸ポケットに入れた紙片を落とさないようにベッドに横たわり、布団《ふとん》の中に潜り込んだ。もう何も考えたくない。願わくば、次に目が覚めた時には、すべての記憶が戻っていたらいい。

たとえそれが殺人犯の記憶でも、宙ぶらりんで振り回されるよりよっぽどましだ。

そんなことを考えながら目を閉じていたせいだろうか。古陶里がこちらを心配している気配を感じながらも、いつの間にか意識が混濁し始め……気が付けば、僕は真っ暗な部屋の中にいた。

辺りには何もない、というより何も見えない。人の気配も物音もない、そんな場所だ。

かろうじて四方に壁があるような閉塞感《へいそくかん》があるから「部屋」だろうと分かるものの、情報は、ただそれだけ。

ああ、そうか。これは夢だ。

僕は今、夢を見ている。そういうことなのだ、と唐突に理解して、だけど、どのみち同じじゃないかと苦笑が漏れた。

現実でも夢でも、僕はどのみち何も分からないまま手探りで進むしかないんだから。

……しばらくの間、どこか自虐的《じぎゃくてき》な思いに囚《とら》われながらも立ち尽くしていたら、やがて、目の前にぼんやりとした白いものが浮かび上がった。

まるで燐光《りんこう》のようなその輝きは、やがてゆっくりと輪郭を広げていき、瞬《また》く間に人の形を作り始める。

気が付けば、それは僕とほとんど背丈の変わらない青年になっていた。多分、年齢も同じくらいだろうか。整ってはいるけれど、神経質そうな、気弱げな雰囲気のある面立ち。

当然ながら僕にはまったく覚えのない顔だった。だけど知らないその「誰か」は、物言いたげにじいっと僕の顔を見ている。もしかしたら、記憶を失う前の知り合いなのか……苦しげに細められた眼差しを見ているうちに、じりじりと、焦《こ》げ付くような何かが僕の胸の中に広がっていく。

『気を付けて』

燻《くすぶ》ったそれは、彼の声を聞いた途端に、ねっとりとした速さで僕を侵食し始めた。

『あいつは、君の、すぐそばにいる』

あいつ？　あいつって誰だ。

『……君は本当に、全部、忘れてしまったの？』

息苦しそうな声と共に、青年が僕に手を伸ばす。途端に辺りが色を取り戻し、僕は突然、びしょ濡《ぬ》れになった。

いつの間にか、雨が降っていたのだ。バケツの水をひっくり返したような土砂降りの中、僕は相変わらず呆然《ぼうぜん》と立ち尽くすしかない。

『あいつは最初から、そのつもりだった』

すると、再び声が聞こえた。さっきまで僕の目前にいた青年の声だ。

見れば足元に、身体をくの字に曲げた青年が横たわっていた。雨をはじくアスファルトの上で、びしょ濡れになった彼は、僕に手を伸ばしながら懸命に何かを伝えようとしている。

『……最初からあいつは赤江家の遺産を狙《ねら》ってたんだ。そのためなら、人を殺すことだって』

「君は、誰だ」

震える声で尋ねると、彼は絶え間なく降り注ぐ雨に目を眇《すが》めながらも、懸命に僕を見上げた。

『僕は……僕の、名前は』

『……呪殺島《じゅさつじま》ぁ？　なにその不気味な名前』

　再び、景色が変わる。そこは夜の公園と思《おぼ》しき寒々とした場所。ブランコや滑り台や雲梯《うんてい》や、それらのいかにも見慣れた遊具のいずれもが、眠りについたように月明りの下で静まり返る中。時計台のすぐそばにあるジャングルジムの上で、成人間近の若者たちが白い息を吐きながら話している、そんな光景だ。

『正式名称は「赤江島」と言う……領主一族は長く呪術に関わっていたせいで、今なお早逝する者が多く、今では二人しか残っていないそうだが』

『え、じゃあその島、二人だけしか住人がいないってこと？』

『……先祖のせいで早死にとか、とんだとばっちりだよ』

『だが』

　楽しそうに話す彼らの声を聞いていたら、その中に、硬質な響きを持つ聞き慣れた声が混じった。

『どんな事情や要因があったとしても、赤江家の当主が亡くなったという事実に変わりはない。そして、そのように続く不幸な死の連鎖を『呪い』と言うのではないか？』

　古陶里。

　振り返ると、再び辺りが暗転した。夜の公園の景色は一瞬にして闇《やみ》の中に沈み、さっきまで見知らぬ青年が立っていた同じ場所には、精巧に作られた日本人形のような姿がぼんやりと浮かび上がっている。

古陶里だった。

『呪いと言うのは水面に投じた一石のようなものだ。仮に直接の呪詛を受けるのが一人だとしても、その波紋は必ず周囲にも広がっていく』

「古陶里、だけど、それは」

『だから君は赤江神楽を殺したんじゃないのか？　呪いが、君を殺人へと駆り立てた。どのみち赤江家の人間として生まれた以上、赤江神楽と同じように、君も呪いからは逃れられない』

冷ややかな声に頭が真っ白になった。険しいその眼差しからは、明らかに僕に対する疑念が感じられる。

やめてくれ。他の誰が言っても構わないけど、古陶里の口からは、どうしてもその言葉を聞きたくない。

「古陶里。違うんだ、僕は、本当は」

言いながら後ずさった時、背中にとん、と何かがぶつかった。驚いて背後を見ると、そこには最初に見た見知らぬ青年の顔がある。

「君、は、一体」

『早く思い出せ、すべてを』

やがて、青年が青白い能面のような顔を僕に近付けて、
そっと、耳元に囁いた。

『僕のように、あいつに殺されてしまう前に』

5

「うわぁぁぁっ！」

一気に目が覚めた。

と同時に僕はビクッと痙攣《けいれん》し、途端に明るくなった視界に思わず顔をしかめる。

「真白？　どうした⁉」

「あ……いや……え、夢……？」

すぐ目の前に、古陶里の顔があった。胎児のように身体を丸め込んだ不自然な姿勢でベッドに沈み込んでいた僕は、体を曲げた変な姿勢のまま、のろのろと半身を起こし、自分が撥《は》ね除《の》けたと思しきシーツをぎゅっと握り込む。

嫌な、夢を見た。

多分僕が今、一番恐れていることをそのまま形にしたような悪夢だ。

じっとりと滲《にじ》む額の汗を拭《ぬぐ》うと、僕は深く息を吐く。眠りの残滓《ざんし》のせいか、頭が物凄くがんがんして、視界がぐらついて見えた。心臓も早鐘のように鳴っていて、うまく息が出来ないし、喉がものすごく渇いてる。

ああ、何だよこれ。眠る前よりひどいじゃないか、吐き気こそなくなったけど。

……二人部屋と言うには少し広い、ホテルの一室のような部屋。淡いグリーンの壁に値の張りそうな絵画がかかった室内には、僕が今いる天蓋《てんがい》付のベッドの横に同じものがもうひとつ、その向こうにはテーブルとソファと椅子。そう、ここは赤江邸の一室だ。

どうやら僕は随分と長い間眠り込んでいたらしい……壁に掛かった時計を見ると、時刻は四時。午後四時過ぎに夕食を摂《と》った記憶があるから、丸一日眠っていたわけじゃないのなら、多分これは午前ってことになる。

それでも十二時間くらい眠ってたのか。あんな精神状態で、良く熟睡できたもんだな、と自分でも呆《あき》れてしまった。いや、あんな状況だったからこそ、眠っていて悪夢を見たのか？

悪夢。

ごくり、とからからに乾いた口で強引につばを飲み込む。

そうだ。あれは、ただの夢。現実のはずがない。だけど、最後に聞こえた言葉があまりにも生々しく響いたもんだから、まだ耳元にこだましているみたいに思えて冷や汗が止まらなかった。

それに相変わらず喉が渇いて気持ち悪い。枕元に、眠る前に古陶里が持ってきてくれた炭酸飲料水のペットボトルがあったので、僕はそれを力の入らない手で取り上げ、何とか蓋を開けて、むせないように少しずつ口に含む。

……って、あれ？

ようやく落ち着き、その途端に目の前にいる古陶里がいやに静かなことに気付いた。と言うより、様子がおかしい。もしかして僕、うなされてたんだろうか。それで心配して……？

「ごめん、古陶里。僕、寝言か何か……」

「真白。落ち着いて聞いて欲しい」

言葉を遮るように、古陶里が不自然なほど落ち着いた声で、言った。

「新政氏が消えた。屋敷の中のどこを探しても見つからない」

「……は？」

「異変に気付いたのは久保田女史だ。一時間ほど前にキッチンに降りて何か飲もうとした時、新政氏の部屋の扉が開いていることに気付いたらしい。皆、警戒して部屋に引きこもっている筈《はず》だし、おかしいと思って声をかけて……不在を知ったと」

「いや、ちょっと待ってよ。今って午後じゃなくて午前四時だよね？　こんな時間からどこに……もしかして外、天気になったとか」

「いや。まだ荒れている。ひどい天候だ」

「だよね。だったら出掛ける訳ないし、どこか別の部屋にいるんじゃないの？　ここって空き部屋が他にもあったよね」

起きたばかりで良く回らない頭で聞くと、いや、と古陶里は首を振り、

「久保田女史に起こされた後、皆で屋敷の中をくまなく探した。だが、本当にどこにもいないんだ」

「皆って……皆？」

「ああ。私と真白以外の全員」

ようやく状況が呑《の》み込めてきた。

普通に考えれば、成人男性がちょっといなくなったからって慌《あわ》てる必要はないんだろうけど、連続して人が亡くなっている今、ましてや一番用心していた筈の新政さんが一人で姿を消すなんて、確かにおかしい。

すうっと目の前が暗くなる。嫌な予感しかしない。よお、実はちょっと外を調べてたんだが……そんな新政さんの声が今にも聞こえそうな気がして、すぐに首を振る。こんな朝方にいないなんて、やっぱり変だ。

「いつからいないのかは分からないの？」

「ああ。最後に新政氏に会ったのが大島白珠で、それも午後十一時頃、保存食を手にキッチンを出ていく後ろ姿を見ただけだと」

ああ……嘘だろ。勘弁してくれ。

状況のまずさに、僕はぎゅっと目を閉じる。新政さんまで消えるなんて、そんなの有り得ない。だって新政さんは関係ない、赤江家の遺産だとか遺言書だとか、一切関わってない人なのに、事件に巻き込まれるなんて、そんなはずは……。

ふらふら立ち上がり、カーテンを開けて窓の外を窺《うかが》うと、相変わらずの灰色の景色が見えた。古陶里が言っていたように快晴には程遠く、断崖絶壁の向こうは荒々しく寄せる大波と、激しい雨で歪《ゆが》む水平線の景色だ。

空は薄暗く、夜なのか昼なのかも分からない。七月なら、もうこの時間帯には僅《わず》かながらも明るくなってるはずなのに。

こんな中にわざわざ出かけた？　それも一人で？

「屋敷からなくなってるものとかはないの？　車とか、遺体とか、証拠品になりそうなものとか。まさかとは思うけど、新政さんが一人で集落に向かってる、とか」

「それも考えた。が、特になくなったものはない。車もガレージにある」

つまり、もし出掛けたと仮定するなら徒歩で、ということか。やっぱりおかしい。

部屋の中はエアコンが効いて肌寒いくらいなのに、僕の額には再び汗が滲みつつあった。起きた時から悪夢のせいで汗ばんではいたものの、これは違う。別の種類の汗だ。

ここにいた。眠る前、笹一弁護士が亡くなる前に、新政さんはここに来ていた。僕を疑っていたことを謝罪し、僕以外にも犯人がいるかもしれない、と語ってくれたのに。

震える手で胸元を探る。それは無意識の行動だったけど、僕の指先が固い紙の感触を得て思い出した。神楽さんの手紙、と思しき紙片は、まだここにある。

……もし神楽さん殺害の犯人が僕だと言うのなら、その後に続く事件は、一体誰が起こしてるんだろう。新政さんは何かに気付いて探りに行ったのか……もしかしたら犯人が誰なのかに気付いて、そのせいで……。

駄目だ。不吉な想像しか出来ない。超ネガティブ思考ってやつだ。

ぐるぐる廻る考えに目の前の景色すら見えなくなって、言葉もなく立ち尽くしていると、やがて古陶里が、慰めるように僕の肩にそっと手を置いて、言った。

「とりあえず新政氏の部屋に行こう。もう、全員集まっている」

6

何かあれば応接室に集合。みたいになってたけど、今回は皆、そのまま新政さんの部屋に向かったらしい。

僕が眠っている間に一通りの場所を調べ終えたという皆は、古陶里の言葉通り、早朝にも拘《かか》わらずきちんと着替えて、完全に眠気の飛んだ様子で新政さんの部屋の前にいた。扉は大きく開いていて、中に誰もいないのが一目瞭然《りょうぜん》だ。

「秋津くん、起きたんですね」

「これで全員ね。彼女から話は聞いた？」

僕達の姿に最初に反応したのは、久保田女史と紅玉さんだった。白珠さんと紫宝くんは、無言で、新政さんの部屋の中をじっと見ている。

「新政さんが、どこにもいないって……本当ですか？」

「残念ながら本当です。あの人の事ですから、何か見つけて単独行動を取られてるんじゃないかとも思ったんですが、さすがにこの状況では」

久保田女史は、ほとんど僕が考えていたのと同じような事を言った。そりゃそうか、皆だって同じ気持ちだろう。

「……それで、そのうちふらりと戻って来るんじゃないかと思ってたんだけど、古陶里ちゃんが貴方《あなた》を起こしに行ってる間に、久保田さんがおかしなものを見つけてね」

「……おかしなもの？」

僕の後ろから来た古陶里が不審顔で尋ねると、久保田女史が大きく頷《うなず》き、手にしていたスマホを差し出した。

「新政さんのスマホです。もしかしたら何か手がかりがあるかも知れないと思って、申し訳ないのですが、ちょっと調べさせてもらったんですよ」

おーい、プライバシーの侵害じゃないのかそれ、と突っ込みたいところだけど、致し方ない。何しろ今は非常事態だ。

「このお屋敷、中は圏外で、スマホが使えないですよね」

「はい。ですがここには新政さんの個人情報がバッチリ入ってる訳ですし、もしかしたら、どこに行ったのか手掛かりがあるんじゃないかと思いまして……でも」

言って、久保田女史がスマホのロック画面を出す。どうやら自動ロックが掛かってるみたいなんだけど、ＩＤもパスコードも分からないのにどうするんだろう。

と思った矢先、すぐに久保田女史は手早く数字を入力し、スマホを操作し始めた。

「えっ、なんでそれ」

「あ、ロック解除ですか？　それがですね、世界一単純な数字がパスコードだったので、二回目くらいで当たりました。初期設定の六桁のまま、123456です。まあロック掛けてるだけでもマシだとは思いますけど、もうちょっと考えた方が良いですよね」

悪びれもせず、さらりと答える久保田女史。いや、確かにジャーナリストっていう職業柄、不用心と言うか単純な数字の羅列すぎるとは思う。でもそれより久保田女史の罪悪感ゼロな雰囲気の方がよっぽど気になるぞ。

「まあ、そんなことよりこれです。連絡先一覧の中に、ほら、見てください」

再び差し出されたスマホに、僕は何となく、無言でいる紅玉さんと、部屋の扉口から微動だにしない白珠さんと紫宝くんの様子を窺った。勿論、新政さんがいなくなったんだから当然ではあるものの、それを差し引いても何となく、空気がピリついてるように感じるのは気のせいか？

僕自身、今は精神的に不安定だし、人の事は言えないんだけど。と思いつつ、僕はひとまず隣に立った古陶里にも見えるように、スマホを傾けながら画面を見た。途端に、ある文字が目に入る。

『桃川健次郎』

「……え？　これって」

「桃川くんの名前よ。桃川健次郎」

紅玉さんの言葉に思わず息を呑んだ。何だよそれ、どういうことだ？

「桃川くんて、ええと、もしかしなくても桃川警官のことですよね？　だけど何で新政さんが彼の連絡先を」

「私の方が聞きたいわよ。念のため確認したけど、私のスマホに入ってる桃川くんの番号とも一致したわ。つまり間違いなく、あの二人は連絡先を交換するくらいには繋《つな》がりがあったってこと」

「だけど新政さん、そんなこと一言も」

「隠していたと言う事だろう。遺体を発見した時も、素振りひとつ見せなかった」

何故《なぜ》か古陶里は、この意外な事実に淡々とした反応を返した。と言うより、妙に納得した様子すらある。

「残念ながら、通話履歴は全部消されています。復元する方法もあるんでしょうけど、私はそういうの詳しくありませんし、皆さんもさすがに……今の段階では、どうすることも出来ませんね」

久保田女史が言って、再び場に沈黙が降りた。

警官とジャーナリストとの繋がり。

偶然じゃないのか、と考えてみる。たまたま何か事件があって、その情報を得るために知り合った、とか？　だけどそれなら、遺体を発見した時に新政さんが何も言わなかったのが不自然だ。そもそも赤江島に唯一《ゆいいつ》の駐在所に勤める警官と、東京在住のフリージャーナリストの繋がりなんて……神楽さんに関わること、くらいしか思いつかない。

「赤江島って、最近、ニュースになるような事ありました？」

「……おばさまが殺されたこと以外で？」

皮肉っぽく紅玉さんが言うと、重ねるように久保田女史も、

「ありませんよ、そんなの。いわくつきの島と言っても、もともとは退屈なくらい平和で穏やかな島なんです。観光事業もありませんし、殺人犯が逃げ込んできた、なんてこともなくて、私たちが島に来ただけで集落が活気づくくらいですから」

「ですよね……」

少なくとも、新聞や雑誌の取材を受けるような事はまず起きていない、と久保田女史は請け合った。

そうなると、やっぱり新政さんの行動のすべてがおかしく思えてくる。確か、赤江神楽さんに興味を持って、今回この島に来たと言ってたな……そう、神楽さんが余命宣告を受けたという話の真相を調べるためだとか。

でも、今改めて考えると、親戚と顧問弁護士と担当編集だけが招かれたパーティの中で新政さんは異質だった。神楽さんが許可を出したって話だったけど、そもそも、本来は漏れるはずのない情報をネタに「頼んだ」のなら、それは脅迫と同義だったのかも知れない。

脅迫。待てよ、これは結構な重要ワードじゃないか？　むしろ今まで気付かなかったの

が不思議なくらい……そう、古陶里の話では、僕も誰かに脅迫されていたんだから。

とすると、まさか新政さんなのか？　僕を脅迫していた人間って言うのは……。

そこまで考えてはっとする。

いや、まて。安易に繋げちゃいけない。新政さんは、わざわざ僕の部屋に来て、事件の真犯人を探そうと言ってくれたじゃないか。それに……教えてくれた。神楽さんが余命宣告を受けていたのだ、という話を。

僕は恐る恐る久保田女史を見る。

新政さんが神楽さんに取材したいと言った時、その話を通したのは、この人だった。少なくとも新政さんを門前払いはしなかったわけだ。そして担当編集の立場から、或《ある》いは付き合いの長い仕事仲間として神楽さんの病気の事も知っていたはずなのに、未だにその事を僕らに黙ったままでいる……。

「……久保田さん。ひとつお伺いしても良いですか」

「え？」

皆と同じようにスマホを覗《のぞ》き込んでいた彼女に、僕は低く問うた。

「新政さんは貴方にお願いして、今回のパーティに参加させてもらえたんだと言ってました。だけどどうしてそんなこと、認めたんですか？」

かすかに古陶里が息を呑み、紅玉さんや白珠さん、紫宝くんも、一斉に久保田女史を見る。当の久保田女史は、僕の質問にぽかんとした眼鏡越しの視線を向けるだけだった。

「フリーのジャーナリストである新政さんは、本来であれば、招待されるべき人間ではなかった筈です。神楽さんは騒がしさを嫌い、家にテレビすら置かない人ですから。それなのに部外者である彼の参加を認めたのは、何か理由があったからじゃないんですか？」

「認めたのは先生ですよ。私は間に立っただけです」

「赤江神楽は売れっ子作家だった。とすれば、担当編集を務める久保田女史がみすみす新政氏のような立場の人間を近づけるのはおかしいのではないか？　もし、妙な記事でも書かれたら、出版社にも迷惑がかかる危険がある」

「え……ちょっと待ってください、これ、何ですか？　私が悪者みたいになってませんか？」

眼鏡を押し上げながら、久保田女史が焦《あせ》ったように声を上げた。

「今は新政さんが消えてしまった、って話をしてるんですよね？　そこに彼が招かれた理由を絡《から》めるのはおかしくありませんか、大体、今、それどころじゃないですし」

「何もおかしくはないんじゃない？　もしかしたらその理由が、彼が消えた原因なのかも知れないんだし。それに……私も興味あるわ。確かに気にはなっていたのよ、どうしてこの場に彼がいるのかってね」

今度は紅玉さんが、胡乱《うろん》げな眼差しを久保田女史に向ける。腕組みをしながら、ゆっくりと久保田女史に近付いて、間近からその顔を覗き込んだ。

「あの人、当たり前みたいにいたから、パーティの記事を書かせるために呼んだんだろう、くらいにしか考えてなかった。でも神楽おばさまは内々で事を済ませたかったんでしょう？　だとしたら、どうしてこれだけ厳選されたメンバーの中に彼が入ってたのよ」

「ですから、決めたのは先生なんですってば！　あーもう、やめてくださいよ、こうやって無駄話をしてる間に新政さんの身に何かあったらどうするんですか？　秋津くんもようやく起きた事ですし、もう一度皆で探しましょうよ、ね？」

ぶんぶんと両手を振り、話を断ち切るように言った久保田女史に、僕と古陶里は口をつぐむ。

新政さん以外の全員が揃っている中、彼の身に何か起きているのだとすれば、それは事故か、或いは……既に「終わっている」可能性が高い。それでも久保田女史の言葉にも一理あったから、ひとまず僕らは三手に分かれて、再び屋敷の中をくまなく捜索することにしたのだ。

まずは僕と古陶里が空き部屋を、大島三姉弟が広間と書斎を。そして久保田女史が最初に神楽さんの遺体が見つかった部屋を……。

久保田女史を一人にするのは抵抗があったし、実は当初、紫宝くんが空気を読んで「僕と真白さんが一緒に行きます」なんて言ってくれてたんだけど、古陶里と紅玉さんが反対して、このグループ分けになったのだ。

古陶里はまあ分かるけど、紅玉さんについては……やっぱり僕を疑ってるんだろうなぁ。弟と殺人鬼候補を二人きりには出来ない、と思ったんだろうか。最初の頃は白珠さんの方が僕に睨《にら》みを利《き》かせてたし、彼女が反対しなかったのが意外なくらいで……お姉さんが先に抗議したから、あえて言う必要もなかったのかな。

　とりあえずちょっと落ち込み気味で捜索は続き、念のため、ガレージやその付近も探してみたものの、新政さんの姿はやっぱりどこにもなかった。こうなると新政さんが外に出た可能性が高まって来たぞ……。

「どうなってるんだよ、これ」

　各自バラバラに新政さんを探すうち、どのくらいまで探すのかを決めていなかったことに気付いた。午前六時になる頃には、もう探す場所もなくなり、かといって自室に戻る訳にも行かず。居間の食卓に座り込んだ僕に、古陶里も溜め息をついて横に座る。

「新政氏が桃川警官と繋がっていた、ということを考えると……もしかしたら、自分が犯人だと発覚するのを恐れて逃げ出したのかも知れないな。ただ、何故それが『今』なのかが分からないが」

「そうと決まったわけじゃないんだから、そんな、犯人みたいに言うのやめようよ。桃川警官のことも、もしかしたら何か事情があるのかも知れないし、それに新政さんにはアリバイがある。神楽さんを殺すのは不可能な筈だよ」

「確か、赤江神楽が亡くなった時刻に笹一弁護士と共にいた、というやつだな。しかし、今回の事件が単独犯によるものではない可能性もあるだろう？　新政氏の代わりに手を下した人間がいるのかもしれない。或いはそれぞれの事件が別の犯人の手によるものである……協力はしていないが、各々の事情があって殺人に手を染めた、と考えれば」

「……混乱してきた。新政さんは神楽さんがもうすぐ死ぬかもしれないって教えてくれたんだよ？　なのに、その新政さんを疑わなきゃいけないなんて」

頭が痛い。ただでさえ、部屋に差し込まれていた例の手紙のせいで混乱してるのに、今度は新政さんが行方不明で、桃川警官と繋がりがあったことが分かる、なんて。

一体、新政さんは何を考えてたんだ？　そもそも誰が、何の目的でこんな事してるんだよ。

「……そうだ、古陶里。桃川警官の持ち物を調べられないかな。もしかしたらそこに何かヒントになるものがあるかも」

「何かあったのか」

不意をつかれて、僕は「え？」と問い返した。

「何かって……新政さんが行方不明で、おまけに桃川警官の連絡先を知ってたって分かったから、僕は」

「そうじゃない。真白自身の様子がおかしい、その理由を聞いている。昨日の夕方……いや、笹一弁護士の遺体を発見してからだな」

思わず息を呑む。古陶里の眼差しは射るように鋭く、僕の心の奥底まで覗き込むような輝きを宿していた。

まさか、書斎で見つけた手紙の事、気付いてる……のか？

「……こんな状況じゃおかしくなるのも無理もないって、古陶里、言ってなかった？　笹一弁護士の遺体を発見した、これだけでも理由としては十分だと思うよ」

「遺体ならここ数日の間にいくつも見ているはずだ。いや、失礼、死者を冒瀆《ぼうとく》するつもりはない」

こほん、と咳払《せきばら》いしたのは、さすがに自分の発言が無神経すぎると気付いたからだろう。一応は断りを入れたものの、古陶里は再び僕をじいっと見つめてきた。

「前にも話したが。真白は嘘《うそ》が下手だしすぐに顔に出る。一体、何があった？」

「べ……別に、何も」

「真白」

全部お見通し、ってくらい落ち着いた声だった。とてもじゃないけど言い逃れも出来そうにない。

幼馴染《おさななじ》みだと話した古陶里の言葉が、確たる記憶もないのにしっくり来るのはこんな時だ。古陶里は僕以上に僕の事を知っている。言動が、それを証明している。

多分、記憶を失う前から僕は彼女に嘘がつけなかったんじゃないだろうか。それは相手が鋭いからとか、僕が単純だからだとか、付き合いが長いからとか……そういう、分かりやすい理由によるものではなくて。

「真白。前にも言ったと思うが、私は君の味方だ。どんなことがあっても」

じっと僕を見つめる瞳《ひとみ》は黒目がちで、その奥にはやっぱり誤魔化しを許さないほどの強い輝きがある。

絶対的な信頼。どんな状況でも僕を信じてくれる、という安心が生み出す関係性。瞬《まばた》きひとつせずに僕を見つめる古陶里に、僕はそれ以上、黙っていることができなかった。どのみちいつかはバレてしまうのだ、と観念して、誰にも見られないよう、必死で隠していた例の二枚の便箋《びんせん》をポケットから取り出す。

それから目を閉じ、深呼吸すると、意を決して古陶里に差し出した。

「これを見つけたんだ、書斎で。神楽さんが笹一弁護士に宛《あ》てた手紙……だと思う」

はっと古陶里の表情が強張《こわば》った。僕に確認を取るように眉根《まゆね》を寄せ、便箋を手に取ると、ゆっくり視線を落とす。

……静かな時が流れ、古陶里はすぐに手紙から顔を上げた。さほど長い文章ではないし、神楽さんのものと思しき文字は読みやすくて綺麗だったから、時間をかけずに読めたのだと思う。僕もそうだったし。

すると古陶里は「何故」とぽつりと呟《つぶや》いた。

「何故、こんなものが書斎に？ もともとは笹一弁護士が持っていたもののはずだ。それをわざわざ書斎などに……」

「分からない。本の間に挟まってたんだよ、それが下に落ちてて、チラッとはみ出てた」

「一読して、慌てて持ち帰ったわけか。確かにこの内容を見るに、赤江神楽の書いたもののようではあるが」

「あ……いや、違うんだ、それ。僕が持ち帰ったんじゃなくて、誰かが部屋に持って来たんだよ」

「持って来た？」

仕方なく、僕は詳細を説明することにした。書斎では咄嗟《とっさ》に手紙を本に挟み直し、本棚に戻した事。その後、食事途中で気分が悪くなって部屋に戻った後、古陶里がキッチンに降りている間にこれが差し込まれたこと。

すべてを聞き終えた古陶里は、ますます眉間《みけん》に皺《しわ》を寄せ、むっつりと黙り込んでしまった。

「ごめん、古陶里。隠すべきじゃないのは分かってたのに、どうしても見せられなかった。だってこれ、僕の事が書いてあるんだよね？　神楽さんが僕に何か隠し事をしていて、それを知った僕が怒ったって……つまり僕には神楽さんを殺すだけの理由があった」

「待て、違う。これは真白のことじゃない」

「は？」

思いがけない言葉に間抜けな声を返してしまった。いや、だって。

「何言ってんの、ここに書いてあるよ。『恐らく彼は、私の唯一の肉親であり、赤江家の呪いを継いだ存在でもある』……これに当てはまるの、僕しかいないでしょ」

「だが、違う。真白は赤江神楽に怒りなど抱いていなかった。少なくともあの時、彼女の部屋に行った真白は落ち着いていたし、喧嘩腰《けんかごし》でもなかったんだ。だから、違う」

「そんなの、古陶里の前では隠してただけだよ。いや、覚えてはないけどさ、殺意むき出しで神楽さんの部屋に行くわけがない」

「しかし、本当に違うんだ。これは真白のことじゃない。それだけはハッキリ言える。いや……待てよ。この言葉の意味は、もしかしたら」

古陶里が再び思考の海に沈み込もうとした、その時。

唐突に、キッチンカウンターから、ひょっこりと人影が姿を現した。

7

「まあ、お二人とも、こちらにいらっしゃったんですか？」

そう言って顔を覗かせたのは、眼鏡にスーツ姿の女性。と説明するまでもなく、久保田女史だった。

そういえば、着替えてはいるみたいなんだけど、この人いつ見ても出会った時とほとんど形も色も変わらないスーツ姿だ。なんて呑気に考えてから、すぐに我に返る。

ヤバい。この人いつからキッチンにいたんだ？　って言うか、今の話、聞かれた⁉

「く、久保田さん、いつからそこに」

「ついさっきですよー。あ、もしかしてお二人も食事休憩にいらしたんですか？　いえいえ分かります、だってもうすっかり朝ですし、昨日は夕食が早かったですもんね」

うーん、聞かれてない、のか？　まあ確かにキッチンは広いし、奥で冷蔵庫でも覗き込んでれば、隣の居間にいる人の話し声もそこまで聞こえない……のだろうか。

それにしても、「お二人も」とはどういう意味だ？　なんて質問する必要もなかった。何しろ彼女の手には、買い置きされていたらしい林檎《りんご》とバナナ、それからコーンフレークの大きな袋と家庭用サイズの牛乳パックがあったから。

確かに、六時に朝食なら早すぎることもない。そもそも昨日の昼から皆の食事の時間はめちゃくちゃだから、個人的に食事を摂《と》ろうとしてもおかしくはないんだ。食事係を引き受けてくれる紅玉さんはまだ戻ってこないし、むしろ他の皆が食事のことを忘れているのがおかしいくらいで。

だけど流石《さすが》に、新政さんの手掛かりすら見つからない状況で……と思った途端、急に僕のお腹《なか》がきゅぅくるるる、と悲しげな音をたてた。古陶里に手紙のことを話して気が緩んだんだろうか。どうやら食べ物を見た途端、食欲を刺激されてしまったようだ。

「あー、やっぱりお腹すいてるんじゃないですか、秋津くん。古陶里さんも食べます？」と言っても私、料理しないので、あるものそのまま食べるだけですが」

「……うむ」

さすがに古陶里もお腹がすいているらしい。色々と言いたいこともあったけど、それでも僕は、丁度良かった、と思い直した。と言うのも、さっき途中で終わっていた話を思い出したからだ。

久保田女史は、神楽さんが余命宣告を受けていたことを知っていた。そして、それをダシに新政さんが島に来ることを希望した際、神楽さんの許可を取っていた……。

そのことを、改めて彼女に、直接聞いてみたいと思ったのだ。

だけど僕が口火を切るより先に、久保田女史が、まるで急に思い出したように「ああっ」と声を上げて僕を振り返った。

「秋津くん、昨日からこちら、本当に色々と大変でしたよねぇ。古陶里さんもですけど、橋が落とされて、警察の方の遺体を見つけて、挙句の果てには笹一弁護士まで亡くなって」

眼鏡越しにうるうるした目を向けられて、僕は何となく、傍にいた古陶里に視線をずらす。だけど古陶里は僕に構わず、さっさとキッチンに入って行くと、冷蔵庫の中のものを物色し始めた。

おいおい。心配だからいつも一緒にいてくれる、とか何とか言ってくれてたのに……なんて突っ込みたくなるのは、久保田女史のテンションに少し気が緩んだせいだろうか。そういえば気分の悪さもなくなってるような……と思ったら、久保田女史は僕の心理状況なんてさほど気にした様子もなく、

「……それに加えて今回のこれ、新政さんまで消えてしまったんですもんね。でも、新政さんに関しては、秋津くん、ちょっとほっとしてるんじゃありません？」

なんて、とんでもないことを言い出した。

おいおい、どういう意味だよ。そう思って彼女を見ると、久保田女史は笑いながら「だって」と続ける。

「そう思いますよ、私なら。昨日の朝、新政さんは秋津さんのこと完全に犯人扱いで、本当は本土の警察に引き渡すつもりだったって後から聞きましたよ。橋が落ちていたことで結果的にはそうなりませんでしたけど、私は良かったなぁと思ってたんです。だってそんなの強引過ぎるし……今回、新たな殺人が続いて起きたことで、秋津くんが犯人だという説がどんどん揺らぎ始めているのは、本当に不幸中の幸いです」

「……幸いって言い方はちょっとどうかと思いますよ。それに新政さんのことも、僕らはちゃんと話をして和解したし、今だって心配してますから」

「あーごめんなさい。勿論分かってますよ、私だって新政さんとは島に来る前から何度か面識がありましたし、心配してますもん。でもこれで秋津くんは、自分の記憶も無実を証明する手段もないまま、人生を棒に振る……なんてことにはならずに済んだわけですから」

何だかものすごいことを言っている。のに、にこにこしながら話す久保田女史から悪意はまったく感じられない。

この人は本当に、事件の後でいつも推理小説と現実をごっちゃにしたみたいなはしゃぎ方をする。

そして、最初はそれを「ちょっと変わった人だな」程度にしか感じていなかったのに、今は物凄く……不気味に思う。だって人が亡くなってて……しかもそのうちの一人は久保田女史にとって長い付き合いのある神楽さんなんだし、もう少し落ち込むとか悲しむとか、そういうのがあっても良いんじゃないだろうか。最初の時は確かにショックを受けてたみたいだったけど、何ていうかこの人、そう、立ち直りが早すぎるのだ。

　そんな僕の気持ちが伝わったのか、久保田女史は再び「あら」みたいな顔になって、腕に抱えた食べ物を応接室のテーブルの上に積み上げつつ僕を見た。

「不謹慎なことを言いましたね、私。すみません。なんだか今回の事件、展開がどんどん推理小説みたいになってきたもので、つい盛り上がってしまって」

「良くそんな気分になれますね。僕はさすがに……怖いですし、訳が分からなくてパニック起こしそうです」

「でも、新政さんのスマホに桃川警官の連絡先が入っていたのは、私がこのノリで調べなきゃ分からなかったことですよ。そう考えるとミステリー作家の編集って立場も、なかなか侮《あなど》れないと思いません？」

「……多分、今このお屋敷にいる人たちの中で、新政さんについて一番詳しいのは貴方ですよね、久保田さん」

　僕の言葉に、ぴたり、と久保田女史が動きを止めた。

「あー、またさっきの話を蒸し返すんですか？　私が新政さんと先生の仲介をしたっていう……私は本当に間に立っただけで」

「もしかしたら赤江神楽は、新政氏を島に招いたせいで亡くなったのかもしれない。そう考えれば、少しは罪悪感のようなものを覚えないか？」

その時、冷蔵庫を漁《あさ》っていた古陶里が突然、カウンター越しに声を投げかけた。

そのタイミングと声の通りの良さに、僕はぐっと言葉を飲み込み、そして完全に油断していたらしい久保田女史も、癖になっているような仕草で眼鏡を押し上げつつ「何ですかそれ」と呟いた。

「どうして私が罪悪感を？　確かに私は新政さんとは何度もお会いしてますけど、それとこれとは」

「そういえば最初から久保田女史は、赤江神楽の死をそこまで嘆いているようには見えなかったな。動揺はしていたが、悲しんではいなかった……仮に余命の分かった相手だとしても、知人が亡くなれば、普通はそれなりに傷つくものだが」

「傷ついてますよ！　私だって勿論、だって先生とは十年来のお付き合いなんですから！　そもそも病死と殺人とではまったく違うんです、私だってさすがに……え？」

相変わらず冷蔵庫を漁りながらの古陶里の発言に。

振り返りもせず両手をわたわたさせながら言った久保田女史は、ようやく自分の失言に気付いたのか、はっと息をのんで動きを止めた。

「余命……って、え、どうしてそれを」

「昨日、新政さんから聞いたんです。神楽さんが余命宣告を受けていたこと……それから、久保田さんもそれを知っていたと」

「新政さんが?」

眼鏡の奥の瞳が、大きく、まん丸になった気がした。

なんというか、それはしてやられたという憤《いきどお》りや悔しさと言うより、もっと他人事《ひとごと》のような……びっくりした、とか、なぁんだ。みたいな軽い感じの驚きで。

やがて黙って見守る僕らの前で、久保田女史はじーっと虚空を眺め、それから開き直ったように僕らに視線を戻した。

そして。

「……そりゃあ、知ってましたよ。私は先生の担当編集者なんですから」

眼鏡越しの瞳に一瞬だけ不穏な輝きを宿した久保田女史は、けれど、すぐにいつものふにゃんとした笑みを浮かべてそう言った。

「今後のスケジュールにも影響しますし、何より当時は連載中の作品もありましたからね。真っ先に教えて頂きましたよ。仕事上、必要なこととして。でも、それが何か」

「何かって……」

僕は唖然《あぜん》とする。何というか、今の一瞬で久保田女史が別人になったような気さえした。

元々は、神楽さんの遺体と共に密室にいた僕を最初に庇《かば》ってくれた人だった。それだけじゃない、あの時は記憶喪失だと主張する僕を疑う新政さんに、紅玉さんと一緒になって反論してくれていたような気さえする。

それなのに……この人、時間がたつにつれて、どんどん印象が変わってくる。無邪気で親切だと思ってたけど、本当は無遠慮で無神経、非常識で冷酷。言い過ぎかもしれない。でも今の久保田女史を見ていたら、そんな言葉しか出てこなかった。

「そんなことより秋津くん、新政さんが先生の余命宣告について話したのは、正確にはいつですか？　貴方達はいつからそのことを知っていたんでしょう……他の皆には、もう話しました？」

にっこり笑顔でそう言われて、僕は何となく、久保田女史からそろそろと距離を取った。親切で、唯一の味方なんじゃないかとすら思えていたはずの彼女が、もはや不気味で怖くて仕方ない。

「あら、秋津くん、どうしました？　顔色が悪いですよ」

そう言って、眼鏡越しの瞳をキラキラさせながら、久保田女史が僕の顔に手を伸ばす。その動きに今度こそ本能的な「恐怖」を感じて息をのんだ時、

パシン！

鋭い音がして、近付いていた久保田女史の手が離れた。そして目の前には、古陶里の小さな後頭部。

冷蔵庫の前にいた古陶里が、いつの間《ま》にか間《あいだ》に入って、久保田女史の手を払ったんだ。

「……真白に触れるな」

低い、凍えそうなくらい冷たい声を出して、古陶里は僕を庇うように自分の背と僕の身体をぴったりくっつけた。

「古陶里……」

「お前は何だ。気味が悪い」

「え？　私、ですか？」

きょとんとしながら、久保田女史が払われたばかりの手で自分を指す。本当に不思議そうな、古陶里の言葉と僕の怯《おび》えた表情が理解できない、とでも言わんばかりの様子で。

「もしかして何か誤解を……私はただ、秋津くんの顔色が真っ青だから心配で」

「心配？　お前の言う心配とやらは、いつだって白々しいな」

僕の形にならない思いをズバッと言葉にして、古陶里は久保田女史を睨み付けた。

「真白に対してだけじゃない。赤江神楽の時も、桃川という警官の遺体を見た時も、笹一弁護士の時も、それに今回も……お前はいつも型通りの心配しかしていない。作り物の人形のようにな」

「……そんな……そんなふうに疑われてたんですか、私。確かに失礼な振る舞いは多々あったかも知れませんけど、私はいつだって本気で皆さんのことを心配して、だからこそ一日も早く犯人を特定すべきだと思っていただけなのに」

ひどく傷ついた表情で後ずさる久保田女史。だけど古陶里の言葉を聞いた後だから、だろうか。そんな態度ですら、嘘っぽく見えてしまう。

「色々とぶしつけにすみません、久保田さん。でも確かに古陶里の言う通り、僕の目にも、貴方はどこか不自然です。本当の意味で死者を悼《いた》む気持ちが無いような……」

悼む、どころか。

彼女はあまりにも、今の状況を楽しみすぎていないか？　まるで大好きな推理小説の中に入り込み、その登場人物の一人になったみたいに。

それは「ミステリー小説の編集者だから」という理由だけでは片付かないほど、常軌を逸した態度のように見えた。自分でも気付いて時々は常識的なことを言おうとしても、すぐに本音が飛び出して、それを隠そうともしない……。

僕がごくりと生唾《なまつば》を飲み込みながら久保田女史を見つめていると、やがて、彼女は深々溜め息をつき。

あーあ、とわざとらしく、大きな声を上げた。

「仕方ない、これ以上はごまかせない、か。思ったよりバカじゃないんだね、あんたたち」

え？　あれ、久保田女史？

それは、まるで張り付いていた仮面をようやく外したような……それくらい劇的な変化で。

柔らかで純粋そうに見えた眼鏡の奥の瞳が、まるで蛇のような狡猾《こうかつ》さを匂わせながら僕と古陶里を見て……やがて、その唇がにやりと三日月の形を作った。

「そっちの日本人形ちゃんの方は、最初から喰えないガキだと思ってたけど。秋津くんは意外だったな、それとも臆病《おくびょう》なウサギだからこそ、本能で何かを感じちゃったとか？」

随分と人を馬鹿にしたような、いや、見下したようなセリフを吐くと、彼女はくるんと僕らに背を向けて、果物やコーンフレークの袋を置いたテーブルに回り込んだ。

そうして、ばりばりと袋を開けると、棚から皿を取り出し、その上にざざっとコーンフレークを落とし込む。

「まあ、別にいいんだけどね。どのみちいつかはバレるだろうし。確かに私は悲しんじゃいないよ、もともと赤江神楽はいつか呪詛《じゅそ》に殺されるだろうと思ってたし、あの桃川って警官も、笹一弁護士も、面識があるったって所詮《しょせん》は他人だから。新政に関してはどうなろうと自業自得《じごうじとく》っていうか……そりゃあね、死体を見れば驚くけど、いちいち悲しんだり怯えたりするわけないじゃない」

すっかり本性を現した久保田女史は、いっそ清々《すがすが》しいくらいの潔《いさぎよ》さで言い放った。そりゃもう、これまで見せていた「天然女子」的な空気なんて欠片《かけら》も残さずに。

……だけど。それだけじゃない、この人は……。

「久保田さん、貴方、本当にただの編集者なんですか？」

僕が思わずそう呟いたのは、決して疑うだけの理由とか証拠のようなものがあったからではなく。それこそ今、久保田女史自身が言った「本能」の成せるわざだったんだと思う。

そんな僕の呟きに、久保田女史は食卓に着いてバナナの皮をめくり、僕を見上げるようにして言った。

「そうだよ？　私はただの編集者。○△出版社に入社して十年目の、そこそこ経験を積んだとはいえごく普通の社会人だけど？」

「でも、それだけじゃないですよね。だってこの状況で貴方はちょっと」

「普通じゃない？　それとも、態度が冷たすぎるとか？　でもさぁ、私に言わせればそれ、君の方が変なんだよ。呪殺島の生まれの癖に死への耐性が低い。島を出て普通の暮らしをしてたって言っても、若くして両親を亡くしてるわけでしょう？　だったらもっと諦観《ていかん》してもいいと思うんだけどねぇ、赤江神楽や私みたいに」

「私みたいに、って……え？」

「まさか、お前」

何かに気付いたように呟く古陶里に対し。

久保田女史は、むしろ、あっけらかんとした口調でそれを告げた。

「うん、まあ、古陶里ちゃんのその推理、当たってると思うよ。ここ、赤江島の生まれではないんだけど……私は赤江神楽と同じ呪いに蝕《むしば》まれた血統の一人。いずれは呪われた死を迎える、数ある呪殺島の中の一血統の末裔《まつえい》ってわけだ」

第四章　秋津真白

1

ぼーん、ぼーん。

どこからともなく壁時計の音が鳴り響いて、僕はビクッと身を震わせた。なんてタイミングだ、と思ったのは、目の前にいる久保田女史と古陶里とが、まるで膠《こう》着《ちゃく》状態みたいになっているからだ。

と言っても久保田女史は相変わらず呑気《のんき》にフルーツやコーンフレークを食べてるし、僕と古陶里に囲まれて座ってるとは思えないくらい寛《くつろ》いでるんだけど。

「……今の話は、本当なのか？　久保田女史」

「えー？　こんな嘘《うそ》ついてどーすんのよ。勿論《もちろん》、本当だよ。古陶里ちゃんは確か呪《のろ》いについて詳しいって言ってたし、秋津くんにも色々説明してたんだから、知ってるでしょ？呪術《じゅじゅつ》を執り行った術者一族の島流し先だったという呪殺島《じゅさつじま》、それは赤江島を筆頭に全国で複数確認されている……これ、古陶里ちゃんが説明してたことだよね。その時に、呪われた血族は赤江一族だけじゃない、って話もしてたはず」

もはや笑みさえ浮かべて、久保田女史は説明する。そして古陶里も彼女の言葉を否定はしない。

言われてみれば確かにそうだった。古陶里は記憶喪失直後の僕に、呪いに満ちた赤江島について説明してくれたし、その後も部屋で「他の呪殺島」について簡単に話していた。陰陽師《おんみょうじ》だとか、荒ぶる神の話だとか、僕は詳しくないから細かく覚えてるわけじゃないけど……その時にも「他の呪殺島の呪われた血統」の話題が出た記憶がある。

「古来、日本では占術によって政《まつりごと》を執り行い、呪術をもって異界を操った。こうした術の遣い手は、陰陽師のみならず、巫覡《ふげき》、呪禁師《じゅごんし》、密教師などがいて、魑魅《ちみ》魍魎《もうりょう》が跋扈《ばっこ》する闇《やみ》を制御しようとした。その驕《おご》りによって授かったのが『呪詛《じゅそ》』だ」

呪いによって人を殺し、操り、苦しませ……或《あ》るいは誰かの身を守るためにあえてその呪術を我が身に受ける。本来であれば人の手には負えないものに手を出したツケだと、久保田女史は軽やかに続けた。

「やがて積もり積もった呪詛は術を使役した一族を蝕《むしば》み、結果、それが周囲まで巻き込む災厄になった。そこで人々は彼らを島流しにし、呪詛ごと隔離された一族が住む島を、まとめて『呪殺島』と呼ぶようになった。……とまあ、ここまでが古陶里ちゃんの説明だったけど、かつて日本では、呪術が人の営みのそばにあった。当たり前に生活の中に溶け込んで、それはもはや習慣の一部ともなっていた……つまり『呪術師』は相当繁盛《はんじょう》していた商売で、それから察するに、島流しにされる一族がひとつやふたつで済む筈《はず》がないよねーって話さ」

「……五つだけではないのか、呪殺島は」

「今現在の数はそれくらいだと思うけど、中には島に封じられたまま滅びた一族もあるだろうし、本当はもっと沢山あった筈だよ。まあ、島流しにされるほどの呪詛を受けるなんて相当なもんだ。爪《つめ》の先までどっぷり呪術に染まってなきゃ、そこまでにはならないんだから、今でも血が続いてるのが不思議なくらいでね」

「そのうちの一つが、久保田女史の血統だと？」

「信じてもらう必要はないけど、その通り。呪殺島ってのは閉鎖的な土地柄が多くてね、とにかく周りに迷惑をかけるなーって先祖代々の言い伝えみたいなのがある訳よ。でも私は島で一生を終えるなんてつまんないと思ったから、親類縁者とは絶縁する覚悟で上京したってわけ。そこでまさか赤江一族の人間と仕事することになるとは思わなかったけどね」

ふふふ、と久保田女史は頬杖《ほおづえ》を突きながら、人差し指で自分の唇をなぞった。

「赤江神楽と出会ったのはたまたま。でもま、興味は湧《わ》いたよね。向こうもそのうち私が別の呪殺島の人間だって気付いて、色々と打ち明けてくれるようになったし……不治の病についても、編集部で知ってるのは私くらいじゃないかなぁ。口止めされてたから、編集長どころかうちの出版社の社長も知らないんだ、ホントはね」

「……だから誰にも言わなかったんですか。神楽さんの余命宣告のこと……でも、神楽さんが亡《な》くなった後でなら」

「それねー、ちょっとは思ったのよ。言えば秋津くんの立場が少しは変わるかな？　ってね。だけど、新政にも口止めされてたから」

「新政さんが？」

思わず、声が上擦った。そんな馬鹿《ばか》な。だって僕と古陶里に打ち明けてくれたのは、新政さんの方だったのに？

「なんでそんなこと」

「知られるとまずいことでもあったんじゃないの？　あー、あんた達には話したのなら、他に教えたくない人間でもいたとか？　どのみち先生は死んじゃってるし、今更余命がどうのこうの言っても状況は変わんないしね、下手に新政に恨まれるのも嫌だから、私は素直に口をつぐんでたってわけ」

「おかしいとは思わなかったんですか？　新政さんがその情報をダシにして、赤江島に来たいって話した時に……新政さんの目的が何なのか、不審に思ったりは？」

「新政は前々から先生のことを調べてたし、たまたま病気の情報を得ても不思議じゃないよ。むしろ先生が招待客として認めたのが意外だったけどね。あれだけ人嫌いの先生が、何で怪しいフリージャーナリストなんかを赤江邸に招くのか……そうまでして病気の事を秘密にする理由も気になったし」

「新政さんが神楽さんに近付く目的とか、そういうことには
「私にはわっかんないなー。勿論、目的がなきゃわざわざここまで来ないだろうし、何かはあったんだろうけどね。集落側の桃川警官と繋《つな》がってたってことは、島に来る前から何かを準備してたのかな？」

かな？　って。他人事《ひとごと》みたいに言う久保田女史の冷たさに、僕は嫌な事を考えてしまった。

まさか、とは思う。思うけど、この人ならやりかねない。

「同じ呪殺島出身者として……状況を、面白がってませんでしたよね？」

「え？」

だから遠回しに尋ねると、久保田女史は呆気《あっけ》にとられたような表情になった。

「どういう意味かな？　それ」

「つまり……何かを企《たくら》んでいる新政さんが島に来ることで、事件が起きることを期待してた、なんて」

言ってから反省した。さすがにこれはひどい発想だと思う。

赤江一族は大半が呪詛により短命、或いは呪われた死を迎えている。そんな神楽さんが不治の病だと知った時、久保田女史はどう思ったんだろう。ベストセラー作家として現役で活躍する彼女が病死する。それこそが「呪いに満ちた死」だと感じたんだろうか。

いや、それよりは、むしろ。

「病死ではつまらない。それでは呪殺島のひとつ、赤江一族の子孫の死として相応《ふさわ》しくない。そう思っていたのではないか」

言い淀《よど》み、俯《うつむ》いてしまった僕に、思いがけず口を開いたのは古陶里だった。そしてその言葉は、僕が咄嗟《とっさ》に思いつき、邪推だと反省した考えとほぼ相違なく。

「……だからこそ、事件の匂《にお》いを感じて興味を持った。新政氏が来ることで、いかにも赤江神楽らしい事件、人生の終わりが訪れるのではないかと期待していた……違うか？」

「ちょっと待ってよ、それはさすがに酷《ひど》くない？　まるで私が、先生が殺されるのを楽しみにしていた、って言ってるように聞こえるけど」

「そう言っている。確かに、明らさまに事件を期待していた訳ではなかったかも知れないが、同じ呪詛に蝕まれた一族の末裔《まつえい》として、このメンバーが揃《そろ》えば『何かが起きるのではないか』、と考えたのでは？」

「言ってくれるね」

久保田女史の眼鏡越しの視線がぞっとするほど冷たくなる。背筋がひやりとしたのは、今の古陶里の話が、まるで僕の口から出たもののように感じられたからだ。

……ああ、僕もすっかり毒されてる。

いくら久保田女史が事件の後、常識外れな言動を取っているからって、こんなふうに疑うのはさすがに酷い。

だけど久保田女史は、いつまでたっても古陶里の言葉を否定しなかった。むしろ口元を奇妙に歪《ゆが》ませただけの微笑《ほほえ》みを浮かべさえして。

「それについては想像にお任せしようかな。少なくとも私は犯人じゃないけどね」

あっさりと、そう答えた。

「とりあえずさぁ、現状で怪しいのは新政だと思うんだよね。だから率先して部屋の中を調べたわけ。もっと良く調べたら他にも色々と出て来るかも知れないし、何なら本人を探すより先にもう一度部屋の中を……」

「いえ。やはり新政さんを探す方が先ですよ。万が一、何かのトラブルに巻き込まれているのだとしたら、早く見つけてあげなきゃいけない」

「それに桃川警官が亡くなってる以上、新政氏が裏で何を企んでいたのかを知るのは本人だけ。だからな」

「成程ね。古陶里ちゃんの意見に一票、かな。まあ確かにそーゆーことだろうし、じゃあま、これ食べ終わったらそろそろ」

「……久保田女史の生まれ育った島は、どこにあるんだ？」

不意に、古陶里が尋ねた。事件とは関わりのない質問だったけど、呪術に興味のある古陶里には重要な情報なのだろう。

するとと久保田女史はにんまり笑って、

「東、とだけ言っておこうかな。さっきも言ったけど、呪殺島は基本的に閉鎖的でよそ者を拒むし、表向きは普通の島を名乗ってるところもあるんだよね。だからおいそれとは教えられない。悪いね」

「古陶里。その話はまた今度でいいだろ、今は新政さんだ」

思わず言うと、古陶里は珍しく素直に「そうだな」と頷《うなず》く。彼女の事だから、もしかしたら何か意味のある質問だったのかもしれない。それでもやっぱり今は久保田女史が呪殺島出身だってところに引っかかってる場合じゃない。

すると、急に久保田女史が何か思いついた様子で「ああ、そういえば」と声を上げた。

「私はまだ確認してないんだけど、桃川警官はスマホを持ってなかったよね？」

「え？　あ、はい、簡単にしか調べてませんけど、多分……」

遺体を屋敷に運び入れる際に、何か犯人の手掛かりになるものがあるんじゃないかって何人かで探した時には、なかった、と思う。

古陶里も隣で同意するように頷き、だが、と付け足した。

「調べた時、新政氏もすぐ近くにいたから、もし桃川警官と自分との繋がりを隠そうとしていたなら……新政氏がそれをもみ消した可能性もゼロではない。我々はあの時、橋の崩落と新たな遺体発見でかなり動揺していたからな」

「……へえ。桃川警官のスマホの方には新政との諸々の履歴が残ってるんじゃないかと思ったんだけど、やっぱそうか。ざんねーん」

溜《た》め息《いき》まじりに言うと、久保田女史がポケットからスマホを取り出す。そして頬杖をついたまま、右手だけで何かを操作し始めた。

「新政のスマホから桃川警官に電話するか、GPSで現在地を調べられたら良いんだけどねー。ここじゃ圏外で使えないし、できることは桃川警官の携帯番号を調べるくらいか」

「え、それ、新政さんのスマホ⁉」

おーい、この人、普通に持ってきちゃってるよ。しかも自分のスーツのポケットに入れてるとかどんだけ！

そりゃ確かに確認してない僕らも悪いし、言われてみると久保田女史が新政さんのスマホをいじった後にどうしたのか思い出せないけど……と。

思わず愚痴りそうになった時、どこからか、何か音が聞こえてきた。かぼそく響くそれは、何かのアラームのような機械音で。

僕と古陶里は咄嗟に自分のスマホを取り出し、違う、と眉根を寄せる。画面に表示された時刻は六時半、もしかしたら目覚ましアラームでもかけていたのかと思ったけど、発信源はここじゃない。

対して久保田女史は自分と新政さんのスマホを確認すらせず、怪訝《けげん》な顔で立ち上がると、音の出所を探るように隣のキッチンに向かった。

そのまま中に入ると、更にその奥、キッチンの隣にある倉庫の扉の前に立つ。後から続いた僕らもすぐに気付いた。音が、近い。

「中から聞こえるよねぇ。けどおっかしいな、倉庫の中は私、最初に調べたんだけど」

「あの……久保田さん、この音って、まさか」

「聞いたことある音なんだよね、これ。確か新政が秋津くん達の部屋の見張りをしてた時、交替の時間に鳴らしてた腕時計のアラームっぽい……」

腕時計？　そう言えば新政さん、してたな。今時スマホで時間が確認できるのに腕時計なんて珍しい、って思ってたんだった。

だけど、何でそれがキッチンから？　そう思う僕達をよそに、久保田女史は勢いよく倉庫の扉を開き、遠慮なく中に足を踏み入れた。

……倉庫の中は薄暗い。電気をつけ、辺りにある買い置きのトイレットペーパーや電池、ティッシュ、それから缶詰や米袋などの食料品が整然と並んでいる様子を全員で一瞥《いちべつ》する。

異変はない、ように思われた。だけどアラーム音はまだ続いている。

久保田女史は音を追うように辺りをきょろきょろし、そのうち倉庫内にある食料品の並んだ棚の前に移動した。上部の棚は剥《む》き出しだけど、一番下の段は開き戸になっていて、中が見えない。

更に、開き戸の前に置いてある米袋を幾つかどかせると、途端に、床に広がる何か赤いものを拭《ぬぐ》ったような跡が覗《のぞ》いた。どう見ても尋常な量じゃない。

それに、何だろう。この変なにおい。生臭い、気持ちの悪い……。

「あの、ちょっと待って……」

不意によぎった予感に僕が思わず言った瞬間、久保田女史が遠慮なく観音開きの戸を開いた。そして、……そして。

「………っ！」

もはや、悲鳴すら出なかった。

薄暗い収納スペース。排水管や水道管といった分厚い配管が並ぶ中、けれどそこには本来仕舞い込まれている消耗品の類《たぐい》は一切なく。

代わりにあったのは、体操座りのような姿勢で折り曲げられた、人の身体《からだ》。

……変わり果てた姿となった新政さんが、そこに「収納」されていた。

2

何かを凝視するように見開かれた目。ぞっとするほど大量の血で染まった上半身。折り曲げられた身体の胸元から腹部にかけて、何か、内臓のようなつるつるてかてかしたものがはみ出している。

口は半開きで、今にも言葉を発しそうに見えるものの、その唇は真っ赤になった衣類に反して血の気を失い、不気味なほどの紫色に染まっている。

いや、唇だけじゃない。新政さんの顔や首、赤く染まったTシャツから覗く二の腕など、見える範囲の肌の色は完全に死人のそれだった。そう、新政さんは、死んでいた。

「な……んで」

一瞬だけ、赤江の先祖が行った呪術である「蠱毒《こどく》」という言葉が脳裏に浮かんだ。棺桶《かんおけ》のような壺《つぼ》に入れられて殺された人間たち。そして生き残った人間を切り刻み……小さな壺に入れて、呪法に用いた。狭い場所に詰め込まれたその遺体は、まさにそんなおぞましい儀式を連想させる。

……生臭い匂いがぷんと鼻を突いた。腹と太腿《ふともも》の間からもぞもぞと零《こぼ》れ落ちている長細いあれは、腸《はらわた》だろうか。あまりにも異常すぎて不気味で、現実のものとは思えない。

状況を理解できずに呆然《ぼうぜん》としながら後ずさる僕に、収納スペースの戸を開いた久保田女史が、手を伸ばして新政さんの腕をつかむ。アラーム音は確かに、そこにある腕時計から聞こえていた。

アラーム音を消した久保田女史が、ふと、何かに気付いたように新政さんのズボンのポケットから何かを取り出す。

「みーつけた。桃川警官のスマホ、やっぱり新政が隠し持ってたんだね」

何事か操作し、ほら、と久保田女史が血塗《ちまみ》れのスマホの画面をこちらに向けた。表示されていたのは桃川警官のものと同じ端末の番号、そして新政さんとの通話履歴だ。

それはつまり、桃川警官と新政さんとの関係は一方的なものではなく、双方に接点があった、連絡先を交換する程度には知り合いだった、ということを意味していた。

そもそも新政さんがこれを持ってるってことは、桃川警官の遺体を見つけた際、或いは運ぶ際にこっそり抜き取ったからだろうし、そこには明確な意思があったはず……。

いや、ちょっと待て。そんな事より今は新政さんだ。新政さんが殺されたのに、こんな異常な死に方をしてるのに、僕らは一体、ここで何をしてるんだ？

「……久保田さん、分かってますか？　新政さんが死んだんですよ？」

「ん？　勿論分かってるよ、見れば明らかでしょ。内臓出ちゃってんもんね」

「そんな言い方っ……」

言いかけた僕の肩を誰かが摑《つか》む。振り返ると、古陶里が生真面目《きまじめ》な顔で新政さんの遺体を見つめていた。

「死因は分かるか」

「ここからじゃ分かりにくいけど、胸から腹にかけて裂けてるみたいだし、出血多量、ショック死とか……？　調べたいけど、外に出そうにも死後硬直が始まってるねこれ。亡くなってから少し時間が経《た》ってるってことか」

手を伸ばし、遺体を動かそうとした久保田女史が、すぐに諦《あきら》めてそう答えた。そこにはやっぱり知人の死に動揺する気配はまったくない。

「良くも、そんな、平然と」

「あれ、もしかして秋津くん、怒ってるの？　そんなに新政と親しかったっけ？」

「親しいも何も、顔見知りの人間が死んでるのに」

「そう。死んでる。だから彼にはもう弁解も説明も出来ないね。だとしたら、何で彼が殺されたのか、誰が殺したのかを知るためにも、証拠品は必要でしょ。何よりこのスマホは一連の事件の犯人を見つける糸口になるかも知れない……真っ先に回収して確認すべきアイテムなんだからさ、死者を悼《いた》みましょう、みたいな青臭いこと言わないでね」

まるでＲＰＧ《ロール・プレイング・ゲーム》の途中であるかのように、久保田女史が言う。ゲームをクリアするために必要なアイテムを回収し、事件解決を目指す。彼女にとって新政さんの死は、単なるミッションのひとつでしかないみたいに。

久保田女史の言ってることは正しいし、取るべき行動を先回りして実行しているだけだ。でも……死を悼むことを青臭いと言う、そんな彼女に嫌悪感《けんおかん》を抱く僕は、おかしいんだろうか。

だって新政さんは……いや、笹一弁護士も、赤江神楽さんも、桃川警官も。これまで生きてきて、色んな人達と関わって、自分なりの人生を築き上げてきたはずなんだ。その生がこんな形で絶ち切られたって言うのに、本当に、こんなに無関心でいていいんだろうか。

友人である桃川警官の死をきっかけに、すっかり憔悴《しょうすい》してしまった紅玉さんの姿を思い出して、僕は唇を噛《か》む。そう、あれこそが普通の反応ってもんじゃないのか？

だけど久保田女史は僕のそんな思いをよそに、手にしたばかりのもう一つのスマホ……桃川警官のそれを何の躊躇《ちゅうちょ》もなく操作し始めた。

「……だけど、意外だなぁ。私はね、今回の事件の犯人は新政だと思ってたんだよ。桃川警官と組んで事件を起こせばアリバイだって作れるし、その途中で内輪もめして桃川警官が殺されちゃったんじゃないのかなー、なんてね。でも、違うっぽいなぁ」

「もし桃川警官が全《すべ》ての事件の共犯者なら、彼が死んだ時点で犯人は新政氏ただ一人、つまり新政氏が殺されるはずがない。新たな殺人犯が誕生したというのなら話は別だが……そういうことだな？」

「そうそう。新政、一昨日《おととい》は数時間だけ秋津くんと古陶里ちゃんの部屋を見張ってたし、その時に抜け出せば誰にも気付かれなかっただろうからね。そもそもあれだけ広い森の中、しかも嵐《あらし》の最中で『偶然』桃川警官の遺体を発見するってのも胡散臭《うさんくさ》いし」

「共犯者が他にもいた、という可能性も考えられるぞ」

「おー古陶里ちゃん、鋭い！　そうなんだよね、私もそれは考えた。だけど残ったメンバーを考えるとね」

ちらりと眼鏡の奥の眼差しが僕らを見る。残されたメンバー……僕と古陶里、後は紅玉さんに白珠さん、それから紫宝くんか。

だけど、そんなことあり得るのか？　これは今までの遺体とは違う、腹を引き裂くなんて普通の殺人じゃない。それを、屋敷に残ってる誰かが実行した、なんて。

……少なくとも記憶喪失になって以降の事件に関しては、僕は犯人じゃないと思うし、古陶里も僕と行動を共にしていたから違うはず。大島姉弟はそもそも新政さんを殺す理由がないし、いや、まてよ。まさかとは思うけど遺産がらみで何か……。

なんて考えてから、僕は慌《あわ》てて首を振る。

「そういう話、ここではやめましょう。まずは皆を呼んでこなきゃ」

「わー、ちょっと待って。秋津くんさぁ、今の私の話、聞いてた？　キミや大島の人達が犯人だという可能性もあるんだよっていうの。だから皆を呼ぶ前に、もうちょっと新政の遺体を調べた方がいいんじゃないの？」

「紅玉さん達を疑うんですか？」

「秋津くんだって、今、ちょっと疑ったでしょ」

にやり、と笑みを浮かべながら言った久保田女史に、ぐっと言葉を詰まらせる。図星だ。だけどそんなのは条件反射みたいなもので、よくよく考えたら僕自身だって犯人候補の一人なんだからさ……。

「あのねぇ、根拠なく疑ってるわけじゃないんだよ？　まず、大島紅玉は桃川警官と同級生だって言ってたよね？　だとしたらそこから繋がってる線も濃厚だし、他の二人も彼とは接点があったんだから、私や君たちよりはね。それにこれまでの殺人だって、一人の犯行じゃ難しいかも知れないけど、三人がかりなら」

「だけど、紅玉さんは……本気で悲しんでましたよ！　なのにそんなこと考えてたんですか、久保田さんは！」

「そうだよ。これでも真面目に推理してるんでね」

言って、久保田女史が二つのスマホを手にしたまま立ち上がる。本当に、あてが外れた、みたいな顔をして。

「あー充電が危ないな、桃川警官のスマホ。でもロックはかかってない。職種を考えると、ちょっと不用心だわ、この人も」

「……久保田さん、貴方《あなた》は……」

「よせ、真白。苛立《いらだ》つ気持ちは分かるが、今回ばかりは久保田女史が正しいと思う。誰が犯人か分からない以上、遺体のそばに近付ける人間の数は少ない方がいい……お互いがお互いを見張りながら調べていれば、仮にこの中に犯人がいても、証拠隠滅は難しい」

「そうだよね。それでも納得いかないなら、あの三人が犯人じゃないって証拠を見つけるつもりで調べたらいいんだよ、秋津くんは」

久保田女史どころか古陶里にまで説得されて、そうなると、僕はもう何も言えなくなってしまった。

……その後、一部始まっている死後硬直のせいで収納スペースから出すのが難しい新政さんの遺体を何とか三人がかりで引っ張り出し、僕らはその身体を倒れないように倉庫の壁にもたせかけた。眼が開いたままなのはちょっと、と思って瞼《まぶた》を下ろそうとしたけど、残念ながら硬直が始まっているせいか出来なかった。テレビドラマや映画なんかじゃ良く見るシーンだけど、実際やってみると難しいんだな。

生々しく横たわる死の存在感に、今更ながらに手が震えたけど、久保田女史と古陶里が新政さんのことを調べ始めたので、僕も仕方なく、それに続く。

まずは死因。

これを調べるのはかなりキツかった。遺体の損傷は想像以上に激しく、新政さんの上半身はほとんど喉元《のどもと》から腹部まで、縦に真《ま》っ直《す》ぐ裂けていたからだ。そこからはみ出した内臓が遺体を移動させようとした途端に外に飛び出し、咄嗟に久保田女史が両手で押し戻したけど、これがキツくて僕はキッチンに戻って水場で二度、嘔吐《おうと》した。

古陶里と久保田女史は真顔で、特にそれに文句を言うでもなく遺体を調べ続け、目立つ縦一文字の切り裂き傷の他に、背中側にもナイフでひと突きしたような深い傷があるのを発見した。つまり、どちらが先かは分からないけど、新政さんは前と後ろの両側に傷を負っていたのだ。

更に出血量を見た久保田女史が、身体を二つに裂いたのは死後ではないかと言い出した。生きている間にこんな切り方をしたら、床どころか辺り一面血塗れになっていたはずだから、と。

「別の部屋で殺したって可能性もあるけど、それにしたって隠せる出血量じゃない。恐らくは背後からの傷が致命傷で、その後、心臓が止まった後で体を裂いたんだと思う」

「なんでそんなこと……」

「犯人じゃなきゃわかんないよ。けど、胃の内容物まで見えるから、これは相当だよね」

「他の遺体にはこれほどまでの損傷はなかった。しいて言えば、警官の腹の刺し傷に枝が刺さっていたことくらいだが、今回とはまったく違う」

「まー、検察も警察もいないここじゃ、詳しく調べようがないな」

諦めるように言った久保田女史は、キッチンで両腕についた血を洗い流すと、溜め息を吐《つ》きながら倉庫に戻って来た。気持ちはわかる。僕らは既に血塗れで、シャワーを浴びて着替えでもしなきゃ、手を洗うくらいじゃ意味がないんだ。

だけど僕らはそうはしなかった。その代わり、久保田女史が大量のキッチンペーパーを新政さんの身体に包帯みたいに巻きつけて内臓を固定したのち、(死者を冒瀆《ぼうとく》するみたいで抵抗があったけど)新政さんの持ち物を探ることにしたのだ。もう、色んな感覚が麻痺《まひ》していた。

薄着の新政さんの所持品は、腕時計と桃川警官のスマホと、名刺ケースと、二つ折りの財布のみ。残りは恐らく部屋に残してきたのだろう。

名刺ケースは昨日、古陶里と僕も名刺をもらった時に見ていたし、財布は貴重品だから、屋内とはいえ鍵《かぎ》のない部屋ばかりの屋敷の中では一応持ち歩いていたんだろうと思う。とすると、やはり桃川警官のスマホだけが不自然に目立っている。

久保田女史は再び溜め息を吐くと、桃川警官と新政さんのスマホを調べ始め、古陶里も血でパリパリになった財布を手に取る。

そんな、淡々とした二人の様子を眺めながら、僕は動かなくなった新政さんを見下ろしていた。

本当に死んだんだ。そんな実感が再び込み上げてくる。

昨日の夕方、部屋に手紙が差し込まれた後、僕が眠っている間に事件は起きた。四人目の死者。笹一さんが死んでから再び人が命を落とすまで、あまりにも間隔が短すぎる。

それに新政さんは、僕と同じように真犯人を探したいと言っていた。桃川さんと連絡を取っていたことを考えると、あれはやっぱり演技だったのか？

……そもそも新政さんは、桃川警官と組んで何をしたかったんだろう。仮に神楽さんを殺したのだとして、何故《なにゆえ》、彼女の余命がさほどなかったことを知っている新政さんが、わざわざそんな真似《まね》をしたのか……。

或いは事故か？　殺すつもりはなかったけど、何かトラブルが起きて殺してしまったとか。新政さんにはアリバイがあるから、もし共犯者が神楽さんを手に掛けたのなら、想定外の事態が起きて……それで新政さんと揉《も》めて、結果……いや、おかしいだろ、それは。

だってあの部屋には僕がいた。僕がいる前で神楽さんを殺した？　もしくは神楽さんが死んだあとで僕があの部屋に行ったのか。でなきゃ第三者の殺人は成立しない。

何故《なぜ》なら、あの部屋には鍵がかかっていたから。内側からしか掛からない鍵を閉められたのは僕と神楽さんだけで、でも、神楽さんが閉めたとしたら、その理由は何なんだ。刺されたら普通は人のいる外に逃げるだろうし、まさか、誰かに襲われた瞬間、犯人だけを外に出して身を守ろうとした……いやいや、だとしたら僕は何だ。巻き込まれたのか？

或いは。神楽さんが既に息絶えていたのなら、僕が鍵を閉めたってことになるけど、その理由は何だろう。

やっぱり全ての謎《なぞ》は、あの手紙に書かれていた、僕が神楽さんに「憤《いきどお》っていた」ってことに繋がっているんだろうか……。

「真白。おい、真白」

視界に紗《しゃ》がかかったようになり、すべてがぼやけて現実味を失い始める中、僕は古陶里の声にようやく正気を取り戻した。見れば彼女は財布を調べ終えたらしく、続いて新政さんのデニムのポケットから出てきた小さな名刺ケースを開いている。

「ここに、何か入っている」

「え？」

「なになに？　古陶里ちゃん、何か見つけた？」

何故か背筋がぞわっとした。古陶里が手にしたのは、真っ赤に染まった名刺の間にはさまっていた、薄いプラスチックのケースだ。

血で汚れてはいるものの、透明なケースを透かすと、中に何か小さくて黒い物が入っているのが見えた。古陶里が言っているのはこれのことだろう。

「何、それ」

言ってからすぐに気付いた。黒いその物体の表面に「ＳＤＨＣ」という白い文字が見えたのだ。ＳＤ……ＳＤカード？　背筋のぞわぞわが一段と強くなる。

「それ、まさか、神楽さんが亡くなってた部屋の監視カメラの……」

「いや、新政氏の職業を考えると、何か他の情報を入れたカードという可能性もある。が、調べてみる価値はあるな」

「面白そうだね、じゃあ私がデジカメを取ってくるよ。スマホ使うと面倒だし」

ぱあっと表情を輝かせながら言って、久保田女史が倉庫から走り出ていく。そのまま扉が閉まり切らないうちに、隣のキッチン、いや、居間の方から「きゃっ！」という声が聞こえてきた。

紅玉さんだ。僕が慌てて倉庫の外に出ると、キッチンカウンターの向こう、居間に入って来た大島姉弟の姿が見える。

「紅玉さん……それに、白珠さんと紫宝くんも」

「それ何⁉ 血？ なんでそんな血塗れなのよ、貴方たち！」

どうやら三人も捜索に疲れて一旦《いったん》休憩に来たらしい。ふと、紫宝くんが「真白さん、そっちに何かあるんですか？」と言った途端、三人がさっと表情をこわばらせてキッチンに入って来た。

「まさか、またここに遺体があったなんて言わないでしょ……」

言いかけた紅玉さんの視線が、開いたままの倉庫の扉の奥……壁にもたれかかる血塗れの新政さんを捉《とら》えて動きを止める。

紫宝くんも白珠さんも同様に、遺体に気付くなり、瞠目《どうもく》して息を呑《の》んだ。

「……死んでるの……？」

「はい。さっき見つけました。遺体の損傷が激しくて、久保田さんがキッチンペーパーを巻いたんですけど」

言わなくて良いことまで口にしてしまう。僕もかなり動揺しているのだ。

するとと紅玉さんは険しい顔で背後を振り返り、それから僕らに視線を戻した。

「そ、それで？　アナタ達はここで何をしてるの。私たちがまだ新政さんを探していることは知っていた筈なのに、どうしてすぐに呼んでくれなかったの⁉」

新政さんの遺体を見たら、紅玉さんはまた精神的に不安定になるだろうな、と僕は予想していた。一人、二人、三人。殺人が続くにつれ、紅玉さんはどんどん憔悴していたし、今度はこんなひどい状態の遺体なのだ。多分、この屋敷に集まった人たちの中では一番参っている紅玉さんが、卒倒してもおかしくはないと。

だけど予想に反して彼女は目の前の現実をあっさり受け入れ、どころか何か覚悟を決めたような目で僕らを睨み付けていた。もはや何が起きても、誰が殺されても驚かない。今はそうした状況だと受け入れたからなのだろうか？

とは言え剝き出しの敵意を向けられたら、さすがに怖い。古陶里を振り返っても僕を庇《かば》うどころかスルーしてSDカードを掌《てのひら》で転がしてるし、そうしている間にも、紅玉さんは後ろにいる白珠さんや紫宝くんと共に僕に事情説明を求めてくる。

早く久保田女史が戻って来てくれないだろうか……と思っていたら、痺《しび》れを切らした紅玉さんに「真白クン！」と怒鳴られてしまった。

「早く説明して！　どうしてこんなところに彼の遺体があるの？　この惨状は何。まさか、貴方達が殺したんじゃないでしょうね⁉」

「ち、違います、僕らは……捜索に疲れて一旦ここに戻って来てたんですけど、そしたら倉庫に、新政さんが」

「新政氏の持ち物から、ＳＤカードが見つかった。もしかしたら監視カメラから抜き取られていた物かもしれない」

僕があたふた言い訳してたら、どんなタイミングだよ、って突っ込みたくなる間《ま》で古陶里が口を挟んできた。その言葉に、紅玉さんの視線が古陶里に移る。

「ＳＤカード……監視カメラって、おばさまが亡くなってた部屋の？　消えてるって散々大騒ぎした……あれ、新政さんが持ってたの⁉」

紅玉さんの言葉に僕は思い出す。あの時、カメラをいち早く確認したのは新政さんと古陶里だった。どちらが最初にカメラに近付いたのかは覚えてないけど……いや、そもそも僕が意識を取り戻し、皆がカギを壊して部屋に飛び込んできた時点で盗まれていたのなら、それももう関係ないのか。

とにかく、めちゃくちゃ憤って僕を怒鳴りつけ、胸倉まで掴み上げていた新政さんがこれを持っていたのだ。あの一連の行動が仮に演技だったとすれば大したものだし、僕には文句を言う権利があると思う。

勿論、亡くなっている新政さんには、もう何を言っても伝わらないんだけど。

「ＳＤカード、確認した方が良いですよね」

やがて紫宝くんが言って、それに答えるように「私物のデジカメ持って来ましたー！」

と久保田女史が戻ってくる。血で汚れたスーツはそのままで、手にしたデジタルカメラを応接テーブルに置いた彼女は、僕らを振り返り、あら、と首を傾《かし》げた。

「全員集合ですね。ちょうどお呼びしようと思ってたんですよ、皆さんを！」

既に口調が「天然編集者の久保田女史」に戻っている。その態度で、久保田女史が大島姉弟に自分の本性を見せないことを選択したのだと気付いた。

けど、確かに今はそれどころじゃないし、彼女が呪殺島の人間であることで何かが変わる訳でもないから、僕と古陶里もあえてそこには突っ込まない。

「それで、事情はどこまでご存知ですか？　私と秋津くんと古陶里ちゃんがここにいて、そうしたらキッチンから新政さんの腕時計のアラーム音が聞こえてきたっていう話、聞きました？」

「私たちは貴方と入れ替わりにここに来たところで、まだ説明は……それよりアラーム音って？　どういうこと？」

まだ何も事情を知らない紅玉さん達に、久保田女史が簡単に解説する。新政さんが桃川警官のスマホを持ってた、というくだりでは、紅玉さんの顔もさすがに強張《こわば》った。でも思ったより過敏な反応はなく、白珠さんと紫宝くんも、静かに久保田女史の話に耳を傾けていた。

「……とりあえず、状況は理解したわ。遺体の状態も……新政さんが桃川くんと繋がっていたっていうのは紛れもない事実みたいね。桃川くんのスマホまで隠していたのなら、どう考えても作為的だわ」

「SDカード、確認しないんですか?」

そのまま考え込みそうになった姉に、痺れを切らしたんだろう。青白い顔で状況を静観していた紫宝くんが言って、その声に僕達もはっと我に返り、デジカメをいじっている久保田女史を見た。

「久保田さん……」

「うん、勿論、皆で確認するよー?」

「すみません。僕なんかが口を挟んで。でもカードを見れば、ここで話すよりもっと色々な事が分かるんじゃないかと思って」

「そうだよね。僕らも今、ちょうどその話をしてたんだ。見よう、すぐに」

「……良いんですの? 貴方が犯人である証拠が映ってるかも知れませんのよ?」

だけど。紫宝くんの言葉に僕が頷いた途端、今度は白珠さんが嫌味っぽい声で呟いた。

咄嗟に振り返ると、彼女は何故か血走った眼で古陶里を凝視している。

否《いな》、違う。彼女が見ているのは古陶里じゃなくて、古陶里が掌に乗せているSDカードだ。

「これがもし、監視カメラのSDカードなら。ここにはおばさまが殺された一部始終が映っているはずですもの。そうなれば秋津さんは、もう言い逃れもできず、確たる証拠と共に殺人犯となる……構いませんの?」

「……いいですよ。僕が犯人だと言うなら、それでも」

白珠さんの気迫に圧《お》されてちょっとだけ言葉に詰まったけど、僕は正直な気持ちを口にした。本当に、そう思ったから。

「僕だって、今、この島で何が起きているのかを知りたい。もう四人も亡くなってるんだ。それなのに嵐のせいで島の外の警察は来ないし、橋は崩落してるし、犯人が誰なのか、動機すら分からないままなんです。僕が記憶喪失でさえなければハッキリした事が、このSDカードで分かるかもしれない……それなら、僕は見たいです。あの夜に何があったのか。映像を見れば僕の記憶も戻るかもしれないし」

「まあまあ、まだこれが何なのかも分からないんですから、ちょっと落ち着きましょうよ皆さん。……古陶里さん、それ、貸してください」

デジカメのディスプレイを見ていた久保田女史が、すいっと古陶里に手を差し出す。古陶里は少し躊躇したものの、やがては無言でテーブルに歩み寄り、久保田女史の手にぽとんとSDカードを落とした。

「有難うございます。じゃあ見てみましょうかね」

長い指がカードを挿し込み、映像を再生させる。皆が固唾《かたず》を呑んで見守っていると、すぐにブレて砂嵐みたいになった画像が映り、やがてカチリと安定した。

久保田女史の周りに集まり、小さなデジカメを取り囲んで観《み》ていた僕らは息を呑む。そこに映ったのは、紛れもない、神楽さんが亡くなっていたあの部屋だったのだ。

3

映像は、やはり神楽さんの机の上にあった監視カメラから撮られたものらしく、人間の目線からすればやや低い位置から向かって反対側、部屋の扉口を映していた。神楽さんは既にその入り口に立ち、扉を開いて誰かを招き入れている……と、次の瞬間、中に入って来たのは僕だった。

「……ちょうど、僕が来たところだ」

「音は出ないの？　これ」

「残念ながら、入っていないな。32GBのカードに出来る限り映像を残せるように、容量を食わないようにしたんだろう」

「画質もあんまり良くありませんわ。まあ、部屋に入って来たのが秋津さんであるのはハッキリ目視できますけれど」

白珠さんの言う通り、映像には誤魔化しようもないくらい鮮明に僕の顔が映し出されていた。残念ながら、この時のことはまったく思い出せないけど……それでも画像の中の僕は神楽さんに案内されるまま部屋に入ろうとして……、
何故か、その場で神楽さんに止められた。一歩入ってすぐのところで、押し問答のような状態が映し出される。

やがて、映像の中の僕が口を大きく開き、何かを叫んだ。ように、見えた。そのまま僕は、慌てて廊下に戻ろうとする。

対して神楽さんは、何故か部屋を出て行こうとした僕の腕を引いて、バランスを崩したのかその場に倒れ込んだ。引っ張られた僕もまた、その神楽さんの上に重なるように倒れて……そこで、再び両手をバタバタさせながら神楽さんと何か揉みあいになる。

一体、何をしてるんだろう。音声さえ残っていれば会話が分かるのに。

「何か揉めてるわね。真白クン、思い出せる？」

「分かりません……この時のこと、映像で見ていてもまったく記憶がなくて。同じ顔してるから僕なんだろうなって思いますけど、そうじゃなきゃ、これが本当に自分なのかすら分からないくらいです」

「口論してるんじゃありませんの？ それでカッとなった貴方がおばさまを」

「あっ、見てください、先生が怪我《けが》をしてます！」

久保田女史の声に、映像から視線を外していた僕らは再び画面に目を落とす。すると、僕を突き飛ばしながら壁に手を突き、ふらつきながら立ち上がった神楽さんが、苦しそうに腹部を押さえているのが分かった。多分、出血している。

一体いつ刺されたんだ？ 揉みあううちに僕が刺した？ だけど、凶器なんて持ってたんだろうか……。

やがて、映像の中の僕が起き上がり、身を翻《ひるがえ》してもう一度、部屋を出て行こうとした。

すると神楽さんは、近くにあった置物のようなものを摑み、逃げようとする僕の後頭部を思い切り殴り、

「うっ……」

僕が、たった今殴られたみたいにズキンと痛んだ後頭部を押さえた時には、ディスプレイに映し出された僕と神楽さんが、ほぼ同時に絨毯《じゅうたん》の上に倒れ込んでいた。

そこで映像が乱れ、ぷつりと途切れる。後には暗転した画面だけが残された。

「えええっ。ここで終わり？　え、何で、短すぎませんかこれ⁉」

「……確かに、映像が途切れた段階ではまだ部屋の扉が開いたままだ。この後、誰かが内側から鍵をかけたんだろうが、それが確認できないな」

誰かが、って言っても内側から部屋の鍵をかけるなんて僕と神楽さんにしか出来なかったことだ。僕は頭を殴られて昏倒《こんとう》し、神楽さんは腹部を刺されて倒れたから、第三者がこの後で登場していたってことなのか……。

とにかく、映し出されたのはそれだけだった。でもひとつだけ確かなことがある。

「僕の頭を殴ったのは、神楽さんだったんだ」

果たして、映像の死角となった部分で何が起きたのかは分からない。けれど簡単に推理するなら、部屋を訪れた僕が何らかの理由で神楽さんを刺し、それに抵抗した彼女に頭を殴られたとしか思えない状況だった。

つまり、犯人はやっぱり、僕……。

「意味がないな。これでは真白が犯人だと断定できない。むしろ周りにそう思わせるために、あえてこの部分だけ映像を残し、残りを全て削除したのだと考えた方が納得できる」

「これを持ってたのは新政さんですから、もし映像をいじった人がいるのであれば、多分、彼でしょうね。それくらいならデジカメやスマホでもできますし。でも分からないのは理由ですよ、どうしてわざわざそんなふうに編集してしまったんでしょう。まるで秋津くんを犯人に仕立て上げようとしていたみたいじゃないですか、これ」

そうなのだ。

状況からして恐らく、新政さんは監視カメラからこのカードを抜き取り、隠し持っていたんだろう。その目的は僕が犯人であると証明できるものを手に入れる為《ため》、か？

だけど、その肝心の理由が分からないし、内容を確認した彼が編集した後にカードを所持し続けていた理由も謎だ。だってそんなことしなくても、程よいタイミングで誰かにカードを発見させることが出来れば、良かったはずなんだから。

そうしなかった理由は、彼にとって知られたくない何かが映っていたからか？　もしそうなら映像をそのまま鵜《う》呑《の》みには出来ない。新政さんが消した部分こそが重要な筈だから。そもそも新政さんは、以前から桃川警官と繋がりを持っていたのに、それを隠していた。事件に関わっているにしろ、巻き込まれただけにしろ、何か作為があってカードを盗み、編集したと考えるのが妥当だろう。

だけど、もしそれ以外の理由なら？　一人で映像を見て、編集までした理由……。

脅迫。

そんな言葉が浮かんで、僕はようやく何かのピースがかちりとハマった音を聞いた気がした。

そうか。監視カメラに僕が神楽さんを殺した瞬間が映っていたのなら、脅迫材料に使える。そもそも僕は、島に来る以前から誰かに脅迫されていたのだ、今回だって。

……一度思いつくと、どんどん妄想が膨らんでいく。

古陶里が教えてくれた脅迫者が新政さんだと仮定する。彼が島に先回りして、自分からは逃げられないぞ、とばかりに僕を再び脅そうとしたと考えるとどうだろう。

当初の脅迫材料とやらが何なのかは（自分のことながら）分からないが、新政さんの目的なら何となく分かる。二十億を下らないと推定される神楽さんの遺産だ。インタビューをきっかけに赤江神楽に興味を持った新政さんは、僕が赤江家最後の人間であることも知っていて、はなから神楽さんの遺産を狙《ねら》っていた。相続税を取られたとしてもかなりの額を相続する僕を脅し、大金をせしめようとしたんじゃないだろうか。

ところが島に着いた途端、神楽さんが殺されてしまった。しかも現場にいた僕は記憶喪失になっていて、新政さんに脅迫されていたことも、その場で何が起きたのかすら忘れてしまっている……当てが外れた新政さんは、監視カメラの映像を盗み出し、内容を確認した。するとそこには僕が神楽さんを殺したという決定的証拠が……。

確かに、繋がる。その後、急に態度を軟化させたのは、僕の記憶喪失が演技ではないか、既に記憶が戻っているのではといぶかしみ、確認する為だったのだとしたら？　記憶が戻らなければ脅迫も出来ない。そう思って、時期を探っていたんじゃないか。

ぎゅっと胸元を掴む。バクバクと破裂しそうなくらい心臓が激しい音を立てている。鼓動が頭蓋骨《ずがいこつ》の中で反響して脳内に響き渡るような気がしたけど、すぐに僕は「あれ？」と気付いた。

もし僕が犯人だと言う証拠を得て、脅迫材料に選んだのだとしたら。どうして新政さんは昨日の朝、僕を連れて集落に向かったんだろう。

桃川警官と繋がっていたのであれば、二人がかりで僕を脅すつもりだったのかも知れない し……いや、あの時点で桃川警官は死んでいたから、遺体を一緒に発見させるためか？

そもそも桃川警官はどうして殺されたんだ。

何かが変だった。肝心なところで辻褄《つじつま》が合わないのだ。確かに新政さんの言動を探れば「もしかしたら」と思う節もあるんだけど、全部があてはまる訳じゃない。

やっぱり他にも共犯者がいたってことなのか。それは桃川警官とは別の人間で、この屋敷の中にいる誰かで……。

そういえば、神楽さんの手紙をわざわざ僕の部屋に持って来た人間、あれは誰だったんだろう。新政さんだとしたら、目的は何だ？　僕の記憶が戻るように、現実を突き付けて来たって事だろうか。いや、共犯者がいるのなら、その人が代わりに持って来たって可能性もある……可能性、可能性、可能性。ああ、この屋敷の中では何もかもがはっきりしないせいで、数えきれないくらいの可能性が事件の真相に辿《たど》りつく邪魔をしている。

「いい加減にしていただけません!?」

そうして全員が黙り込んでしまった時、いよいよ我慢ができなくなったらしい白珠さんが甲高い声で叫んだ。思わずビクッとしてしまうくらいの、良く通る声だ。

「仮にこの映像が誰かの手で編集された物だとして。秋津さんが神楽おばさまとモメていたことに変わりはありませんし、密室の中に二人だけでいた時点で犯人と決まったようなものでしょう。つまり、秋津さんは殺人犯である。これが事実です」

「姉さん、それは」

「紫宝は黙っていて。貴方、まさか秋津さんにほだされたんじゃありませんわよね？　この男は、誰がどう考えても殺人犯の癖に、探偵みたいな態度であつかましいにも程があります。でも、事ここに至っては簡単ですわ、秋津さんさえ閉じ込めておけば、もう誰も殺されたりしませんもの」

「そうかなぁ。秋津くん一人に一連の犯行は無理だと思いますけど」

「久保田さんまで彼の肩を持ちますの!?　共犯者がいると仰《おっしゃ》りたいなら、それこそ新政さんと桃川警官でしょう。もしかしたら古陶里さんもご存じだったのかもしれませんわね、随分とかばっていらっしゃいましたし」

と、今度は古陶里まで巻き込んで、白珠さんは早口で続けた。

「新政さんは秋津さんが犯人だと周りに気付かれる前にカードを回収し、隠し持っていた。

一昨日も新政さんが見張りをなさっている時間帯に二人で抜け出せば……アリバイなんてないも同然。桃川警官のことは……おばさまの遺産目当てで事件を起こしたものの、結局は内輪もめして殺してしまったのでしょう。これで全部説明が付きますわ！」

「でも、白珠姉さん。真白さんは何もしなくても遺産を相続できたんです。なのに新政さんと桃川さんの三人がかりでおばさまを殺すなんて、理由がありませんよ」

「それは……い、急いで遺産が必要だったとか……もしかしたら、遺言書に何か書いてあったのかもしれませんわ。秋津さんが相続できない理由だとか、それでこの人、焦《あせ》っておばさまを殺してしまったんじゃありませんの？」

恐ろしいことに、ヤケクソになってまくしたてる白珠さんの推理には割と信憑性《しんぴょうせい》があった。一理ある、と言うんだろうか。彼女の話でも十分に「殺害理由」が成立してしまう。

だけど唯一《ゆいいつ》の問題点は、僕自身、新政さんと桃川警官と組んでいた、という意識がないことだった。記憶喪失だからって、ここまで綺麗《きれい》さっぱり忘れてしまえるもんでもないだろうし、それに今の推理だと、何となく腑《ふ》に落ちない。

「そこまで真白や私を疑うのなら、持ちものを確認すれば良い。もし事件に関係していれば我々のスマホにも桃川警官の連絡先が登録されているはずだ」

憮然《ぶぜん》とした表情で古陶里が言い、スマホを差し出した。仕方なく僕も同じようにすると、白珠さんは鬼の形相で二台まとめて取り上げ、せわしなく調べ始める。パスワードなしで見られるし、連絡先一覧くらいならすぐに検索できるはずだ。

やがて白珠さんは、がっくりと肩を落とすと、

「ありませんわ……でも、削除した可能性もありますもの！」

「そんなこと言い出したらきりがありませんよ、白珠さん。だってそれだと、新政さんのスマホに連絡先が入ってたのも、誰かが後から入れたって可能性もありますし」

「久保田さんは秋津さんの味方ですの？　こんな状況で!?」

と、白珠さんが混乱と憤りで爆発しそうになった瞬間、それなら……と古陶里が重々しく口を開いた。

「嵐が落ち着くまで、私と真白は部屋に閉じこもる。食事は誰かが部屋に運んでくれれば良いし、もともと赤江神楽が亡くなった夜、警察が来るまでそうしておこうと話していたはずだ。真白が犯人なら、閉じ込めておけば二度と殺人は起きないし、証拠隠滅する機会もない。これなら問題はないだろう」

「……そうね。私も賛成するわ、その案に。嵐だっていつまでも続く訳じゃない、天候が落ち着けば外と連絡もつくし、とにかく、もう我々の手には負えない状況だもの」

「だけど、姉さん」

「では大変申し訳ありませんが、秋津さんと古陶里さんには部屋に閉じこもって頂きましょう。その間、我々で新政さんと笹一弁護士の部屋をもう一度調べて……部屋に鍵がないのが残念ですが、扉を開けてそれぞれ入り口に誰かが立てば、お二人の部屋のドアが見えますから、それを見張り代わりにして。その後の事はまあ、おいおい考える、というので

いかがですか?」

まとめるように久保田女史が言って、紅玉さんが同意するように肩を竦《すく》める。白珠さんは皮肉気に、

「新政さんと笹一弁護士の部屋を調べるって……秋津さんが犯人である決定的証拠でも探すんですの?」

なんて言ってたけど、紫宝くんが申し訳なさそうに僕を見つつも「僕も、賛成します」と頷いたことで、この提案が受け入れられることとなった。

「じゃあ、早速移動しましょうか。秋津さんと古陶里さんの食事は後ほどお部屋に運びますので、それまで待っててくださいね。えーと、シャワーでも浴びた方が良いんじゃないかと思いますし」

僕は素直に頷いた。確かに、古陶里も僕も、ついでに言うと久保田女史だって、新政さんの血でひどく汚れてしまっていたのだから。

4

「あの、真白さん」

部屋に向かい、階段をのぼる途中で。

皆で黙々と歩いていたら、ちょうどすぐそばにいた紫宝くんが、青白い顔で僕に話しか

けてきた。

「なに？」

いつもなら、年下の紫宝くんを気遣うように話せたと思う。だけど今の僕はそんな余裕もなくて、ひどく冷たい声を返してしまったのに、紫宝くんは傷ついた表情ひとつ見せずに、

「僕、思い出したんですけど。新政さんて、取材メモみたいな物を持ってませんでしたか？」

「……え？」

こっそり囁《ささや》くように言われて、僕は思わず瞠目した。

思い返せば、確かにそうだ。新政さんが直接メモするのを見てはいないけど、古陶里が部屋割りを書いた時、それに新政さんが僕と古陶里の部屋を訪れた時にも、はっきりと言ってたじゃないか。

『情報収集の要《かなめ》だな。俺達も取材内容はこうして書いてまとめるようにしている。手書きが一番なんだよ、実は』

あの時、新政さんは手帳をチラッと見せてくれた。多分あれが取材メモだ。

「新政さんと桃川警官のスマホの中には、情報があんまりなかったんですよね。でも取材メモには何か書き残していたかもしれません。それを探せば、分かることがあるんじゃないかなって」

「そうか……確かに、そうだ」

どうして今まで気付かなかったんだろう。紫宝くんの慧眼《けいがん》ぶりに、僕はうんうん頷《うなず》く。

「だけど、僕にそんな話をしてもいいの？　だって僕が犯人なら、メモの証拠隠滅をはかろうとするかもしれないよ？」

「でも真白さん、今から部屋に入るんですよね？　だったらそんな事する暇、ないですから」

言って、紫宝くんがにっこり笑う。

「僕、今から探してみます。誰が犯人なのかは分からないけど、何となく、真白さんだけを疑うのは違う気がするし……せめて記憶が戻るまでは、真白さんに一方的に疑いをかけたくないんで」

「紫宝！」

ありがとう、と言いかけた時、急に鋭い声が僕らの間に割って入った。咄嗟《とっさ》に白珠さんかと思ったけど、振り返ると、険しい表情で立っていたのは紅玉さんだった。

「彼と話をするのはやめなさい。……真白クンも、早く部屋に入って」

「……すみません」

怖い顔で睨み付けてくるその顔は、雰囲気こそ違えど、妹の白珠さんにそっくりだ。これまであんなに親しく接してくれていた彼女の態度の変化に、僕は言葉を失い、それからすぐに謝罪する。

そうか。やっぱり紅玉さん、僕のこと完全に疑ってるのか。

まあ仕方ないよなあ……あんな監視カメラの映像を観た後だもん。僕だって、あの時、何があったのかを正確に思い出せないながらも、自分が薄気味悪くて仕方ない。

だけどこれまで紅玉さんは僕にとっての数少ない「味方」ポジションにいる人、だと勝手に思い込んでいて、少なくとも僕に好意的ではあったから、何かやっぱり……落ち込むなぁ、こういうの。

そう思ってしょんぼりしながらあてがわれている角部屋に入ると、すぐに古陶里も続き、扉が閉じられた。途端に僕はへなへなとその場にしゃがみ込んでしまう。

「真白。大丈夫か」

「大丈夫な訳ないでしょ、あんな映像見ちゃったらさぁ……やっぱり僕が神楽さんを殺したのかな。手紙にあった通り、僕は神楽さんに何か恨みみたいなものを持っていて……だけど他の事はほんとに知らないんだ、新政さんや桃川警官と協力して事件なんて……それとも、記憶を失う前に何かやりとりがあったのか……？」

呟く僕に、古陶里は「それは違う」と首を振ったけど、

「だったら何で僕を閉じ込めておけ、なんて言ったんだよ。古陶里だって少しは疑ってるんだろ、これだけ証拠が出てるのに、無関係なわけがないって……」

「誤解だ。私が隔離を望んだのは、君を守るためなのだからな」

「まも……る？」

血で汚れた着物姿の古陶里は、よく見ると、かなり壮絶だった。僕も多分同じなんだろうけど、日本人形みたいな古陶里が死人の血を浴びた状況でいるのは、性質《たち》の悪いホラー映画みたいに見える。

だけどその表情は落ち着いていて、言葉だけじゃなく、心底僕を心配してくれていた。いつものように。

「真白。新政氏と桃川警官が繫《つな》がっていたのは確かだと私も思う。あれは偽装などではなく、そういえば、と思い当たる節もいくつかあるからだ。しかし、だからこそ次に危ないのは真白だろう……君が赤江神楽を襲っているようにも見えるSDカードが出てきた以上、次に狙われるのは君だからな」

「え……？」

いや、それ、どういうこと？　ちょっと何言ってるのか良く分かんない。

そう思って首を傾げる僕に、古陶里は少しだけ怪訝《けげん》な顔をした。

「私の言葉の意味が、本当に分からないのか？」

「いや、えーと、うん？」

「……現状、一連の事件の真犯人を探るための証拠は、その大半が真白を指すものばかりだ。だから警察の介入があれば、真っ先に容疑者にされるのは真白ということになる」

「うん、それは分かるよ」

「だが、それは真白の記憶が戻らなかった時の話。君があの夜、赤江神楽の部屋に行った時のことを思い出したとしたら、どうだ？　君は犯人を知っているのかもしれないし、知らなかったとしても、もはや自分が犯人だとは言わないだろう。つまり真白の記憶は犯人にとって脅威となるはずなんだ」

「僕の記憶が、脅威……」

「そうだ。犯人は恐らく、真白がこのまま容疑者として捕まることを望んでいる。しかし記憶が戻ればそれは叶《かな》わない。とすれば……口封じした方が早い、と考えてもおかしくないのだよ」

死んでしまったら。記憶が戻らないまま、真相が何ひとつ明らかにならないまま、いなくなったら……。

そうすれば、犯人は僕こそが容疑者であると警察に報告できる。或《ある》いは、手元に揃《そろ》った証拠を提出するだけで、すべてが終わる。

「だけど……僕が殺されたら、その犯人は誰だ？　って事になるよ？」

「勿論《もちろん》、そうだな。でも偽装工作を行い、真白が自殺したように見せかけることも可能だろう。昨日、君自身も狙われている可能性があると話したが、今がその状況なんだ。だから私は、犯人から君を隔離しなくてはならなかった」

「……嵐が、終わるまで？」

「ああ。或いは、君の記憶が戻るまで」

ごくん、と生唾《なまつば》を呑《の》む。自分が殺されてしまうかもしれないという現実が、再び生々しく、僕を襲った。

そう。僕は狙われている。

「じゃあ、次は僕が危ないとして……古陶里は誰が犯人だと思う？　新政さんまで殺されて、残されたのは僕と古陶里と久保田女史、それに紅玉さん達だけだ。この中に、本当に犯人がいるのかな……新政さんをあんなふうに殺してしまうような凶悪犯が」

言いながら思い出す。新政さんの遺体の喉から腹部にかけて切り裂かれていた、あの惨状を。

「そもそも、犯人は何であんなことしたんだろう。これまでは皆、普通に殺されてたよね。なのに……新政さんは特に犯人に恨まれていた、とか？　だとしたらあれは相当なもんだよ、絶対」

「出血の量からして、あの傷は亡《な》くなった後のものだという話だったな。とすると何か別の理由があるのかもしれないが」

「別の理由って……僕には恨み以外の何物でもないように思えるけどね」

桃川警官と繋がっていた新政さん。そして、僕を脅迫していた可能性も高い彼が、一体、昨日の夕方からどんな行動をとっていたのか。それが分かれば少しは推理のしようもあるのに、残念ながらちょうどその時間に眠っていた僕には何も分からないし、今となっては、新政さんと笹一弁護士の部屋の捜索に加わることすら出来ない立場だ。

……ああ、だけど、そういえば。

「新政さんがいなくなった時、さ。古陶里は捜索に加わらずに、僕のそばにいてくれたんだよね」

「ああ。部屋の鍵がない以上、眠って無防備になっている真白を一人にはしておけなかったからな。行方不明だと思われた新政氏が君を狙っているかもしれない、とも思ったし」

「……そっか。ごめんね、ずっと心配してくれてたのに……僕は本当に、何の役にも立たないな」

　記憶さえ戻れば、と思うけど、本当に心の底から思うけど、監視カメラの映像を見た時ですら何も思い出せなかった。こんなことで本当に、僕は過去を取り戻せるんだろうか。

「そういえば、真白。さっき大島紫宝と何か話していたな。あれは、何を？」

「さっき？　……ああ、新政さんのことだよ。確か新政さんはメモを持ってましたよね、ってね。言われて思い出したんだけど、実際、この部屋に来た時も持ってたからさ、手帳」

「……ジャーナリストなら、スマホに情報を残していなくても、手帳に何かそれらしきメモが残されているかもしれない……ということか」

「どのみち僕は探しに行けないんだけど、新政さん、ポケットに入れてたみたいだったし、亡くなった時に何で持ってなかったんだろう。まさか犯人が持ち去ったとか？」

「今回、他にも消えているものがいくつかある」

　言って、古陶里が指を一本ずつ立てながら、呟《つぶや》いた。

「まず一つ、赤江神楽の遺言書。二つ、監視カメラのＳＤカード。三つ、桃川警官の拳銃《けんじゅう》の弾。そして四つ、新政氏のメモ」

「……そうか。ＳＤカードは出て来たけど、他のものはまだ行方不明のままだね」

「犯人が持ち去ったのか、或いは処分したのか。いずれにしても消えたのには何か理由がある筈《はず》だ。それが犯人の目的とも繫がる筈」

「そこにあっては困る物、だから、消えたってことだね」

「恐らくな」

ごくり。と揃って生唾を呑みこむと、室内に沈黙が降りる。やがて古陶里が「絶対に部屋を出るなよ」と言い置いてシャワー室に消え、僕もお風呂《ふろ》の順番待ちでミニソファの上に腰掛けた。

その時だ。

部屋をノックする音がして、僕は反射的に立ち上がった。

何だ？　誰か来たのか？

シャワー室からは水音が聞こえ、古陶里が出てくる気配はない。躊躇《ためら》っていると、再び、ノックの音。

ああ、そうか。もしかしたら誰かが食事を持ってきてくれたのかも。そう思ってドアに向かおうとしたけど、古陶里との話を思い出すと、情けないことに足がすくんだ。

僕は狙われている。もし外にいるのが「犯人」だとしたら……？

僕が動かないのを察したのだろうか。やがて扉の下からすっと何かが差し入れられた。

また、メモだ。

用心して、たっぷり数分時間を置くと、僕はようやく扉に近付いた。そっとメモを拾い上げ、二つ折りにされたそれをゆっくり開く。

これは……手紙の続きだろうか？　僕が犯人であるという決定的な証拠とか？　なんて思ったのに、それは、意外なもので。

『**正午、誰にも言わずに神楽おばさまの部屋に来て。大切な話があります。大島紅玉**』

走り書きのように記されたそのメモは、紅玉さんからの『招待状』だったのだ。

5

正直、どうすべきか物凄《ものすご》く迷った。

まず、誰にも言わずにと書いてはあるけど、古陶里には話した方が良いよな、と言う事。手紙の時だってすぐにバレたし、そもそも、今の僕は単独行動をとるべきじゃない。だけど紅玉さんは、僕がこの部屋にとじこもることに賛成していたはずだし、今は僕が犯人だと疑っていた筈。

だとしたら、このメモは何なんだ？　僕には近付きたくもない筈なのに、二人きりで会いたいだなんて。

「変だよな、絶対……これ、紅玉さんの書いた物じゃないとか……罠《わな》、とか？」

じわりと掌《てのひら》に汗がにじむ。僕は紅玉さんの筆跡を知らない。いや、他の皆の筆跡だって知らないのに、これが本物の紅玉さんからのメッセージなのかなんて、分かる筈もないのだ。しかし……。

そう色々と考えた末、僕は愚かな事に、古陶里がシャワーを終える前に、そのメモを服のポケットに隠すことにした。自分でも、理由は分からない。

……やがて古陶里が出てくると、僕は入れ替わりにシャワーを浴び、メモだけ取り出して服を着替えた。血の匂《にお》いが流れ落ちてしまうと、もうすっかり、さっきの新政さんの姿が夢だったような気さえして……だけど、これは全部、現実だ。

「さて、部屋からは出られないし、どうしたものかな」

「古陶里さ、ちょっと眠ったら？　僕はずっと寝てたから大丈夫だけど……僕につきっきりだったってことは、睡眠足りてないでしょ」

時刻はまだ午前十時。というか、割と時間が経《た》っててびっくりした。確か居間で久保田女史とバッタリ出くわしたのが午前六時くらいだった筈だけど、その後で久保田女史が呪殺島の生まれだって話を聞いて、六時半のアラームの音で新政さんの遺体を発見して、皆でSDカードを見て……ああ、まあ、確かに色々あったな。

「僕、部屋から出ないし、古陶里が寝てる間はちゃんと注意してるからさ。今のうちに休んどいてよ」

「……しかし。空腹で眠れそうにない。先に食事にしよう」

あ、そうでした。久保田女史が色々食べてたから忘れてたものの、僕らは折角キッチンにいったのに、食事ひとつできないうちにあんなことになってしまったんだった。

あれを見た後じゃ、食欲なんてわくはずもない、のに、意外にも古陶里の言葉を聞いた途端、僕のお腹《なか》がくぅぅぅ……と切なげな音を出した。人間なんて現金なもので、どんな時だってお腹はすくし、生理現象ばかりはどうしようもないのだ。

すると、それを聞いた古陶里がニヤリと笑って、どうやら着物のたもとに入れていたらしいチーズの袋とかバナナとかヨーグルトとかパウンドケーキ等々、ちょっとびっくりするくらいの量をどっさりと部屋のテーブルの上に並べ始めた。

いやいやいや、ドラ○もんの四○元ポケットかよ！　もしくは黒柳○子さんの頭!?

「取りあえず真白も食べろ。その後、私はお言葉に甘えて睡眠をとらせてもらう。だが四時間だけだ。四時間たったら起こしてくれ、交代する」

うん、異存はない。古陶里の言葉に頷くと、僕もすぐにソファに座り、その後は黙々と手当たり次第に食べた。また炭酸が飲みたくなって、でも部屋の中には水のペットボトルしかないから、それを喉《のど》に流し込む。

……そうして食事を終えると、古陶里は約束通りベッドに潜り込み、びっくりするくらいスコンと眠り込んでしまった。どうやら相当疲れていたらしい。まあ、当然だよな。

僕はバナナを頬張りながらその様子を見て、さっき隠した紅玉さんのメモをこそこそと取り出した。

正午、かぁ。と言う事は、待ち合わせまで、あと二時間。

再び僕はどうしたものかと頭を抱える。本当に、古陶里に黙って抜け出して良いのだろうか。僕自身が危ない目に遭う、というのもアレだけど、一人になった古陶里に何かあるのが一番怖い。犯人が何を考えてるのかなんて僕には分からないし、今は、何が起きてもおかしくはないのだ。

だけど……紅玉さんは僕に何かを伝えたがっている。これを無視して良いのか？

窓の外を見る。嵐はまだ続いていて、四角く切り取られた断崖《だんがい》絶壁の景色は、荒々しい海の飛沫《しぶき》と暴風雨とで歪《ゆが》んで見えた。

記憶を失ってからこちら、ずっと見続けている景色だ。思えば僕は、この屋敷に来てから一度も燦然《さんぜん》と輝く晴れの日の太陽を見たことがない。

それでも、いつかは嵐も終わる。そうすれば外からの救助も来るだろう。だけど。

……果たして僕らはその時、命を落とすことなく、無事にこの赤江邸を出られるのだろうか……。

＊＊＊＊＊

がくん、と身体《からだ》が揺れて、僕ははっと我に返った。

いつの間にかうとうとしていたらしい。ソファの上で今にも倒れそうなくらい傾いていていた上半身を引っ張り起こすと、僕は慌《あわ》てて口元を拭《ぬぐ》い、辺りを見渡す。

どのくらい意識がなかったのかは分からないが、とにかく、身体がだるかった。睡眠は十分とっていたし、あんなことがあった後で眠れるわけがない……と思っていたのに、新政さんを探し、遺体を探り、監視カメラの映像を見て、という一連の流れの中で、僕は想像以上に疲れていたらしい。

部屋の中はしん、と静まり返っていて、まるで真夜中のように人の気配がなかった。部屋の時計を見上げると、時刻は十二時五分。これは、午前か、或いは午後か？

そう思った瞬間、僕は唐突に思い出した。すうっと血の気が引いていく。

しまった。紅玉さんとの約束の時間！

慌てて探ると、僕が手にしていた筈の紅玉さんのメモは、何故《なぜ》かテーブルの上に置かれていた。確認すべく再び中を見ると、そこにはやっぱり「正午、神楽おばさまの部屋に来て」と書かれている。

立ち上がり、意味もなくあたふたして、僕は咄嗟に古陶里の眠るベッドを見た。今なら彼女に気付かれずに部屋を出られる。でも、こんな状況で古陶里を一人にしても良いのか、という問題については結論が出ていない。僕が眠っていた時ずっと、そばについていてくれた彼女を、今度は僕が見守るべきじゃないのか？　いや、でも結局うたた寝してちゃ意味ないよなぁ……なんて。

そんなことを考えていた僕は、やがて、こんもりと膨らんだベッドに違和感を覚え、恐る恐るそちらに近付いた。潜り込んで眠っているのか、古陶里の姿はここからじゃ見えない。いや、本当に見えないだけなのだろうか。

震える手で布団《ふとん》を押すと、盛り上がった掛布団はそのままとんと弾力のあるベッドの上に落ちた。人のいる感触じゃない。僕は意味もなくバタバタと布団を押さえつけ、中に誰もいないと確信すると、思い切り毛布をめくり上げる。

するとそこには、やっぱり古陶里の姿はなかった。どうやら布団の中に枕《まくら》を置き、そこを中心にして膨らみを作っていたらしい。

一体、いつから古陶里はいなくなってたんだ？　いや、そもそも僕を一人にしたくないと心配していた彼女が、こっそり出て行ってしまうなんて絶対におかしい。

うすら寒いものを覚えて僕は部屋を出た。

心細さがピークに達する中、見渡した廊下にはやはり誰の姿もない。新政さんと笹一弁護士の部屋も既に捜索が終わったのか、扉はかたく閉じられている。角部屋のここからはほとんどの部屋の扉が低い仕切りごしに見渡せるんだけど、どの扉も閉まって……いや。開いていた。一つだけ。さっき紅玉さんが「待ち合わせ場所」として指定していた、赤江神楽さんの部屋の扉だ。

僕が記憶を失《な》くして目覚めた場所でもある、その、部屋の扉……。

再び背筋が冷たくなり、僕の身体は無意識のうちに震えはじめた。あの部屋の扉だけが誰かを招くように開いているのは、恐らく、紅玉さんが僕を待っているからだ。僕が場所を間違えないように、多分、ああしてくれているだけの筈。

だけど、それならどうしてこんなに嫌な予感がするんだろう。何だかあそこで、とんでもないことが起きているみたいに……そう思いながらも僕はゆっくりと絨毯の上を歩き、神楽さんの部屋に近付いた。扉にそっと手を伸ばすと、鍵《かぎ》が壊れたそれは歪んだ音を立てながら大きく開き、そして、部屋の中にいる紅玉さんの姿を顕《あらわ》にした。

そう。彼女を探す必要も、待ち合わせを疑う余地すらなかったのだ。

何故なら彼女は、自身の血で汚れた床の上に、仰向けになって倒れていたのだから。

「…………っ！」

扉を背に、僕はずるりとその場にへたり込んだ。

何だよこれ。僕は、まだ夢を見ているのか？　ここ数日の間にあまりにも沢山の遺体を見すぎたせいで、悪夢に飲み込まれ、あの角部屋のソファの上で今もうんうん呻《うな》りながらまどろんでいるだけなんじゃ……。

だって、変じゃないか。どうして紅玉さんまで、こんな事になってるんだよ。

「こう、ぎょく……さん……？」

口から一筋の血を流し、足を折り曲げるようにして倒れている紅玉さんは、そんな状態であってもなお美しかった。一度着替えたのか、最後に見た時とは違う服装で、相変わらず豊かなボディラインがくっきり見える紺色のワンピースに、真っ赤なルージュとマニキュア。眼を閉じているせいか、それともまだ肌の色が失われていないせいか、まるで眠っているようだ。

だけど胸が動いてない。呼吸をしている様子がない。

一縷《いちる》の望みに縋《すが》るように胸に手を当てたけど、その身体からは鼓動も、生の気配も、何も感じられなかった。口と鼻に手を当てても、息が触れることはなかった。

「なんで……」

その時、紅玉さんの身体のそばに、小さな手帳が落ちているのに気付いた。どこかで見たことがある、と思いながら手を伸ばし、中を開いてぱらぱらとめくる。

手帳には、どのページにも大量の走り書きがあった。男っぽいごつい字で、所々何を書いているのか分からないくらいの悪筆っぷりだ。だけど間違いない、これは僕が最初に目を覚ましたあの夜、紙が欲しいと言った時に新政さんが胸から取り出して一枚切り取った……あの、手帳だ。

だけど、訳が分からなかった。何で紅玉さんが、新政さんの手帳を持ってるんだ？　さっき捜索している時に見つけたんだろうか。だとしたら何故、彼女がそれを所持していて、おまけにわざわざ僕をここに呼び出す際に持ち出したのか……。

分からない、分からないけど、これには何か意味がある筈だ。

そう思った僕は、目を眇《すが》め、乱れた新政さんの手帳の文字を追い始めた。

「『秋津真白が万引き行為。まさか偶然、こんなネタを摑《つか》めるとは思わなかった』……何だ、これ。僕が万引き？　『秋津真白は気が弱い。赤江神楽とは対極だ……御しやすい』」

『金がないという彼に、赤江家の財産について伝える。幸い、赤江神楽は既に秋津真白と会うつもりでいるようだ』

『赤江島の駐在所の警官を使う。島にしかない書類をうまく取り寄せてくれた』

『桃川警官は予想以上に強欲だ。あいつは大島家の長女に好意を抱いているらしいが、金も欲しいと言う。秋津真白を使い、赤江神楽の遺産の一部を手にする方法を考えるはずが、厄介なヤツを巻き込んだ』

やっぱり、僕を脅迫していたのは、新政さんだったのか。

だけど、僕を利用して神楽さんの遺産を手に入れようとしていたのはともかく、そのために桃川警官まで巻き込んだ理由は？　新政さんは、彼に一体、何をさせたんだ。

目の前でチカチカと光が点滅していた。まるでこの部屋で、最初に目覚めた時のように頭が疼《うず》く。僕は後頭部を押さえながら、それでも目を細めて手帳の文字を追った。ああ、何て読みにくいんだ、新政さんの字は！

『赤江神楽は余命わずか、遺産はすぐに秋津真白にいく』

『方法を間違えた。秋津真白は遺産を相続できない』

ふっ、と、僕は息を詰めた。

指で文字をなぞり、瞠目《どうもく》する。そこには信じられない言葉が記されていた。

『秋津真白が死んだ』

……死んだ？　僕が？

途端に頭の疼きがひどくなり、もう、目の前が眩《まぶ》しくて何もかもが悪趣味に歪んでいて、何ひとつまともに見えなくなった。吐き気がする。辺りがぐるぐる回って、真《ま》っ直《す》ぐ座っていることすら難しい。

その時、

……ひらめきのような何かが頭の中にがつんと落ちて。

その激しい衝撃と痛みに、僕は思わずその場にうつ伏せた。

記憶の奔流。激しく渦巻く見覚えのある数々の景色。光景。経験のすべて。そして……。

そして僕は、

い、い、い、い、い、い、い、

ようやく、すべてを思い出した。

「真白……?」

怒濤《どとう》のように甦《よみがえ》った沢山の出来事。それらがやっと落ち着き、呆然《ぼうぜん》としながらも重い頭を上げると、いつの間にか、背後の入り口に古陶里が立っていた。

いつものように、僕を案じる顔。

だけど僕は、全部思い出してしまった。彼女がこれまで僕に隠していた嘘《うそ》と真実、歪曲《わいきょく》して伝えられていた過去と、そのすべてを。

「この、大嘘つきめ」

僕が絞り出すようにそう言うと。

古陶里は口角を吊《つ》り上げ、小さな封筒を差し出しながら、陶器の人形のように静かで冷たい笑みを浮かべた。

「やっと思い出したのか。この間抜けめ」

6

時刻は午後一時。

大島紅玉が死んでから、約一時間が経過した。

時計を見上げて再度確認すると、室内のソファから立ち上がる。何かがおかしかった。何故、未《いま》だに騒ぎが起きないのか。「彼」と紅玉との待ち合わせ時間はとうに過ぎているし、自分は確実に彼女の息の根を止めたから、予定通りなら今頃は、遺体を見つけた彼が大騒ぎしているはずだった。

しかし、外はしん、と静まり返っている。捜索を終え、皆が自室に戻って以降、物音一つ聴こえない。

廊下で見張っておくべきだったのか、と思った。もしかしたら「彼」は、紅玉のメモに気付かなかったのかもしれない。もっと目立つ方法で渡すべきだったのではないか？

だが、そんな焦燥もすぐに消えた。それならそれで構わない、別の方法を取れば良いだけなのだから。こんなふうに、あの日、あの時から、どんな感情が芽生えても、すぐに自分の中に開いた大きな穴に吸い込まれていく。その暗い、どこまでも深く続く穴の名前を自分はずっと以前から知っていたし、一度生まれたそれが、二度と消えないことにも気付いていた。

けれど本当は、そんなことすらどうでも良かったのだ。そう、何もかも。

……しかし、大島紅玉の裏切りは想定外だった。

いや、自分はもしかしたら、薄々予感していたのだろうか？　何故なら彼女は最初から秋津真白に同情的だったし、幼馴染み《おさななじ》の警官が死んだことで動揺もしていた。自分と言う監視の目があったからこそ明るく振舞ってはいたけれど、あちら側につくのは時間の問題だったのだ。

だから、彼女を殺したことに後悔はない。ない、が。

……予定通りにいかないものは、やはり気持ちが悪い。次の手を打つためにも、あの部屋で何が起きているのかを推測する必要がある。

裏切り者の紅玉を殺し、証拠も残した。彼が遺体を発見したのなら、それはすなわち例の証拠にも気付いたことを意味する。

仮に他の人間が先に見つけてしまったのだとしても……あれを見れば、紅玉、或いは秋津真白を一連の犯人だと思うだろう。危うい部分のメモだけ切り取った新政の手帳は秋津真白が犯人であることを匂わせているし、いずれ真白本人が目にすれば、その時点で何かを思い出す可能性もある。

そう。手帳をあの場所に置く事には少し不安要素もあったけれど、彼には記憶を取り戻してもらう必要があったし、そのためにはああするしかなかった。仕方なかったのだ。……仕方ない。そう、これは予定にはなかった殺人だ。本当は、大島紅玉を殺すはずではなかったし、最後に秋津真白が死んでくれれば、すべては丸くおさまるはずだったのだから。

思えば、秋津真白が記憶喪失になったのも、新政が自分を脅迫してきたのも、紅玉が裏切ったのも、何もかもが予定外だった。いや、そもそも、新政と桃川が『あの事』を調べ上げたりしなければ、こんな事件は起きなかったし、自分は今でも真実を知らず、ただ、今回もまた同じことの繰り返しで、自分には結局なに一つ得られないのだといつものように諦《あきら》めて落ち込んで、同じ朝を迎えるだけだった。そう思えば彼らの死は、まさに自業自得だったのだと言える。

あの二人が過去をほじくり返し、すべてを明るみにさえしなければ。

それでも希望はあった。せめて生前、神楽が心のうちを吐き出した日記のようなものでも……或いは、遺言書でも良い、そうしたものが残っていて、そこで赤江神楽が自分の事を認めてくれていたら……。

だが、それらしきものを見つけることは叶わず、だからこそ苦労して手に入れた遺言書にも、やはりあれほど欲しかった言葉は記されていなかった。自分は、二度、裏切られたのだ。

笹一弁護士はその立場上、恐らくすべてを知っていた筈だ。もはや秋津真白が赤江家の遺産を相続出来なくなったこと、そして新政と桃川が嗅《か》ぎ付けた『あの事』も、もしかしたら神楽本人から聞いていたかもしれない。

それなのに何故、最後まで沈黙し続けていたのか。誰よりも赤江神楽を憎み、恨んでもおかしくはない人間がここにいるのだということを、公表しなかったのか。依頼人である神楽の言いつけを守ったのか、それとも弁護士と言う職務上の守秘義務があったからか……人が死んでなお、あの男はそれを守ろうとし、結果、死んでしまったのか。

「馬鹿《ばか》らしい……」

人生など、途方もない「罰」のようなものだ。責苦を味わうために生を受け、憎しみにさらされ、欲にまみれた愚かな人間に囲まれながら生きていかなければならない。その醜悪さに吐き気をもよおしながら、続いていく命にうんざりしながら。

だからせめて、あの女が自分の事を認めてくれさえしたら。そうしたら、何かが変わっていたかもしれないのに。

存在を否定され続けながら生きる人間の気持ちなど、きっとあの女には分からない。これまでずっと自分と言う存在を殺され、心の奥底では忌避すらされていた自分が、ようやく見つけた心の拠《よ》り所《どころ》がここだったのに、結局、最後には再び拒否された……その喪失と、突然からっぽになってしまった絶望が、あの女に理解できるはずがなかったのだ。少なくともあの女は、愛情の意味を最後まで取り違えていたのだから。

……或いは、死の間際《まぎわ》になってようやく自らの過《あやま》ちに気付いたからこそ、あんな行動をとったのだろうか。罪滅ぼしの為に？

「本当に、分かっていない」

そもそも、呪《のろ》いから離れて自由になれるなどと、そんな考えを抱く事自体が過ちなのだ。事実、秋津真白の母親は島を遠く離れてなお四十の歳《とし》を迎えられなかったと聞く。秋津真白だってあんな目に遭ったし、神楽自身も、死病に冒されていた。

赤江という家から離れても、呪いからは逃れられない。呪殺島の人間は最後まで呪いに縛られて生きるしかない。何故なら、呪いとは「死」ではないからだ。人はいつか死んでしまうし、死はどんな人間にとっても恐ろしいものなのに、呪殺島に暮らす人々だけがそれを「呪詛《じゅそ》」だと恐れている。あまりにも、愚かだ。

そんなものよりもっと恐ろしいものがある。そして赤江神楽は、その、死よりも恐ろしいもの……恐らくは呪詛の本質たるべきものを、最後に自分に突き付けてきた……。

「全部、終わったことだけど」

溜め息をつき、腰を下ろしていたベッドから立ち上がると、廊下に出る。外に人の姿はなく、薄く開いたままにしておいたはずの赤江神楽の部屋の扉もまた、そのままだった。まさか本当に、秋津真白はあの部屋に行っていないのだろうか。

いずれにしても彼には死んでもらう必要がある。数日続いた嵐も、さすがにそろそろおさまるだろう。そうなれば外部から警察が来るだろうし、邪魔者を早々に始末して、屋敷の中にあるめぼしい「証拠」を消してしまった方が良い。

階段を下り、居間に向かう。あの人は指示通りできただろうか。必要な物は持たせたけれど、紅玉のように裏切ることなく、最後の罠の準備を終えたのか。せめてそのくらいの役には立ってもらわないと、と思いながら扉を開き、中に入ると……、

「遅かったね。真犯人さん」

息を呑む。

そこには、秋津真白と三嶋古陶里が、自分を待ち受けるように、二人並んで立っていたのだ。


*****

「なんで、ここに」

「君を待ってたんだよ。この手帳のお陰で、ようやく記憶が戻ったんでね」

居間の扉を開いて入って来た人影に、僕は言った。自分でも驚くくらい落ち着いた声が出た。

激しい頭痛と吐き気を伴い、まるで雷が落ちたように唐突に甦った記憶は、今やすっかり僕自身のものになっていた。数日間、あれほど不安で何も思い出せなかったのが嘘みたいに、今ではすべてが理解できる。

そう、僕はようやく、すべてを思い出していた。

この島に来る以前の事。秋津真白のこと。古陶里のこと。

そして、僕自身の事も。

だから僕は、居間と応接室がくっついた広々とした部屋でずっと、古陶里と一緒に犯人を待っていた。赤江神楽さんの部屋で紅玉さんの遺体を発見し、キッチンに降りて、そこにいた人物……犯人の「共犯者」を捕まえた後のことだ。

犯人が自ら階段を下りてここに来ることは分かっていた。何故なら犯人は、共犯者の仕事を確認した上で、毒物の入った「僕の好物の」炭酸飲料水を僕に直接手渡すか、飲むように促すつもりだったろうから。

「それにしても驚いたな。いや、驚いたと言えば、僕はこの島に来てからずっと驚いてばかりいるんだけどね。それでもまさか、こんなことになるとは思ってもみなかった。秋津真白が言ったとおり、実際に、この屋敷で事件が起こるなんて」

「……それ、どういう意味？　秋津真白はあんたじゃないの？」

声と共に、キッチンの陰から久保田女史が姿を見せる。別に隠れてたわけじゃないんだろうけど、いかにも白々しいその登場に、僕は思わず笑ってしまった。

「良く言いますよね。貴方《あなた》は最初から知ってたでしょ、僕が秋津真白じゃないって」

……そう。

僕は、秋津真白じゃない。本物の秋津真白は、今からひと月前に死んでいる。

同じ養護施設で育った僕と真白と古陶里は、幼馴染みだった。割と能天気で楽観的な僕と、几帳面《きちょうめん》で真面目《まじめ》で気弱な真白、肝が据わった奇人変人ながらも意外に情に厚い古陶里、性格はそれぞれ違っていたけど、だからこそ気の合った僕らは、いつの間にか、いつも一緒に過ごすようになっていた。

そう。僕らは親友だったのだ。

同じ小学校に通い、同じ中学に通い、同じ高校に通い。

お互い協力して受験勉強することで学力の差を埋めて、僕らは同じ大学にまで進学した。それを機に養護施設を出たのちは、同じアパートで暮らしながらも各々《おのおの》別の時間を過ごし、やがてはお互いに秘密を作るようになっていった……。

だから、知らなかったんだ。諸事情から親と暮らせず、何一つ自分の自由に出来なかったことへのストレスからか、真白に盗癖があったこと、それを新政太一に知られ、脅されていたことも。両親が亡くなった後、今や最後の肉親となった赤江神楽が、莫大《ばくだい》な遺産を真白に相続させようとしていたことも。

真白が死んだのは、恐らく偶然だったのだと思う。バイトの後、久しぶりにアパートで食事をする約束をしていた僕らは、彼の帰宅の遅れを案じて探していた時、事故に遭った直後の真白を見つけた。そこで初めて脅迫者のこと、遺産の事を聞いたのだ。

『……僕のせいで、伯母さんにまで、迷惑がかかる』

雨の中、道路の端に倒れ込んでいた彼を見つけて、僕らは真白の最期《さいご》の言葉を直接耳にすることが出来た。けれど残念ながら虫の息だった彼の口から脅迫者の名は語られず、だから僕らは新政さんに対して何の手も打てなかった。真白のバイト先の関係者の話から、彼の帰宅が遅れたのは多分、新政さんと会っていたからだろう……ということが分かったくらいで、僕らは脅迫者の性別や年齢すら知ることが出来なかったのだ。

だからこそ、僕と古陶里は島に行くことを決意せざるを得なかった。断るつもりだった何度目かの赤江神楽の「招待」を、今回に限って何故真白が受けたのか、その理由が脅迫者にあると知り、必ずそいつを捕まえてやろうと決意して。

……死んでしまった親友に、僕らが出来るのは、そんな事ぐらいだったから。

「本当に、情けない話だよね。兄妹《きょうだい》みたいに育ったつもりだったのに、真白が苦しんでいたことに、僕らは一度も気付けなかった。でも、だからこそ、僕らは絶対に真白を脅迫していた犯人を見つけ、その証拠を摑んで、警察に突き出してやろうと思った。それがすべての事件の始まりだったんだ……少なくとも、僕らはそう思っていた」

「……どういう事？　それなら何故、貴方は秋津真白を名乗る必要がありましたの？」

今にも倒れそうなほど真っ青な顔をした白珠さんが、震えながら呟く。壁に手をついて何とか体を支えているけれど、きっと、神経を研ぎ澄ませてないとすぐに失神してしまうくらい、彼女は消耗している。

その様子を見ながら、僕は古陶里と顔を見合わせ、それは、と小さな声で言った。

「それは新政さんが、真白の死に気付いているかどうか分からなかったからだよ。知っていたとしても、真白が死ねば遺産は手に入らなくなるから、すぐには赤江神楽に密告しないはず。そう思って僕は真白の振りをして、あの夜、神楽さんの部屋に行き、本物の真白が死んだこと、彼を脅迫していた人間がいることを伝えるつもりだった……だけど」

だけど。

あの夜、僕は心配する古陶里を残して、一人、神楽さんの部屋に向かった。それが午後八時のことだ。部屋をノックすると、神楽さんは中に招き入れてくれて……その直後に僕は気付いたんだ。彼女が、腹部に致命傷を負っていることに。

「神楽さんが刺されたのは、僕があの部屋に行く前だった。そして何故か神楽さんは、それを隠して僕を部屋に招き入れ、気付いた僕が慌てて人を呼ぼうとすると、こう言ったんだ。お前は真白の偽者《にせもの》だろう、って」

僕は知らなかった。勿論、気付いてしかるべきだったのに。

僕らが島に来る前から、神楽さんは既に、本物の秋津真白が死んだことを知っていた。その上で偽者の僕らが島に来ることを知り、真白を騙る詐欺師《かたさぎし》がいる、もしかしたら彼らこそが遺産目当てで真白を殺した犯人ではないか……と誤解した上で、あえて島に迎え入れたのだ。

いや、もしかしたら、それ以上の事も……。

「……く、口では何とでも言えますわ……そもそも、証拠がない……」

「ですよね。白珠さんにはそう言われると思いましたよ。勿論はっきりとした証拠を僕は持っていません、少なくとも今は。ですが、思い出してみてください。神楽さんが亡くなった時、部屋のテーブルにティーカップが二つ出ていた事を。監視カメラの映像では、僕は部屋の入り口で神楽さんと押し問答になり、奥まで入らせてもらえませんでした。とすると、あのティーカップは？　誰の為に用意されたものだったんでしょう」

「先に誰かが、あの部屋に来ていた、ということになるな。だがアリバイ確認の際、午後六時の全員そろっての夕食後から遺体発見までの間、他に赤江神楽の部屋を訪れた人間はいなかったと証言していたはず。とすると何故、ティーカップを出された人物は、そこで偽証したのか？　どのみち不自然であることに変わりはないな」

古陶里が僕の言葉を補助するように核心を衝《つ》く。

今度こそ、白珠さんは何も言わなかった。

「……まあ、今だから言えることだけどね。勿論、神楽はすべてを知っていたよ。私が直接頼まれて調べたし、報告までしたんだから、少なくとも秋津真白が死んだことは知っていたと断言できる。神楽は以前からこの家を秋津真白に相続させたがっていたけど、島を離れて暮らす人間を呼ぶのに用心しない筈がない。偽者に来られちゃ敵《かな》わないから、身元調査についてはしっかり行っていたさ」

僕の沈黙をどう解釈したのか、息を呑んで話の続きを待つ皆の前で、きっぱりと言い切ったのは久保田女史だった。

「その上で、新政の正体にだって気付いていた。もともと赤江神楽の病気の件で無理やり島に入る許可をもぎ取った男だ、秋津真白に近付いていたことも、その上で秋津真白が死んだことも、全部承知だったよ」

「……僕らは空回りしてたんですね。最初から、僕らの目的と正体とを、神楽さんに話しておくべきだったのに」

とは言え、僕らは「脅迫者」に気付かれることなく神楽さんに連絡を取る方法を思いつかなかった。犯人がどこに潜んでいるのか分からない、どんな立場の人間なのかも調べようがなくて、赤江家の住所は分かっていたけれど、そこに連絡するよりは、直接会って二人きりで話す方が安全だと思ったんだ。

まさか、こんな状況になるなんて夢にも思ってなかったしさ。

「赤江神楽は呪殺島の呪詛について、誰より恐れを抱いていたからね。真白が死んだと知って相当悩んでいたようだった。お前たちの事も、新政の共犯者か、同じ財産目的の詐欺師と疑っていたのも事実だ。だからこそ自分の代ですべてを終わりにするつもりだったんだろう……財産なんて、死を目前にした神楽にすれば、どうでも良いものだったろうから。それでわざわざ笹一弁護士まで呼んで、全員の前で自らの意思を証明しようとした。遺産はすべて慈善団体に寄付し、赤江家を終わりにする、とね」

久保田女史は、まるで遺言書の中身を目にしたと言わんばかりの様子でそう言った。

「あ、言っとくけど、これは神楽から直接聞いた話だよ。笹一弁護士と私の前で、あの女、はっきりそう言ったからね」

「……そういえば久保田女史は、笹一弁護士と良く二人で話をしていたな」

古陶里の言葉に、僕も改めて思い出す。

ああ、この人は、本当に食えない。

勿論僕らはそうした内情について既に知っていた。だってあの「手紙」を見ていたから。

神楽さんはその胸の内を、島に来る以前から笹一弁護士に打ち明けていたのだ。

……だけど、その話をするのは今じゃない。まだ、肝心な話が済んでいないのだから。

「さて、部屋を訪れた僕を『偽者』だと言った神楽さんは、直後、僕の頭を鈍器で殴って気絶させました。僕は逃げるつもりなんてなかったけど、神楽さんに誤解されてるんじゃないかって慌ててたんです。僕は真白の味方だ、むしろ仇《かたき》を取りたいんだって……そう言いたかったのに、そんな暇すら与えてもらえずに気を失った。それがあの部屋で起きたすべてです。そして、監視カメラに誤解を招くような映像が残ってしまった理由でもあります」

僕が昏倒《こんとう》した後の事は分からない。けれど状況を見るに恐らく、神楽さんは自ら最後の力を振り絞り、部屋の鍵を内側から閉めた。そして床に倒れ込み、失血死したのだろう。

「……それは何故ですか？　どうして神楽おばさまは、死ぬほどの怪我《けが》を負っていながら逃げもせず、むしろ貴方と部屋に閉じこもる方法を選択したんでしょう」

さっきからずっと沈黙していた紫宝くんが、静かに問う。僕はそれに答えかけ、いや、と首を振って話を続けた。

「そこについてはあくまで想像の域を出ないから、順序だてて説明していきたいと思います。ああ、少し長くなりそうだから、皆さん座って聞いてください。どのみち嵐が終わるまで、僕らは外に出られないんですから」

そう。犯人も、皆も。ここからは誰一人、動けない。

……全員が着席すると、僕は立ったまま、こほんと咳払《せきばら》いする。途端に隣にいた古陶里に小突かれたけど、このくらいの虚勢はいいじゃない、ねえ?

「ひとまず、これで密室の謎《なぞ》は解けました。部屋の鍵が内側から掛かっていたのは、神楽さん本人が閉めたから。そして新政さんが鍵を壊して中に入ってくるまで、あの部屋は完全なる密室状態になっていたという訳です。

さて、その翌日、僕らは新たな遺体を見つけました。森の中にいた桃川警官です。皆さんも既にご存知の通り、当初、事件に巻き込まれたかのように思われていた彼は、実際には新政さんと繋がっていた……ここに新政さんの手帳があります。これによると桃川警官は、赤江神楽さんについての情報を新政さんに流していたらしい」

「手帳には、何て?」

「えーと……必要であればまたご確認いただければと思いますが、まとめると、新政さんは赤江神楽さんのインタビューをきっかけに彼女について調べ始め、結果、呪殺島に興味を持った。ライフワーク的に神楽さんについての情報を集めるうちに、やがて神楽さんが末期がんであること、それから彼女が数十億の資産を有している、ということを知った」

末期がん。余命宣告を受けた際の病名。

僕のそれは割と衝撃的な発言だったのにも拘《かか》わらず、話を聞いていた三人の中で、驚きの声を上げる者は誰一人としていなかった。予想通り、この事実を知らされていなかったのは、僕と古陶里だけだったのだ。

「……と。ここまでは先ほどお話しした説明の通りですが……問題はその後です。新政さんは神楽さんの遺産を狙《ねら》って真白に近付いたけれど、彼が非協力的であったことから、保険をかけようと思った。それが、桃川警官だったようです」

保険。

その言葉に、久保田女史、白珠さん、紫宝くんの表情が強張《こわば》った。

恐らく各々、言いたいことが沢山あるんだろう。だから僕は一応、少しの間をおいて皆の反応を待ったけど、明かりが煌々《こうこう》とついた広間で、三人は静かに、僕と古陶里を見つめているだけだった。

「……新政さんは今回の神楽さんの招待よりずっと先に、島を訪れています。そこで神楽さんについて、島にいなければ分からない情報を集めていたようです。桃川警官の協力のもとで」

「島にいなければ分からない情報って……ああ、そうか」

「戸籍謄本《とうほん》と、島で生まれ育った桃川警官からの情報です。彼は本土にいる人間より赤江家に詳しかった。また、親の代から大島家と縁があり、色々な情報を入手できる立場にあったようですね。紅玉さんとも……親しかったようですし」

「お姉さまはそう仰《おつしや》っていたけれど、実際にはあの男が勝手に紅玉お姉さまに好意を抱いていただけですわ、学生時代からね。本当に、いやらしい」

「桃川警官は、お金にも弱かったみたいですね。結果的に新政さんと協力して、何らかの情報を得たようです。残念ながら手帳には、その内容までは書かれていませんでしたが」

言って、一息つく。僕の視線に気付いた「犯人」は、咄嗟《とつさ》に目を眇めると、むしろその瞳《ひとみ》に憎悪《ぞうお》すら滲《にじ》ませて僕を睨《にら》み付けてきた。

「それで？」

「ずっと考えてたんです。桃川警官が亡くなったのは、神楽さんが亡くなった後だとされていましたが……事件についての通報を受け、こちらに来る途中で殺されたのだとしたら、彼はどうやって、何を使って橋のこちら側まで来たのか。そして、犯人はどんな方法で逃げ去ったのか。集落からここまではとても徒歩では来られない距離です。となると他に移動方法が必要になるわけですが、残念ながら僕らはそれを見つけることが出来なかった。だけど、その『理由』を探るためのヒントがここにあります」

僕はスエットのポケットから袋を取り出した。紅玉さんの遺体を発見した直後、僕の後ろに立っていた古陶里が差し出したものだ。

僕がうたた寝している間に、古陶里は紅玉さんが僕にあてた例のメモを見つけ、先にあの部屋に向かっていたのだ。そして紅玉さんを発見し、遺体を調べて豊かな胸元に隠されていた小さな封筒を見つけた。それが、これだ。

恐らく、犯人が見過ごしていた……新政さんの手帳なんかよりずっと、事件の真相を明らかにしてくれるもの。

「……拳銃《けんじゅう》の弾？」

封筒を逆さにし、掌《てのひら》に中身を落とすと、ぽとぽとと落ちたそれを見て紫宝くんが声を上げた。久保田女史も目を丸くして、白珠さんに至っては、ぽかんと口を開けてしまっている。

「そうです。これを紅玉さんが持っていました。恐らくは桃川警官の所持していた銃の弾です」

そう。桃川警官の遺体を発見した時に古陶里が抱いた違和感……それは彼の拳銃に弾が入っていないことだった。

果たしてそんなものに何の意味があるのかと思っていたけれど、実際にはそれこそが事件の真相を読み解くきっかけとなった。

「何で紅玉は、銃の弾なんて」

「久保田さんもそう思いますよね。だって彼女は確かに僕と新政さん、古陶里と一緒に桃川警官の遺体を発見しましたが、彼の持っていた拳銃には一度も触れていないんです。これは僕と古陶里共通の認識ですから、恐らく、間違いはないと思います。遺体発見時には既に銃に弾はなく、それ以前に抜き取られていた。つまり、紅玉さんは僕らが桃川さんを見つけるより先に、拳銃の弾を抜き取っていた、というわけです」

「どうして……」

呆然と呟く白珠さんに、僕は、深く吐息する。紅玉さんが何故、拳銃の弾を盗んだのか。それを想像するととても胸が痛かった。果たして彼女は桃川警官の遺体を目の当《ま》たりにした時、どれだけ後悔したか。そして、どんな思いで僕にこれを渡そうとしたのか……。

今にして思えば、あの、僕を犯人扱いするような態度ですら、演技だったのかもしれない。僕を守るための……唯一《ゆいいつ》の、そして、精一杯の方法。

「紅玉さんは、屋敷に着いてからその時まで一度も外に出ていません。この嵐ですからね、桃川警官のもとに行くことだって難しかったでしょう……ガレージにある車にも、使用された形跡がなかった。つまり、紅玉さんはここに来る前に桃川さんに会っていたんです。この屋敷で、僕らと会う前にね」

そう。

ここが盲点だった。順番が違っていたのだ。

桃川警官は、二番目の被害者ではない。今回の一連の事件の最初の被害者……つまり、僕らが屋敷に到着した時には既に、遺体となってあの場所にいたのである。

「このお屋敷に来る時の、僕らの移動方法は車でした。新政さん、笹一弁護士、久保田女史、それに僕と古陶里は集落のタクシーを。そして紅玉さん達は、ガレージにある自分達の車を使って最後にこの屋敷に来た……その車に、もしかしたら、桃川警官も乗ってたんじゃないんですか？」

今度こそ本当に。

白珠さんと紫宝くんの表情が、はっきり、目に見えてわかるほどに強張った。きっとこれまでは、自分達が疑われないように僕を責めたり、庇《かば》ったりするという演技を続けていた筈だから、しらばっくれる方法だってあるだろうに。

こんな時に限って、この二人は、とても素直だ。

「恐らく……どんな事情があったのかは分かりませんが、桃川警官と大島家の三人は同じ車でこの赤江邸に向かったけれど、橋を渡った場所でトラブルが起きた。結果、桃川警官が亡くなり、三人は遺体をあの大木の下に捨てて屋敷に来たんです。そして、その際に紅玉さんが桃川警官の拳銃の弾を抜いたのだと考えると、すべての辻褄《つじつま》が合います」

「それは、なぜ」

「拳銃を悪用されることを恐れたからでしょう。桃川警官の傷はナイフによるものだったけれど、もし、殺害現場を目撃していたのなら、拳銃なんて凶器を犯人の前に出すわけにはいかなかっただろうからね……君、いや、桃川警官を殺した弟、紫宝くんに」

僕の言葉に。

真犯人……大島紫宝くんは、静かに、驚くほど静かに、笑みを浮かべた。

7

「桃川警官と君たちの間にどんなトラブルがあったのか、正確なところは分からない。だけど彼はナイフによって殺され、あの場に遺棄された。そしてその犯人は紫宝くんではなかったかと、ある事情から僕らは推測している。問題は、なぜ君たちがその後、素知らぬ顔でこの赤江邸に来たのかってことだ」

甦った僕の記憶によれば。

僕らの中で最後に屋敷に到着した三人の様子には、特に不審な点はなかったと思う。いや、よくよく考えれば紅玉さんが少し大人しかったような気もするけど、少なくとも、三人はごく普通に「神楽おばさん」に会いに来た様子で、僕らにもにこやかに挨拶《あいさつ》してくれていた。当然、誰かが死んだという話を口にすることはなかったし、そんな態度はおくびにも出していなかったと思う。

しかし。ここで問題になるのが、神楽さんの遺体が発見された直後の通報だ。

あの時、桃川警官に電話をしたのは紫宝くんだった。だけど思い返せば彼が実際に電話連絡している姿を、誰も見ていないのだ。

勿論《もちろん》、見られるはずがなかった。だってあの時点で桃川警官は死んでいて、彼は連絡なんてしていないんだから。翌日には屋敷の電話線が切れたと新政さんから発表があったけど、早い段階で意図的に、それが行われていた可能性が高い。僕らが気付いていなかっただけで。

「紫宝くんの『通報』は、桃川警官の実際の死亡時刻を隠蔽《いんぺい》しました。その後、僕らはまんまと桃川警官の遺体を発見し……これが偶然なのか、或《あ》いは紅玉さんがナビする形で誘導したのかは分かりませんが……彼は『二番目の遺体』として屋敷に運ばれた。

遺体発見時、紅玉さんはひどく動揺していました。既に彼が死んでいることを知っていたはずなのに、あんなに取り乱すのはおかしい……と今にすれば不思議ですが、拳銃の弾を隠し続けたことを考えると……何となく、理由に思い当たります」

「……それは、どうしてでしょう」

「恐らく、紅玉さんは君に恐れを抱いたんじゃないかな。人を殺してなお平然としていた君にね。桃川警官の死の隠匿《いんとく》に関わってしまった自分にも責任を感じ、そして、何より君が弟であるからこそ庇い続けていたけど、それでも凶器となる銃の弾を咄嗟に隠したのは、最初の段階で君の残虐性《ざんぎゃくせい》に気付いていたからだと思う。桃川警官の遺体を改めて目にした時、彼女はきっと、それを思い出したんだ」

「……残虐性？」

「間違ってはいないだろう。お前は赤江神楽を殺し、結果的に姉にまで手をかけたんだからな」

僕の代わりに古陶里が言った。そうして、着物のたもとに入れていた便箋《びんせん》を取り出す。

それは、僕が書斎で目にした「手紙」だった。

「これは赤江神楽が笹一弁護士に宛《あ》てて書いた手紙だ。もともとは書斎にあったものだが、笹一弁護士の死後、誰かが我々の部屋に差し入れてきた。読んでみよう。

『あの恐ろしい知らせが届いた日の事を、私は未だにはっきりと思い出す。また一人、赤江の血を引く者が命を落とした日だ。

やはり赤江家の呪いは、島から離れても消えないものなのか。

島を出て、家族を持った彼女の事を不憫《ふびん》に思う。自ら赤江の家と縁を切り、外に幸せを求めた彼女ですら、島の血の呪いから逃れることができなかった』

これは恐らく真白の母親のことを意味しているのだろう。

そして手紙には、続けてこう書かれてある。

『罪とは、どれだけ突き放そうとしても必ず己の前に再び現れる。

それが分かっていたからこそ、私はその罪と向き合おうと決めた。

だが、すべてを受け入れたわけではない。私の罪の重さを彼は知らないし、今後それを伝えるつもりもないからだ。

恐らく彼は、私の唯一の肉親であり、赤江家の呪いを継いだ存在でもある。

家から離れることで、もしその呪いの輪から解き放たれるのであれば、私はこの命を懸けても彼を守りたいと思っていた。島の外から届いた死の知らせを聞くまでは』」

古陶里が訥々《とつとつ》と読み上げ、僕も静かにそれを聞く。誰も、誰一人として、口を開かなかった。

「この手紙には何度も『彼』という主語が出てくる。だが最後まで固有名詞がないんだ。

恐らくは、あえてそうしたのだろうが……だから我々は誤解してしまった。この手紙の意味するものが何であるのかを」

「島の外から届いた死の知らせ。これって続けて読むと、真白のお母さんのことを意味してるようにも見える。だけど、島の外からの死の知らせは何もひとつじゃなかったんだ。つまり、ここに書かれた死とは、秋津真白の死を意味してる可能性がある」

「真白さんの？」

整った顔立ちに動揺の色さえ覗《のぞ》かせない紫宝くん。高校生とは思えないほど落ち着いている。いや、殺人犯とは思えないほど、と言った方が正しいんだろうか。

「そうだよ。さっき久保田さんも言ってたけど、神楽さんは真白が亡くなったことを知っていた。だけど、そう考えるとこの後の手紙の意味が繋《つな》がらなくなるんだよ。古陶里、お願い」

「……ああ。手紙にはまだ続きがある。続けよう。

『彼はすべてを知ってしまった。

私の行動に、彼は憤《いきどお》りを抱いている。

けれど認めてしまえば彼を呪詛《じゅそ》に近づけることになるのだ。それだけはできない。

叶うのであれば、死という呪いのくびきから彼を隠してしまいたい。

彼を屋敷に招待することにした。

できれば説得したいと思う。だが、彼の望むものを与えることはできないだろう。それこそが彼を守る唯一の方法だからだ。

できれば貴方にも参加して頂きたい。

遺言書の書き換えの必要はないと考えている。いずれにしても、私の願いはただひとつ、彼を守ることだけだ。

貴方は反対するだろう。

けれどあえて、他でもない貴方にお願いしたい。

何があっても、何が起きても、彼を助けるため、彼を説得するための協力を』」

「この文章を読むと、まるで真白が神楽さんに憤りを抱いていた、というように取れる。だけど僕と古陶里の記憶が確かなら、真白は一度だってそんな素振りを見せたことはなかったよ。そもそも直接会ったこともない、やりとりだってまともにしたことのない相手を恨むなんてね……理由がないだろう？　とすると、ここにある『彼』は真白の事じゃないんだ」

真白ではない誰か。その人物は神楽さんに、神楽さんの取った「行動」に対して腹を立てていた。

だけど神楽さんはその人物を呪詛から遠ざけるためにそうせざるを得なかったのだ。呪詛から遠ざける……つまり、その人物もまた、赤江家の呪詛に冒された存在である、という事になる。

「ここからは、さっき話していた通り、僕の想像の域を出ないんだけど……神楽さんには真白以外にもう一人、親族がいたんじゃないかな。それも、男性の親族が」

ひゅっ。と誰かが息を呑《の》む音がした。紫宝くんだったのか、或いは、白珠さんか。

「……神楽さんはどうしても『彼』を呪詛から遠ざけたくて、突き放した。真白みたいに赤江の家から離れて暮らせるように、何か手を打ったんだと思う。だけど、それを知った『彼』は怒り、神楽さんの説得を聞かなかった。そうじゃないかな、紫宝くん」

「違うわ、そうじゃない！　紫宝は大島家唯一の跡取りよ、赤江の家には関係ない！」

僕の言葉に、白珠さんが泣き叫ぶような声を上げた。だけど当の本人である紫宝くんは落ち着いたもので。

むしろ僕らをあざ笑うように、口元を歪《ゆが》めた。

「……証拠は？」

「ないよ。だから言ったでしょ、想像の域を出ないんだって。だけど集落に行って調べたら話は別だ。新政さんと桃川警官にだって見つけられたくらいだから……君が、赤江家から大島家に養子に出されたっていう証拠が、必ず残されているはずだ」

「別に、調べる必要はないよ。今更隠すつもりなんてないんだから」

「紫宝っ！」

「貴方の言う通りだよ。僕は、赤江神楽の実子だ。桃川さんがわざわざ戸籍謄本の写しまで見せて紅玉姉さんに話してたから、まず間違いない」

動揺し、何とか弟を黙らせようと懸命になる白珠さんをよそに。淡々とそう語った紫宝くんは、また、さっきの憎悪にまみれた眼差しを僕に向けた。

「本当に、ぺらぺらぺらぺら探偵気取りでしゃべってくれるよね、あんたは。何も……何も知らない癖に」

「うん、そうだね。僕は何も知らない。分かることがあるのだとすれば、それはひとつだけ、新政さんが開けてはならないパンドラの箱の蓋《ふた》を開けてしまった、ということくらいだ」

……恐らく。それは赤江神楽さんが唯一、呪詛から抗《あらが》ってでも守ろうとしたものだった。神楽さんが誰と結ばれ、誰の子を産んだのかは分からない。その後、どうして一人になったのかも。だけど物心ついた時から赤江家の呪詛について思い悩んでいた神楽さんは、紫宝くんという息子を得た時、その呪詛から息子を守る方法を懸命に考えたのではなかったろうか。実際に島を出て暮らした真白の母親のことを思い出し、家から離せば、或いは別の家に養子に出して赤江姓を捨てさせれば……そうすれば「死」の呪いから息子を守ることが出来るのではないか、そんな思いで紫宝くんを「嫡男」のいなかった遠戚《えんせき》の大島家に託したのかもしれない。

だけど紫宝くんは真相を知り、神楽さんに深い怒りを覚えた。どうしても許せないと、そう思ってしまった……。

「本当に、勝手だよね。大島の養子になればそれで済むって？　そんなわけないじゃないか。あいつらは……大島の連中はずっと言ってたよ、僕は大島家に呪いを伝播《でんぱ》させる寄生虫みたいなものだって」

紫宝くんの声は震えていた。さっきまでの落ち着きは消え、いつの間にか、つり上がった眼で人を射殺せそうなほど、恐ろしい表情になっていた。

「大島の家は、赤江家ほどじゃないけど幾つか事業を抱えているし、島の管理を赤江家から任されている立場上、どうしても跡取り息子が必要だった。それで神楽おばさんの申し出を快く受けたけど、身内の大半は僕の存在を疎《うと》ましがってたんだ。子供だから気付かないとでも思ってたのか、あからさまに態度で示す連中もいた。養子の話を受け入れた父さんが亡くなったら、ますます皆で僕を忌《い》み嫌うようになった……」

「紫宝、ダメよ、おやめなさい！　そんなことまで話す必要は」

「白珠姉さんだってそうだろ？　子供の頃は散々僕をいじめたくせに、いつの間にか優しい姉さんぶって、僕の味方きどり？　そんなことしたって僕は最初から姉さんのことなんて大嫌いだったよ！」

叫びに、白珠さんが真っ青な顔で口をつぐむ。その目が次第に潤《うる》み、ぽとりと涙が流れ落ちるのを、紫宝くんは酷薄の表情で見つめていた。

「大島家の跡取りとして、数えきれないほどの習い事や礼儀作法を叩《たた》き込まれて、その裏では陰口を叩かれて、僕はがんじがらめだった。父さんが亡くなってからは誰一人、僕の事をまともな人間扱いしてくれなくなって……中には父さんの意思に逆らって、姉さんに婿《むこ》を取らせて家を継がせるべきだ、なんていう連中もいたよね。桃川が調子に乗って姉さんに迫ったのだって、一時、集落でもそんな噂《うわさ》が広まってたせいだよ。あんなやつに大島の家を継ぐ資格なんてあるわけがないのにさ」

だけど、と紫宝くんは言う。だけど、いや、だからこそ、と。

「僕にとって、ここに、神楽おばさんの所に遊びに来る時だけが、唯一ほっとできる時間だった。誰も僕を責めない、陰口を叩かない、何かを押し付けたり、型に嵌《は》めたり、ただ大島の家を継ぐ人形になれなんて言わない……神楽おばさんと一緒にいたら、僕は何だか、本当の自分になれる気がした。周りを気にして取り繕う必要もない、自分の好きな物、嫌いな物、興味のあることや日ごろの不満まで……神楽おばさんだけが、僕の話をまともに聞いてくれた。なのに」

「……そんなに許せないことだった？　神楽さんが、実の母親だったことが」

僕の呟きに、紫宝くんはゆるく首を振る。

「そうじゃない。桃川が余計なことを言う前から、もしかしたら、って思う事もあったもの。おばさんは僕にだけ優しかったし、僕の事を一人の人間として認めてくれていたから。だけど……」

最後の最後で、あの人は僕の事を、本当の僕という存在を、認めてくれなかった。

そう、かすれた声で呟いて、紫宝くんは僕を見た。そして、静かに続けた。

「あの日、ここに来る途中、運転を申し出た桃川が僕の事で紅玉姉さんを脅して……養子であると言う事実を僕に知らされたくなければ、って姉さんに迫っているのを見た時、何かがぷっつり切れた気がした。車を止めて、あの大木のそばで姉さんと二人きりで話していたあいつは、完全に油断してて……驚いた姉さんにつられて振り返ったところを刺してやったのさ。姉さんは自分の責任だって僕を庇おうとしたけど、本当はそんなの、どうでもよかったんだ。最初からあいつにはうんざりしてたんだから。

だけどおばさんが病気だって話だけはさすがに初耳だった。それで今しかないって思って……今聞かなきゃ、おばさんは二度と僕を自分の子だと認めてくれない、そう思ったから、あの夜、僕は神楽おばさんの部屋に行ったんだ。行って、僕が息子であることを認めてほしいと頼んだ。大島の家には居場所なんかなくて、まともに息も出来なくて、だからおばさんにだけは認めてもらいたいんだって。だけど……」

「神楽さんは多分、君を息子として認めたら、赤江家の呪いに近付けてしまうと思ったんだよ、きっと」

「僕を守るために、心無い言葉を投げかけたって？」

「ああ、きっとそうだったんだと思うよ。だから神楽さんは逆上した君に刺された後、一人で自ら部屋に閉じこもろうとしたんだ。あの部屋を密室にすれば、少なくとも君を庇うことが出来る……そう思って。だけど僕が最悪のタイミングで部屋を訪問したせいで、何もかもがおかしくなった」

そう。これが僕の推理だ。

息子であることを認めてもらえず、絶望した紫宝くんが神楽さんを刺した時。神楽さんは恐らく、余命わずかな自分の命より、息子の将来を案じたんじゃないだろうか。

そこに「真白の偽者」の僕が来た。一人で密室で倒れているより、僕が一緒にいる方が紫宝くんから嫌疑の目を逸《そ》らせる……こいつは真白を騙る詐欺師なんだから、罪悪感を抱く必要はない、と。果たしてそこまで考えたのかは分からないけど、咄嗟の判断で神楽さんは息子を庇い、密室を作り上げた後、発見者にすべく久保田女史を部屋に呼んだ。

……間違った判断ではあったと思う。そのせいで、今回の事件はますます複雑になったし、沢山の人が亡くなってしまったんだから。だけど……それは言葉で「息子」だと認めるより、どれだけ愛情のこもった覚悟だったのだろう。

できればそんな神楽さんの思いをくんでほしい。そう思うのは僕のお節介かつ身勝手な考えかもしれないけど……そう思いながら紫宝くんを見つめると、彼はまるで僕を嘲笑《ちょうしょう》するように「はっ」と鼻で笑った。

「もしかして、母親を殺した僕に反省しろって言ってるわけ？　愛情がたっぷりこもった母親の手紙を読み聞かせて？　だとしたら残念だね、そんなつもりはさらさらない。僕が欲しかったのは『肯定』で、押しつけがましい愛情なんていらないんだから。それがあの女には分からなかったんだ」

「でも、それは」

「せめて」

と、紫宝くんが短く呟く。それはまるで迷子の子供のように頼りない、切ない声で。

「……せめて、遺言書の中でだけでも、僕を息子だって一言でも書いてくれてたら……そう思ってたよ。そうしたら、僕はやっと居場所を見つけられるって。だけど遺言書は新政のせいで台無しになった。あいつ、秋津真白が死んだことは最初から知ってて、だから次は赤江神楽の息子である僕に近付いてきたんだよ。僕が遺産を相続できるように動いてやるって言ってね。その証拠に神楽おばさんの部屋にあった監視カメラの映像を盗んで、これを公表されたくなかったら遺産の一部をよこせと言った。それで僕が、相続の為にはおばさんの遺言書が必要だって言ったら、焦《あせ》って笹一弁護士まで殺しちゃってさ」

「……新政さんが？」

息を呑む。そうか、確かにあの時、久保田女史と行動を共にしていた紫宝くんには、笹一弁護士殺害は不可能だと思ってたけど……犯人は、新政さんだったのか。

「あいつ、書斎に一人で戻って来た笹一弁護士と遺言書について話をしようとしたら、秋津真白を脅迫していたのは貴方ですね、って糾弾されたんだってさ。それで揉《も》みあいになって、突き飛ばしたら死んじゃったって……慌てて笹一弁護士が持っていた遺言書を奪って逃げて、何食わぬ顔で遺体を発見した僕らに合流したらしいけど、肝心の遺言書は処分しちゃってた」

「処分？」

「写真に撮って、本物は捨てたんだってさ。僕が遺産を相続するのに必要ない内容だったから。馬鹿にしてるよね、僕は遺産なんてどうでもいい、知りたいのはそんなことじゃなかったのにさ」

「それで、殺した……？」

「刺したのは、白珠姉さんだよ。僕が襲われてると思って、咄嗟に僕のナイフで新政を刺したんだ。致命傷じゃなかったけど、そのうち死んだ」

「だって……私が悪いんですもの……」

いつの間にかその場にしゃがみ込み、両手で顔を覆《おお》っていた白珠さんが、今にも消え入りそうな声で言った。

「紫宝が桃川警官を刺した時、凶器のナイフが残っていたら、いずれは紫宝の持ち物だと分かって逮捕されてしまう……そう思って回収して、咄嗟に傍にあった枝を刺した。後になってどうしてあんな愚かなことをしたのか、自分でも分かりませんでしたけれど、一番愚かだったのはナイフを持ち帰ったことでしたわ。だって紫宝は、おばさまをそのナイフで刺し殺してしまったんですもの」

「同じ、ナイフ……」

「ええ。その後、貴方がナイフを握って発見されましたけれど、後で皆に気付かれないようにもう一度回収して……それで、咄嗟に新政さんを刺してしまった。あんなものを、持っていたから……」

「新政のやつ、遺言書の写真データをカードに入れて、それを僕の前で飲み込んだんだ。だからあいつが死んだ後、切り裂いて取り出してやった。結局遺言書に書かれていたのは、笹一弁護士が言っていたとおり、秋津真白が亡くなった場合は遺産を慈善団体へ寄付するってことだけだったけど」

　どこか楽しそうに語る紫宝くんの姿に、さすがの僕も言葉を失った。身体を裂いた理由は画像データ。そんなものの為にあんな猟奇的な行動をとったのか、この子は。

　あれほど爽《さわ》やかで真面目そうな好青年だと思っていた紫宝くんが、今や別人のように見えた。いや、もともと僕が見誤っていたのだろうか？　その背後から立ち上る狂気に、僕は思わず後ずさる。

　それが最後まで自分を息子と認めなかった実母への怒りからなのか、冷遇し続けた大島家への憤りなのかは分からない。けれど人の身体を切り裂くという行為に出たその神経が、もはや常人のものであるはずがない。

「……あの、監視カメラの映像も、君が……？」

「そうだよ。新政が死んだ後に見つけて、どうせなら利用してやろうと思ってさ。あんたが映ってる所だけ残して削除した。咄嗟の作業で、ちょっと不自然になっちゃったけどね」

「僕を犯人にするつもりで……だよね？　だけど君はその後、紅玉さんを殺した。神楽さんが死に、真相を知る桃川警官や新政さんも死に、後は僕を殺せば『秋津真白を名乗った偽者の犯行』を装《よそお》えたはずなのに……おまけに、新政さんのメモまで置いて」

「この僕こそが、赤江家最後の人間だからだよ。あんたは偽者、それを思い出させてやりたかったのさ。なのに紅玉姉さんまであんたに肩入れして、僕を裏切って……真相を打ち明けようとしたから、殺してやった。拳銃の弾を隠し持っていたのは誤算だったけどね」

「白珠さんは知らなかったよ。君が、紅玉さんまで殺したことを」

……思い出す。紅玉さんの遺体を発見した直後、そのショックで記憶を取り戻した僕が、古陶里と共に事件の真相について考えながら下の階に降りた時。

恐らく、紫宝くんは以前に古陶里がキッチンから炭酸飲料水を持って行ったことに気付いていたのだろう。減っていた炭酸飲料水はその一本だけで、念のため他に炭酸を好む人間が屋敷にいないことを確認した紫宝くんは、白珠さんに毒物を……ガレージにあったピンク色の不凍液をペットボトルに移して持たせ、それを混ぜるように頼んでいた。僕らはその姿を見つけて、白珠さんを捕まえたのだ。

エンジン冷却用の不凍液はある一定の量を飲めば死に至る。だけど味は甘くて飲料水に混ぜても気付かれにくいから、冬場にペットが舐《な》めて亡くなったり、或いは実際に殺人事件に使用された例もある、らしい。

すべては古陶里からの受け売りの知識だけど……多分、紫宝くんはそうした話をテレビか本で得ていたんじゃないだろうか。

とはいえ残念ながら、不凍液の致死量は通常成人で約一〇〇mlだそうだから、炭酸飲料水にちょっと混ぜたくらいじゃ死にはしないんだけど。紫宝くんもそこまでは知らなかったらしい。

勿論、白珠さんはそうした自分の行動について一切認めず、むしろ強気で僕らをなじっていたものの、紅玉さんが殺された事を知ると愕然《がくぜん》としていた。まさか紫宝くんがそこまですることは思ってもいなかったのだろう。

それでも、彼女は最後まで、紫宝くんを庇おうとしたのだ。

「……紅玉さんも、白珠さんも、それに、神楽さんだって。君を庇い続けたし、今でも守ろうとしている。それでも君はまだ、誰も自分を認めてくれないって思ってるの？」

「当然だろ？　だって姉さんたちの好意は罪悪感に過ぎない。紅玉姉さんは、桃川警官が自分に抱く好意のせいで僕が神楽おばさんの息子であることに気付き、それが事件のきっかけになったと思いこんでたし……白珠姉さんは、子供の頃から積み上げてきたものがあるからね」

笑って、紫宝くんは頽《くずお》れる白珠さんを見下ろす。

「皆、みんな、結局は僕を、赤江紫宝としての僕を、見てくれなかった。最後まで僕には、味方なんていなかったんだ。

秋津真白は死んだそうだけど、でも、あんた達みたいな友達がいたんだから、きっと僕よりは幸せだったんだろうな。だって僕には何もない。過去も、現在も、未来も。

……これが赤江家の呪いなら、僕は正真正銘、最後の赤江一族だよ。最後の一人にふさわしい、これは呪われた『死』だもの」

紫宝くんは、そう言って、場にそぐわないほど綺麗な笑みを浮かべた。

確かに笑顔を作っているのに、その顔からは、最後まで人間らしい生気が感じられなかった。

終章

紅玉さんの死の数時間後。

赤江島に吹き荒れた嵐《あらし》はようやくおさまり、あれほど厚く空を覆っていた灰色の雲が消えると、その隙間《すきま》からは、眩《まぶ》しいほどの太陽が覗《のぞ》いた。

橋の崩落のせいで僕らが集落に渡るまでには数日かかると思われたけど、赤江邸の通いの家政婦さん達の通報のお陰で、屋敷にはすぐさま、救助隊を乗せたヘリがやってきた。

正直、いきなり救助隊が来たのには驚いたけど、実は集落では桃川警官が紅玉さん達と共に橋を渡り、以降連絡がつかなくなっていたこと、本土から複数の客人が赤江邸を訪れていたことなんかから、橋のこちら側で何か大変なことが起きてるんじゃないかと心配していたらしい。

事実、集落の人たちの懸念《けねん》とは全く別の方向で……最悪の「大変な事」が起きていたんだから、それもあながち的外れなものでもなかったんだけど。

そんなわけで、もともと僕らを集落側に運ぶために訪れた救助隊は、けれど、赤江邸の惨状を目《ま》の当たりにして腰を抜かすほど驚いていた。無理もない、もはや感覚が麻痺《まひ》していた僕らですら、改めて見ると「よく平気でこんな所に滞在できたな」と思ったくらいの状況だ。救助隊はすぐさま警察に通報し、事件のすべてが明るみに出ると、紫宝くんはその日のうちに逮捕されることとなった。

驚いたのは、紫宝くんが素直に犯行のすべてを認めた事だ。僕らが説明するまでもなく、彼は赤江邸で起きた一連の事件について自供したのである。あまりにも淡々としたその様子に、僕らの方が戸惑ったくらいだった。

そして白珠さんもまた、自分が新政さんを刺したこと、僕に不凍液の入った飲み物を渡すつもりであったことを説明して、紫宝くんと共に逮捕された。

……遺体を運び出す途中、彼女は避けていた姉・紅玉さんの遺体とも対面している。その時にはさすがに泣き崩れ、しばらくの間は呆然《ぼうぜん》自失の状態にもなってはいたんだけど、別れの直前、自供する以外には何一つ口をきかなくなった弟の代わりに、僕らに謝罪してくれた。

その上で、まるで懺悔《ざんげ》するように語ってくれたのが、大島家で育った紫宝くんのこと、そして、自分たちのことだった。

「子供の頃、私もお姉さまも、急に家に入って来た紫宝のことが薄気味悪くて……赤江家の血筋だと聞いていたし、呪詛《じゅそ》の話もずっと昔から耳にしていたので、紫宝にはとてもひどい向き合い方をしたんです」

生まれたばかりの紫宝くんが大島家に連れて来られたのは、紅玉さんが十歳、白珠さんが六歳の時だったと言う。ちょうど多感な年頃だった二人は、急に現れた義弟の存在を前に、可愛《かわい》がるのではなく、突然、家の中に入りこんできた異分子として冷たく当たった。

子供の持つ無邪気さと残酷さ……そこに悪意はなかったと思うけど、大人たちから冷遇され、そのくせ大島家の跡取りとして厳しくしつけられた紫宝くんにとって、それはどれだけ辛《つら》いことだったろう。

だから紫宝くんがあんなふうに歪《ゆが》んでしまったのは、自分たちの責任でもあるのだと。

白珠さんは泣きながら僕らにすがりついた。

「……私……子供の頃、皆に叱《しか》られるのが怖くて、自分のしたいたずらや失敗を全部、紫宝のせいにしていました。きっと皆も気付いていた筈《はず》ですわ……紫宝のせいじゃない、紫宝は何もしていない、って。だけどあの子を悪者にすることで、総《すべ》てがうまくいく。そんな暗黙の了解のようなものが、あの頃の大島の家にはあったんですの。私はそれに甘えて、当然のように紫宝にいろんなことを押し付けて……そんな、ひどいことを、ずっと続けて……」

……紅玉さんも白珠さんも、罪悪感から今回の事件に関わった。紫宝くん本人がそう語っていたけど、事実、弟を守るという行為は、懺悔にも近い行動だったのだ。

今回の事件の責任は、紫宝くんを追い詰めた大島の人間にもある。最後に白珠さんはそう告げて、僕らの前から去って行った……。

「結局さ、僕らがあの島に行ったのって間違いだったのかな。真白の為《ため》に、なんて大義名分を振りかざして乗り込んだつもりだったけど……結果的には状況をややこしくしただけで終わったような気もするし」

蝉《せみ》の鳴き声が響く、うだるほどに暑い墓地の片隅で。

僕は掃除を終えたばかりの墓石に柄杓《ひしゃく》の水をかけながら、溜め息交じりに呟《つぶや》いた。

「もし僕らが島に行ってなかったら……そうしたら、今頃は」

「何も変わらなかったんじゃないか？　赤江神楽が密室で遺体となって発見され、新政氏が大島紫宝に近付いて殺され、笹一弁護士もまた、遺言書を持っていたが故《ゆえ》に命を落とす。事ここに至っては、もしも、は何の役にも立たない言葉だが、いずれにしてもあの島では既に事件が進行していたのだから」

「古陶里はクールだよなぁ……僕はまだ、そんなふうには割り切れないよ。だってあの島ではあんまりにも、人が死にすぎたもの」

……事件が終わり、赤江邸に閉じ込められていた僕らが救助されて島を離れてから、今日でちょうど一週間が経《た》つ。

隔離された赤江邸で起きた殺人事件、というおぞましいそのニュースは、警察が箝口令《かんこうれい》を敷いたのにも拘《かか》わらず、すぐさまマスコミの格好の餌食《えじき》となった。

ベストセラー作家、赤江神楽の突然の死。

犯人は里子に出した実の息子で、その後も関係者が相次いで亡《な》くなり、その裏には、遠戚である大島家との複雑な関係が……。

いかにもマスコミ好みなこのドロドロした人間達の愛憎劇に、テレビも雑誌も新聞も、まるでハイエナのように飛びついた。しかも詳細について調べようとすればするほど新たに興味深い真相が明らかになるもんだから、ニュースは続報に次ぐ続報で、話題に事欠かない状況だった。

今では赤江島が「呪殺島《じゅさつじま》」と呼ばれていること、そして、島に伝わる呪詛の話まで広まっていて、中には歴史をさかのぼり、呪《のろ》いについての特集を組む番組や記事なんかも出始めていた。呪いマニアの古陶里も気になったのか、いくつかチェックはしていたみたいなんだけど、そのたびに「つまらん捏造《ねつぞう》記事だ」「もう少しまともに呪詛について検証できないのか」なんて愚痴っていたのを思い出す。

とにかく、東京に戻ってからも、僕らの「日常」はなかなか戻ってこなかった。事件についての事情聴取も続いてたし、仕方ないんだけど。

「本当は、もっと早く報告に来たかったんだけどなぁ。ごめんね、真白」

少しの間来なかっただけで青々と生い茂っている雑草を抜き取り、墓地のごみ箱に捨てると、僕らは改めて墓石に向き合う。そこに刻まれた文字は、僕らの親友だった……秋津真白の名と、彼の両親の名だ。

一日も早く赤江島での事を真白にも伝えたい。そう思っていたのに、予想外に時間がかかってしまったのは、僕らが赤江邸での事件の関係者だと一部のマスコミにバレたせいだった。帰宅した当初はアパートの前にマスコミ関係者が集まってたり、道を歩いてるだけでいきなり取材されたりなんかして、とにかく大変だったんだよなぁ……。

幸いなことに、彼らはまだ真白の存在や僕らとの関係については気付いていないみたいだけど、バレたら落ち着いて墓参りどころじゃなくなるのは目に見えている。

というわけで、僕らは早朝から人目を避けるようにして秋津家のお墓のある墓園にやって来たのだった。

早朝、お盆前、という好条件が重なったお陰か墓地に人影は少なく、僕らは今、落ち着いて周りを気にせず真白に報告が出来ている。けど、そうなると今度は後悔の念がこみ上げてきて……あの日、真白が命を落とした後の僕らの行動は、やっぱり間違ってたんじゃないのか？　なんて懺悔したくなる。

「真白に頼まれたのに……結局は神楽さんを助けられなかった。それどころか、あんな事件になっちゃって」

僕の言葉に、古陶里が無言で墓石の端に蠟燭《ろうそく》を立て、風をよけながら火をつける。炎はゆっくりと大きくなり、その揺れる灯を見つめながら、僕は再び溜め息をついた。

……あの日の夜のことを思い出す。

高校卒業と同時に、お世話になっていた児童養護施設を出ることになっていた僕らは、新生活を間近に控えた冬の夜にこっそり施設を抜け出した。いつも遊んでいた公園のジャングルジムのてっぺんに登り、子供の頃には十分な広さのあったその場所が、今じゃ三人ぎゅうぎゅうだね、なんて笑いながら。

『あと数か月で独り立ちかぁ。実感ないよね、ホント』

『別に、住む場所が変わっても変わらないだろう。私たちは』

『あはは、そうだね。古陶里らしくていいな、そういうとこ』

生真面目《きまじめ》で繊細な性格の真白と、物事に動じない古陶里と、能天気な僕と。

夜空に輝く星々に、まだ見ぬ未来を重ねるようにして話した、あの日。

きっと真白はあの時から、万引き癖を発端とした色んなトラブルに気を滅入らせていた。だけど僕らにはそんなこと相談もできずに苦しみ続けて……そうして、ひとつだけヒントをくれた。

そう。あの日初めて真白は、自分が呪殺島に住む一族の末裔《まつえい》であること、赤江神楽が伯母であることを話してくれたのだ。

「僕は何も気付かなくて。呑気《のんき》にくしゃみなんかして、真面目な話は苦手なんだ、って二人の会話を邪魔してた。ほんと、情けないよね……」

「あの夜だな。……懐《なつ》かしい」

言って僅《わず》かに動きを止めた古陶里は、すぐに我に返ったように線香に火をともし、煙をくゆらせながらそれを供えた。

そうして、静かにぽつりと呟く。

「おまえは十分頑張った。身体《からだ》まで張って、な」

声は不思議と、いたわりに満ちていた。その柔らかな言葉に何だか泣きたくなった僕は、慌《あわ》てて自分の分の線香に火をつけて香炉に置くと、古陶里と並んで真白に手を合わせる。眼を閉じると、じっとりと汗ばんだ額から汗の雫《しずく》が幾筋も流れ落ちた。

思えば。

頑張ったのは、むしろ古陶里の方なのだ。だって僕が「偽者《にせもの》」であることを隠したまま、真白の為にあの島で孤軍奮闘しなければならなかったんだから。

そして僕の身を守るために、僕自身がその事実に気付かないように小細工して……僕のスマホから古陶里以外の連絡先が消えていたのもそのひとつだったと後で聞いた……唯一《ゆいいつ》の味方だったはずの僕の動向を気にしながら、最後まで耐え切った。

「……ああ、やっぱりここだったのか。探したよぉ、君たち」

そうしてお互いに、お墓で眠る真白の魂と向き合っていると、不意に日陰ひとつない墓地の真ん中に影がさした。

ゆっくりと目を開くと、そこにはいつの間に来たのか、柄杓と木桶《きおけ》を手にした久保田女史の姿がある。この暑いのに、相変わらずきちんとスーツを着込んでいるのはさすがというか何と言うか。

「……何ですか、久保田さん、朝早くからこんなところまで来て。まさか真白に挨拶《あいさつ》でも？」

「まぁね。今回は色々あったし、お墓参りくらいはね」

そう言って、久保田女史は木桶を置くと、右腕に抱えていた菊の花と和菓子の包みを差し出してくる。

「それにしても暑いねぇ。こっちに戻って来た途端、嫌味なくらいの青天だよ。つい数日前まで暴風雨の中にいたとは思えないくらいだ」

「……聞きましたよ。神楽さんの本、売れてるみたいですね」

思わず皮肉っぽい言葉が出たのは、今回の事件の影響で、赤江神楽さんの新刊が空前の大ヒットとなったことを知っていたからだ。

それだけじゃない。神楽さんの著書のすべてがのきなみ売上ランキングの上位を占め、急遽《きゅうきょ》、彼女の全作品の重版が決まったらしい。挙句の果てには便乗するように「赤江神楽特集」みたいなのを組んでフェアまで行う各出版社の動向に、商魂たくましいと言うか、何だかなぁ、と僕なんかは思ってしまったんだけど。

「神楽さんのことで、今、忙しいんじゃないんですか？　久保田さん」

「そりゃまあ暇ってことはないけど、墓参りくらいはできるさ。それに一応、しばらくは喪に服すつもりだからね。何しろ五人分だ」

久保田女史らしい、引っかかる物言いをしてから、すぐに彼女は「いや、違うな」と付け加えた。

「正しくは、七人分、か。聞いただろう？　大島姉弟の件」

「……はい。最初は何の冗談かと思いましたけど、本当だったんですね、船で事故が起きたって」

僕は深く吐息し、それまで無言だった古陶里も眉間《みけん》に皺《しわ》を寄せて久保田女史を見る。その、不機嫌極まりない視線に彼女は軽く肩を竦《すく》め、それから笑った。

「驚いたよねぇ。まさか、あの二人まで亡くなるなんてね」

……大島紫宝くんと白珠さんが逮捕された後。

二人が乗った船は島を出発したけど、本土の港に到着することはなかった。嵐が過ぎ去った直後で荒れていた海上で、船が不可解な事故を起こしたのだ。

それは、原因不明の出火事故。船の一部が焼失し、ちょうど大島姉弟のいる部屋付近が被害を受けたという。

激しい炎がおさまった後、焼け焦《こ》げた船室からは二人の遺体が発見された。煙を吸い込んで亡くなった紫宝くんと白珠さんは、島で殺された五人の遺体と共に本土に到着し、その日のうちに行政解剖されたそうだ。

「これで正真正銘、赤江家の血は絶えたわけだ。怖いよねぇ、呪いってのは」

「やめてくださいよ。いくら何でも不謹慎です、そういう発言は」

「だが、久保田女史の言葉に嘘《うそ》はない。まるで呪殺島が赤江の血を逃がさないよう、最期《さいご》の呪詛をかけたのではないか……と思えるほどだ」

古陶里までそんなことを言うもんだから、僕は無言で久保田女史から受け取ったお供え物の包みを墓にそえた。続いて古陶里も、手渡された菊の花を二つに分けて左右の花立てに置く。

……呪殺島は、呪詛におかされた人々が送られる流刑地《るけいち》。そこに封じられた人々は、最期の瞬間まで呪いから逃れることが叶《かな》わず、無念の死を遂げるという。

そんな「呪い」とは関係なく、何も知らずに笑い合っていた日々。施設を出てからは、同じアパートで暮らしているのにすれ違いが増えていたけど、それでも毎日が楽しくて。

あれから、信じられないくらい長い時間が過ぎたような気がした。真白はもういない。僕と古陶里は、彼の代わりに訪れたあの島で沢山の死を目の当たりにし、こうして本来いるべき場所に戻って来てもなお、屋敷での出来事を生々しく思い出す。

……あれが呪詛なのだとしたら。

僕までそんなことを思いかけて、首を振る。

いや、違う。あれは呪いなんかじゃない。

ただ、感情の行き違いが生んだ悲しい結末、少しのボタンのかけ違いで起きた、あまりにもやるせない事件なだけだ……。

「そういえば久保田さん、ずっと聞きたいと思ってたんですけど」

「んん？　何？」

「島でのことです。笹一弁護士が亡くなった後、僕の部屋に神楽さんの手紙を持って来た人がいたって話をしたの、覚えてますか？　あれ、久保田さんでしょう」

言うと。

久保田女史は、へえ、みたいな顔で眼鏡越しの大きな目を僕に向けた。

「どうして分かった?」

「最初は新政さんか、紫宝くんが持って来たんだろうなって思ってたんです。だけど考えてみたら、新政さんが手紙を見つけたらまず紫宝くんにそれらしいことを言うだろうし……紫宝くんも手紙の存在に気付いてなかったですからね」

そうなると、残されたのは紅玉さんと白珠さん、それに久保田女史だけ。だけど紅玉さん達が手紙を見つけていたのなら、やっぱり紫宝くんに教えた気もするし、わざわざあんな紛らわしいものを僕のところに持ってくる意味が分からない。

そう説明すると、久保田女史は人の悪い笑みを浮かべて「バレたかぁ」と他人ごとのように言った。

「うんうん、大当たりの大正解だ。そうだよ、あの時、手紙を持っていったのは確かにこの私。もともとは私が読みたくて笹一弁護士から拝借したんだけど、返すタイミングがなくて書斎にある本に隠してたんだよねぇ。それをあんたが見つけるように仕込んでおいたわけ」

「どうしてそんなこと……」

「だって、あんたがなかなか記憶を取り戻さないもんだからさ」

しれっと言うのが凄《すご》い。ああもう、この人は……まったく悪びれないこの心の強さ、ほんと見習いたい。

「だったらどうして紫宝くんに見せてあげなかったんですか! あれを読めば、紫宝くんだってあそこまで追い詰められずに済んだかもしれなかったのに……」

「同じことだよ。どのみちすべては遅すぎた。あんなものを後から見たって意味はない」

あっさり言って、久保田女史は眼鏡越しの瞳《ひとみ》を僕にじいっと向けた。

「だけどまあ、こっちとしちゃ、感謝してもらいたいくらいだけどね。あの時、私が手紙をもってあんたの部屋に行ったからこそ、紫宝は人の気配を感じて自分の部屋に引き返したんだから。あんたを殺すのを諦《あきら》めてね」

「え⁉」

「あー、やっぱり気付いてなかったか。あんた、自分が命を狙《ねら》われてるってことは理解してたんだろ？　だけどその自覚以上に紫宝はその気だったんだよ」

「……マジか……」

「つまり私は、古陶里ちゃんの代わりにあんたを守ったと言っても過言ではないわけだ」

「いや、過言だろうそれは。お前はただ、興味本位で楽しんでいただけだ」

愕然《がくぜん》とする僕に代わって古陶里がぴしゃりと言い、立ち上がる。それから、久保田女史にずいっと線香を差し出した。

「ほら、お参りに来たのならさっさと済ませて帰ってくれ。お前がいると背筋がぞわぞわして落ち着かない」

「なんだよ、冷たいねぇ。まあいいや、私もさすがに長居できるほど暇じゃないんでね、秋津真白に挨拶だけさせてもらって、退散しますか」

……久保田女史の立てた線香から煙が立ち上り、空へと広がっていく。そこにあるのはまばゆいばかりの晴天。どこまでも青い空だ。

やがて久保田女史は立ち上がり、一礼して、踵《きびす》を返す。そのまま墓地の出口に向かおうとした背中が、何かを思い出したようにぴたりと動きを止め、僕らを振り返った。

「ああ、そういえば」

言って、彼女が眩しそうに眼を細めながら僕を見る。

「まだ、聞いてなかったね。秋津真白を名乗っていた偽者くん、あんたの名前は一体、何て言うんだい？」

ああ、そうか。そういえば僕は、彼女に本当の名前を告げていなかった。

そう気付いて、僕は思わず吐息した。そうして古陶里を振り返り、視線を合わせてから、ようやく久保田女史に声をかける。

「僕の名前は……」

煩《うるさ》いほどの蟬の声が、辺りにこだましている。

見上げれば、爽《さわ》やかな夏の青空には、まばゆいほどに白い入道雲が広がっていた。

本書は新潮文庫のために書き下ろされた。

イラスト　くっか
デザイン　川谷康久（川谷デザイン）

呪《じゅ》殺《さつ》島《じま》の殺《さつ》人《じん》

新潮文庫　は－76－1

令和二年六月一日発行

著者　萩《はぎ》原《はら》麻《ま》里《り》
発行者　佐藤隆信
発行所　株式会社 新潮社

郵便番号　一六二―八七一一
東京都新宿区矢来町七一
電話　編集部（〇三）三二六六―五四四〇
　　　読者係（〇三）三二六六―五一一一
https://www.shinchosha.co.jp

価格はカバーに表示してあります。

乱丁・落丁本は、ご面倒ですが小社読者係宛ご送付ください。送料小社負担にてお取替えいたします。

印刷・錦明印刷株式会社　製本・錦明印刷株式会社
© Mari Hagihara 2020　Printed in Japan

ISBN978-4-10-180192-6　C0193